青春放浪

[日]井上靖 著
蔡春晓 译

SEISHUN HORO

OSANAKI HI NO KOTO, SEISHUN HORO
by INOUE Yasushi
Collection copyright © 1976 by The Heirs of INOUE Yasushi
All rights reserved.
Originally published in Japan by SHINCHOSHA Publishing Co., Ltd.
Chinese (in simplified character only) translation rights arranged with
The Heirs of INOUE Yasushi, Japan
through THE SAKAI AGENCY and Beijing Kareka Consultation Center, Beijing.
Simplified Chinese translation copyright © 2020 by Chongqing Publishing House Co., Ltd
All rights reserved.

版贸核渝字（2018）第175号

图书在版编目（CIP）数据

青春放浪/（日）井上靖著；蔡春晓译．—重庆：重庆出版社，2020.1
ISBN 978-7-229-14357-2

Ⅰ．①青… Ⅱ．①井… ②蔡… Ⅲ．①散文集—日本—现代 Ⅳ．① I313.65

中国版本图书馆 CIP 数据核字（2019）第 175935 号

青春放浪
QINGCHUN FANGLANG

[日]井上靖 著　　蔡春晓 译
责任编辑：魏雯　许宁
装帧设计：谢颖设计工作室
责任校对：李小君

重庆出版集团 出版
重庆出版社

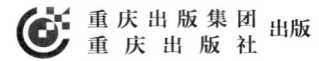

重庆市南岸区南滨路162号1幢　邮政编码：400061　http://www.cqph.com
重庆出版社艺术设计有限公司 制版
成都国图广告印务有限公司 印刷
重庆出版集团图书发行有限公司 发行
E-mail:fxchu@cqph.com　邮购电话：023-61520646
全国新华书店经销

开本：890mm×1230mm　1/32　印张：10　字数：175千
2020年1月第1版　2020年1月第1次印刷
ISBN：978-7-229-14357-2
定价：69.80元

如有印装问题，请向本集团图书发行有限公司调换：023-61520678

版权所有　侵权必究

目录 / Contents

001 幼年时光

旭川/002

暴风雨/026

泡汤/043

疾患/054

曾外祖母/065

羁旅情怀/079

季节/087

食物/104

年轻的姨妈/113

庙会/132

山火/148

岁末/163

正月/175

丝瓜水/190

爸爸妈妈/199

217 青春放浪

239 **我的自我形成史**

　　冷眼看父母/240

　　启迪人生的人和事/248

　　他人所造就的自己/258

　　融入大自然,自由而奔放的生活/266

　　用青春赌一把的热情/276

　　沉默中孕育的热情/283

　　用心凝视自己/292

299 **译后记**

303 **附录　井上靖年谱**

幼年时光 _{おさなきひのこと}

旭川

我于明治四十年（1907年）出生在北海道的旭川。父亲当时是第七师军团后勤医务部的一名二等军医。那一年，父亲二十七岁，母亲二十二岁。

父亲从金泽医专毕业之后，如愿当上了军医，前往的第一个任地便是旭川的师团。他还未上过军医学校，算不上是真正意义上的军医，只能说是"未来的军医"吧。借着去旭川赴任的机会，父亲和母亲结束了漫长的未婚夫妻关系，在父亲的第一个任地度过了他们的新婚蜜月期。

在我出生后的第二年，朝鲜爆发了动乱，第七师接到出征的命令，父亲也将奉命随军。因此，刚过完年，母亲便带着我回到了远在静冈县伊豆乡下的老家。所以说，我在旭川生活的时间还不足一年。由于离开时还不满一岁，所以我对旭川几乎没有任何印象，更没有值得一提的回忆。虽说是个如假包换的"道产子①",但我只知道自己出生在旭川,仅此而已。

在旭川时,我们住的是军官宿舍。当时的邮政地址应该是"北海道上川郡旭川町第二区三条大道16-2"。想来不过是在连队附近的陆军军官宿舍区分到了一间小小的屋子。总之,我就是在旭川的这间军官宿舍里,顺顺当当地在母亲的肚子里落了户,又顺顺当当地从她的肚子里钻了出来。然后,在不足一年的短暂时光里,呼吸了旭川这片土地所独有的空气,便又匆忙地离开了这里。

小时候,多少懂点儿事了,才知道自己原来是从妈妈肚子里生出来的。那时,我便时常想象自己在妈妈肚子里的情形,总觉得也许和蚕茧里的蛹差不多吧。要知道在乡下,家家户户都有一间蚕室,我们打小便对蚕茧呀蚕蛹什么的再熟悉不过了。屏息凝气地蜷缩在茧中,静静等待着破茧而出的那一刻——这便是我对母亲腹中的自己的全部理解。

那个封闭的世界是微明而安全的。蚕茧洁白的表面泛着柔和的微光,拿在手里轻盈而柔软。令人不由得觉得,会有微弱的光透进那个小小的世界,即使遭遇些微的磕磕碰碰,

---

①道产子:原义特指北海道本地产的马,起源于蒙古马。体力强健,易驯服。为明治以后的北海道开发作了不小的贡献。由于体格较小,适合用来拉车拉货,也用于驾乘。后来也用这一词汇来特指北海道出生的人。

里边的生命也不会感到疼痛。至少在我看来，母亲的腹中就是这样的一个世界。而且即便是现在，我也不觉得这样的想法有什么不对。难道不是吗？从母亲腹中孕育而出的我，就正如从蚕茧中破茧而出的蝴蝶，而在那之前，我一直在那个小小的世界里被温暖地、小心翼翼地保护着。

忘了是哪一年，大约是我五六岁的时候吧，母亲曾向我谈起过在旭川的生活。有一次，她挺着大肚子，在纷纷扬扬的大雪中，前往附近的市场买东西。对于母亲所描述的这一旭川生活的小小片段，当时的我有过怎样的反应，现在早已不记得了。只不过，到了今天这把年纪我仍忘不了这件事，可见它当时在我幼小的心灵里一定留下了深深的烙印。

至于为什么会留下如此深的烙印，如今想来，我躺在母亲的腹中，与母亲一起在漫天飞雪中走向市场——一定是这幅画面深深打动了我。原来，我与旭川这个地方并非毫无交集。尽管只是母亲腹中一个如蚕蛹一般的胎儿，但我毕竟也算是在这个叫旭川的地方，在一个下雪的日子里，去过一回当地的市场。那时的我，是被层层包裹和保护起来的。第一层便是如蚕茧一般的子宫，而子宫又安放在母亲的肚子里，外面更是包裹着母亲的和服，罩着母亲的斗篷。我就是这样，在漫天飞舞的雪花中，和母亲一起一步一步走向市场的。我们先在干货铺前停留了片刻，又到蔬菜店里挑拣了一番。然后,依旧是和母亲一起,依旧是在漫天飞雪中,我又回到了三条大道的那间小小的军官宿舍。

当然,以上这番描述并非出自尚不善表达的五六岁的我,而是现在的我代他说的。不过,我当时的感受应该也大抵如此。要不然,这样一件微不足道的小事,我又怎会一直难以忘怀呢?在如今的我看来,母亲在谈到大着肚子、冒着风雪前往市场的自己时,言语间一定是透着些许悲凉的。又或者,这不过是母亲对在旭川度过的、艰辛的新婚生活的一份回忆——就算谈不上艰辛,多多少少也是带着一丝伤感的。而幼小的我,一定也在懵懂中体会到了这份伤感。母亲当时的日子,一定过得很艰难。可是艰难归艰难,对我来说更重要的却是,在母亲的子宫、肚子以及和服和斗篷的重重包裹和保护下,在母亲的带领和陪伴下,我终于迈出了和旭川这个地方发生关联的第一步。

所有关于母亲的记忆中,这一幕是我最喜欢的。因为在其中,不过是小小胎儿的我仍然扮演了一个角色。

关于旭川,我还有另一个回忆。确切地说,我也不知道这算不算得上是回忆,不过现在回想起来仍有十分清晰的画面感,在我看来,也只能把它称作是回忆了。

市场建在宽阔的练兵场的另一头。市场的地面一片泥泞。雪虽然已经化尽,但雪水浸泡过的地面还未干透。市场上搭建了一排排简陋的小店，出售各式各样的货品，家家店门口都挤满了人。小店的外墙上，顾客们的身上，都溅满了泥点子。这幅凌乱而嘈杂的画面笼罩在五月明媚的阳光下，不过这阳光，还有流动的空气，都还带着一丝寒意。

我的母亲也行走在其间。此时的母亲已生下了我，身子松快了不少。这是她产后第一次外出。我的生日是五月六号，所以我想母亲的这次外出应该是在五月底前后。

母亲是与同住在军官宿舍的父亲上司的夫人结伴去的。母亲托这位年长的夫人帮忙挑选，零零碎碎地买了不少东西。这是她生的第一个孩子，育儿所需的东西自然方方面面都要备齐，同时也有必要听听过来人的经验之谈。她买了汤婆子、便于换洗的尿布、毛线织的帽子，还有婴儿洗完澡后擦的爽身粉，以及奶瓶等等。

——你那个使不得，得买这个。

——这个得多买一个备着，好用着呢。

这样的话不停地从那位年长的女性嘴里冒出来。而二十二岁的年轻的母亲，只是乖乖地按照她说的做。

在这幅画面中我并未出现，但也并非与之毫无干系。母亲和那位年长的女性如此忙碌，不正是为了我吗？那时的我，或许正四脚朝天地躺在军官宿舍的某间屋子的被窝里，又或许正睡在被雇来帮忙的老妈子的怀中。

这次产后的首次外出，母亲是在什么时候，又是怎样讲给我听的，我已经记不清了。可是在我心中，却不知何时形成了这样一幅清晰而生动的画面。我喜欢画面中年轻的母亲，也喜欢画面中那位对母亲亲切而热情的年长的女性。甚至可以说，若没有对这位女性的感激之情，我是想象不出这样一幅画面的。说感激之情也许有点严重了，总之从小时候到现在，我都对这位女性怀有一种特殊的莫名的好感。因为，在六十多年前的五月的一天，为了我这个小小的婴儿，这位女性曾陪着我的母亲穿梭在旭川泥泞的市场中。

明治四十一年初，母亲带着我离开旭川，搬回了伊豆的乡下老家。因为第七师奉命出征朝鲜，而父亲也将随军。

那时，母亲的父亲，也就是我的外祖父，曾不远千里从乡下赶来旭川接我们母子。也许是身为外祖父的他，不放心让一个年轻的母亲独自带着年幼的婴儿做如此长途的旅行吧。

从那以后，我的整个童年以及少年时代，都是在乡下老家度过的，却并未和外祖父一家住在一起。再加上外祖父不喜欢小孩，我跟他也并不亲。我对外祖父来说，不过是一个关系疏远的外孙子。然而，在从旭川前往伊豆老家的这段旅途中，我却得到了外祖父无微不至的照顾。无论是在从旭川到函馆的火车上，还是在从青森到乡下的马车上，我在外祖父怀里待的时间都远远多过在妈妈怀里的时间。后来，外祖父还常常谈起这件事，不止一次地说到那次旅程是多么艰难和辛苦。

因为海上风浪过大，在从函馆到青森的渡船上，母亲晕船晕得厉害，几乎病倒。外祖父又要照顾我，又要照顾母亲，据说累得够呛。

——因为从未见过大海，第一次见到大海的我，哭了；因为北海道很难见到绿色，抵达青森后第一次见到树林里绿色的树叶时，我又哭了。就这样，我不停地哭，不停地哭，好几次几乎哭断了气，从旭川一直哭回了老家。

在外祖父的描述中，我就是这个样子。这也不是他直接告诉我的，而是他讲给别人听的时候，我在一旁听到的。

每当听到外祖父这样描述我，我总是忍不住想对他提出抗议，但却又说不明白究竟要抗议什么。我总觉得，就算自己真的爱哭，就算真的常常哭到声嘶力竭，那也绝不会是因为害怕大海，或者害怕绿色的树叶的缘故。那到底是为了什么哭呢？若要问我，我也答不上来。反正，总之，我之所以会哭一定有什么别的原因。

这一次，若也能让现在的我代替幼年的自己来回答，我也许会说，那时的我之所以会哭，之所以会哭得几乎断了气，一定是因为不愿离开旭川，不愿离开生养自己的土地。

虽然对于旭川到底是个怎样的地方，我并没有丝毫印象，也没留下什么回忆，可是对于自己的出生地那种出于道义的眷恋和维护，即便在幼小的我的心里，也已经悄悄萌芽了。当自己的出生地被描述成一个寸草不生、一片荒凉的白色世界时，即便是幼小的我，心里也很不是滋味。

——你是什么时候，在哪儿出生的？

小时候，每当有人这么问我，我总会回答，

——五月份，在北海道的旭川出生的。

口气里还能听出几分自豪。自懂事起，我就对自己的出生地旭川，和自己出生的月份五月，没来由地感到自豪。虽然无论是对旭川还是对五月，我都没有什么具体的印象和记忆，可这也丝毫不妨碍我为它们感到自豪。甚至不如说正是因为没什么印象和记忆，我才会对自己的出生地和出生的月份感到格外的自豪。

明治四十年的旭川，旭川屯田兵村①建立不过十八年，旭川村形成也不过才十四年，而第七师军团在此驻军才仅仅七年。那时的旭川，只是一个以军营为中心刚刚繁荣起来的小镇，周围的平原也更近似于今天的水稻种植基地或工业园

---

①屯田兵村：明治前期政府配备在北海道兼营农业的士兵，称为屯田兵，多为贫穷士族。一户人家一幢小屋，多由木板搭建。多户屯田兵家庭便形成屯田兵村。后来，以平民、农民为中心的屯田兵村也逐渐增多。北海道屯田兵村的设立，对北海道的开发起了促进作用。

区，与现在的繁华大都市旭川根本没法比。

现在的我，完全能够想象得到六十多年前的旭川那种混杂着军靴臭味的荒凉和杂乱，与自然环境的严峻和恶劣融为一体的特殊氛围。一年中无论哪个季节，一入夜便静谧得可怕。而我，便是在这样一个军营小镇的，陆军军官宿舍的一间小小的房间里出生的。这样的出身，我觉得挺好。父亲当了一辈子的军医，出生在军营的我，也算配得起军人的儿子这个身份。当然，也许是在父亲离世之后，我才开始产生这种想法的。

然而对于儿时的我来说，旭川仅仅是我的出生地，除此之外别无其他。所以，作为我的出生地，它必须是个美丽的地方，必须是个了不起的城市。

自己出生在五月这件事，儿时的我也觉得很了不起。母亲偶尔聊起五月的旭川，总说那是一个百花齐放的美丽时节。听了她的话，我就更加坚信不疑了——自己的出生比任何人都要得天独厚。寒冷的日子，我还安睡在母亲温暖而安全的肚子里，一到了春光明媚的时节，我便从母亲的肚子里迫不及待地钻出来了。

就这样，年幼的我，对自己出生的五月产生了一种特殊的信仰。这种信仰，时至今日仍保留在我的心灵深处，只是形式稍有不同。五月晴、五月阴、五月山、五月雨①——无论是万里无云的晴空还是梅雨过后的阴霾,无论是绿意盎然的山林还是飘飘洒洒的春雨,五月的一切都令人感到一种无忧无虑的生命力。除开是我的出生月这点不说,五月所特有的生机和活力也足以令我迷醉。

我对四岁以前的人生毫无记忆。我和母亲一起回到伊豆老家,一直待到父亲从朝鲜战场回来。之后,我又分别在东京和静冈住过很短的一段时间。可是对于这两段生活,我都完全没有任何印象。去东京,是因为父亲在那里念军医学校,只待了不到一年。而静冈,则是父亲从军医学校毕业之后作为一个真正的军医去的第一个任地。

在静冈生活的那段日子里,妹妹出生了。妹妹出生大约半年到一年之后,我就被送回了伊豆老家的外祖母身边。因为母亲一人带着两个小孩实在忙不过来,只能把我托付给外祖母代为照管了。下级军医家庭的日常生活想必琐事繁多,母亲也是一时为了应急,才把我暂时托付给外祖母的。母亲原以为过不了几天就能把我接回身边,可实际上我在外祖母家待的时间却远远超出了她的原计划。谁也没想到,从那以

---

①五月晴、五月阴、五月山、五月雨:日语中关于"五月"的词汇,原文分别是"五月的晴天""五月的阴天""五月的山""五月的雨"等意思,特指五月独特的自然现象和景观。

后我就长久地留在了伊豆老家和外祖母一起生活，就连上小学时户籍上的监护人都写的是外祖母的名字。

——早知道生完你妹妹就该把你接回来的，也怪我太年轻，拖了一天又一天，一不留神就拖了半年，真是失算。再后来不是我生病就是孩子（妹妹）生病，又是一拖再拖。刚好过了一年，总算能去接你了，谁知道已经没办法咯。

母亲时常回想起那时候的事。也不知道她说的"没办法"是怎么个"没办法"，总之最终结果就是她没能把我接回去。

外祖母说什么也不肯放我走，我也打死都不愿意离开外祖母。母亲的那句"没办法"，听上去是多么地失望和无奈。而让她无奈的，正是外祖母和我，一老一小联手结成的坚固同盟。终于，母亲不得不放弃了接我回去的打算。我也终于不用回到父母身边，而是如愿以偿地留在了伊豆山村的小小土仓中，和外祖母一起度过了属于自己的幼年和少年时期。

对我来说，究竟是在父母身边长大更好，还是由外祖母抚养长大更好？这个问题的答案我也不得而知。我还有一个弟弟、两个妹妹，除我之外，弟妹都是在父母身边长大并度过少年时期的。唯独身为长子的我却离开了家，在外祖母的宠爱下肆意生长，也许一切不过是命运的安排吧。

我所有关于幼年和少年的记忆，都与伊豆那间小小的土仓有关，因为我从五岁到十三岁都是在那间土仓中度过的。

我离开父母的怀抱，在伊豆乡下老家的小小土仓中与外祖母相依为命，度过了自己的幼年和少年时期。然而事实上，我口中的"外祖母"却与我并无任何血缘关系，她只是我户籍上的外祖母，并非血缘上的。在同一个村同一个字①还住着母亲的娘家一家，那里有我的外祖父，就是来北海道接我和母亲的那个外祖父，当然还有我的外祖母，那才是跟我有血缘关系的真正的外祖父母。而相邻的村子便是我父亲的老家，那里又住着跟我有血缘关系的祖父母，祖母虽说已经去世了，但祖父还健在。

细说起来，我的家庭状况的确有些复杂。抚养我长大的这位外祖母，其实是我的曾外祖父，一位名为"洁"的人的小妾，不过那时这位曾外祖父早已亡故了。简单点说就是我的曾外祖父的生前的小老婆。

这位曾外祖父生前是名医生，师从当时医学界鼎鼎大名的松本顺②，年纪轻轻便出任过静冈藩挂川医院的院长、静

---

①字：日本的市、町或村内部进一步划分出的较小的行政单位，有"大字"和"小字"之分。最初，同一时期开发的田地及农户统称为一个字。江户时代趋于固定化，登录在"检地账"上。明治初年经地租改革再次得到整理和统计，详细记录于现在的"土地台账记载"中。

②兰畴松本顺：(1832—1907)，日本幕府、明治时期医学家。1857年在长崎学习西医，后回江户进入医学所。后任明治新政府第一任陆军军医总监。对军医制度的创设贡献较大。

冈县韭山医药局的局长，还创立了三岛私立养和医院并出任首任院长，可谓年轻有为、功勋赫赫。在当时应该算得上是掌握了最新的医学知识的人才吧。后来，不知因为什么事，就在这位曾外祖父快四十岁的时候，他突然回到了伊豆的老家，在村里开了家诊所，并就此过完了自己的后半生。他常坐着轿子在伊豆一带出诊，作为挂牌行医的医生也算口碑不错。麻烦的是，回伊豆的时候，他还带回了一个小老婆。随后，他便在老家的村子里建了诊所，盖了新房，自己搬进去住时自然也带上了她。他的嫡妻和祖宅其实就在离诊所和新房不远的地方，他却难得回去一次。这位曾外祖父，据说就是这样一位任达不拘、我行我素的人物。

这位曾外祖父在我出生的六年前就中风病倒了，又在床上瘫了两三年，在五十九岁的时候便与世长辞了。瘫痪在床的时候，他最放心不下的，自然是自己的小妾在自己死后该如何安置。于是，这位任性的曾外祖父想到了一个好办法，就是让自己的孙女也就是我的母亲赶紧分家，自立门户，然后将自己的小老婆作为她的养母写入她的户籍。母亲那时不过才十五六岁，这样做实在有些不合情理、强人所难了。但是，母亲最终还是顺从了。她把自己祖父的小老婆当作自己的养母接到家中，尽心照顾，努力尽到一个做女儿的责任。而作为回报，她得到了属于自己的户籍、宅子和土仓。

翻开我家的户籍，第一页上便写着我的曾外祖父的小妾的名字，然后才是我的父母，再然后才是我。

所以说，我称作外祖母的女人，在户籍上的的确确是我的外祖母，但在血缘上却是与我毫无干系的外人。与我有血缘关系的外祖父、外祖母以及舅舅、姨妈等一大家子人其实就住在同一个村子，可是我却和一个毫无血缘关系的彻头彻尾的外人相依为命地生活在一间小小的土仓里。而曾外祖父所盖的诊所和老屋，则租给了外地来的一家人，也是行医的。

在我小时候，母亲娘家的人和村里的人常常逗我说："你呀你呀，还是被阿叶姥姥抓去做人质咯！"他们所说的"阿叶"，就是我曾外祖父的小老婆，也就是我的外祖母的名字。村里的人为了方便区分，在"姥姥"的称谓前都分别冠上了她们各自的名字。他们把外祖母叫做"阿叶"或者"阿叶姥姥"；把当时尚健在的母亲娘家的正经八百的曾外祖母称作"阿广姥姥"；又把我的母亲的母亲，也就是跟我有血缘关系的外祖母称作"阿达姥姥"。说起来，我该叫"姥姥"的人还真是不少啊！

村里人说我是人质，其实也不是毫无道理。阿叶姥姥一直靠着我父母给的赡养费过活，在这个家，她的身份很尴尬，自然也担心有一天会丧失经济来源。在村里，她是唯一的外来人口，而且是闯入嫡妻所在的村子的小老婆，是家族秩序的破坏者。对族人和亲戚们来说，她更是突然闯进家族里来的来历不明的女人，还大模大样地入了户籍。甚至我的父母对她，也不是毫无怨言——祖父的小老婆，凭什么该我们替她养老？

这样一个女人，我竟会和她生活在一起。现在想来，的确有些不合常理。年仅五岁的我，成了孤独无依的她最坚定的同盟者。我与她生活了不过短短一年，就对她产生了深深的依恋，变得越来越离不开。所以，在父母和她之间，我坚定地选择了后者。村里人说我是人质，可我又哪里知道"人质"是啥？况且，管他是人质还是别的什么，只要能待在外祖母身边我就心满意足了。我对外祖母的依恋如此之深，可见她对我的爱，无论是有意识的也好无意识的也罢，也一定不是寻常人可以想象的。

阿叶姥姥对我的这份感情其实不难理解，年过半百的她一定是把年轻时对曾外祖父的爱，转移到了他的曾孙子我的身上。我就像是曾外祖父的替代品，理所当然地得到了无微不至的呵护和毫无保留的爱。当然，若带着恶意来揣测她，也可以这样解释：好不容易身边有了个伴儿，怎么能轻易放手呢？当然要用尽一切手段，奉上自己所有的爱和温情，让这个天真的傻孩子从此死心塌地地跟着自己。不过，无论阿叶姥姥是出于哪种原因，对我来说结果都是一样的。

我记得没错的话，那时的阿叶姥姥大概五十多岁。

我所有关于童年的记忆中，最早的、能够称得上是回忆的回忆，都从那间小小的土仓开始的。之前和父母一起生活时发生的事，我一件也记不得了。我幼小的心灵，像昆虫的触角一样轻轻地晃动着，第一次碰触和感知这个世界，就是从和阿叶姥姥一起生活的那段日子开始的。

村子里有土仓的人家多的是，可是把土仓当屋子住的，却只有我和阿叶姥姥。于是，村里人便将我称作"土仓小少爷"，自然是住在土仓里的少爷的意思。我家世代行医，父亲又做了军医，在天城山山脚的小村子里，也的确算得上是一位出身显赫的少爷了。

自刚记事起我便住在小土仓里，所以直到现在我对土仓仍有一种特殊的感情。那间土仓的大门是厚重的封土拉门，一打开，一股微凉而陈腐的气息便会扑面而来，令人莫名地感到安心。我和阿叶姥姥两个人，不，还有数不清的老鼠，就生活在这微凉而陈腐的空气中。

关于童年，我最初的记忆，恐怕就是每晚在枕头边跑来跑去的老鼠了吧。诚然，这并不是什么值得炫耀的事情。每晚半夜醒来，总能发现几只老鼠在我的被子上来回乱窜，或是把我的枕边当成了运动场。奇怪的是，我一点儿也不觉得害怕。每晚上床睡觉前，阿叶姥姥总会在房间的角落里放上一点儿粮食留给老鼠们吃，说是这样一来就绝不会有老鼠来咬人伤人了。阿叶姥姥说的话，我自然是深信不疑的，恐怕就连她自己也不曾对这个说法产生过怀疑。这样一来我就不害怕了，阿叶姥姥当然也一样。每天晚上，老鼠们都会来取它们的口粮，这么说起来，它们在我的被子上乱窜也好，在我的枕边开运动会也好，其实都是在不辞辛劳地忙着搬运它们的粮食呢。

直到现在，我还经常向家人聊起这件事，可是他们谁也没当真。有人说："你不会是在做梦吧？"还有人说："多半你是把现实中的事和梦里的事记混了，自己虚构了这么一个童年的回忆。"可是，我真的记得非常清楚，我每晚都被老鼠的吵闹声吵醒，却一点儿也不觉得害怕，反而有一种莫名的安全感，不一会儿又在老鼠的吵闹声中再次入睡。

早上醒来，总会发现前一晚留给老鼠的口粮全都没了。而老鼠们，似乎也都默契地遵守着约定，绝不会对给自己口粮的人下手，反正我一次也没被老鼠抓过或者咬过。那时的我，就连老鼠的吵闹声也觉得亲切和热闹，也足见小土仓中只有我和阿叶姥姥两个人的夜晚，是多么寂寞和冷清了。

我和外祖母在小土仓中的生活，与别人家住在普通房子里的生活多少有点不一样，对此我并非毫无察觉。

最能让我清楚地意识到这种差别的，便是黄昏时分。这个时候，我通常还在外面玩。玩着玩着，总会下意识地瞥一眼土仓的窗户。如果土仓里亮起了灯，那扇小窗便会透出微弱的光。若是迟迟没亮灯，那扇窗户便会像深陷的眼窝一般，黑咕隆咚的一团。就算是白天，土仓里也一片昏暗，到了傍晚，天色越来越暗，那用土垒起来的四面墙就像是围成了一口四四方方的箱子，里边黑漆漆一片，更是啥也看不清了。我会一直在屋外玩到外祖母亮灯，一旦那扇小窗有灯光透出，我便会飞奔回小土仓。

别人家的房子，既有回廊又有灶房，穿过灶房，屋后还有后门。感觉从四面八方都能进到屋子里去似的。可是，咱家的小土仓却压根儿不是这么回事。入口只有一个，门还是厚重的封土拉门。一楼是用木板搭的，要想上铺了榻榻米的二楼去，得爬上搭在昏暗的木板房最里边的一段又窄又陡的木梯。比起别人家的房子，咱家的房子可不是这么容易进的。不像是进家门，倒更像是爬进一个结实的木箱子。

别人家，一到傍晚吃晚饭的时候就特别热闹。尤其是围炉边的场景，最能展现一家团圆的幸福，那份舒适和温馨，就连屋外的人都能感受得到。夏天，时常能瞧见光膀子的男人。冬天，又常常能看到一大家子人和和美美地围坐在围炉边。

每当看到别人家晚餐前的这道风景,我总会突然间感到肚子饿了。可是,我却并不急着进自己屋去。我必须在屋外等着,等着那扇小窗透出微弱的光,等着那点光温柔的召唤。在它亮起之前,我会在屋外一直黏着外祖母。灶间搭在土仓外,外祖母总是在那个像小窝棚似的灶间里忙碌。一会儿往灶膛里塞几根柴火,一会儿又拎着水桶去屋前的小河边汲水,一会儿又去田里拔几根葱。外祖母这样忙前忙后的时候,我总是像个小尾巴一样紧紧地跟着她。

等到外祖母把晚饭的饭菜全都准备妥当,她才会爬上土仓的二楼,点亮煤油灯。现在看来,早点亮灯不是更好吗?可是阿叶姥姥却总说太费油了。她就是这样,就连点煤油灯这样的小事也是能省则省。当然,这样做的也不是阿叶姥姥一个人,村里的人都这样,就连后来搬进城里住的父亲母亲也改不了这个习惯。

土仓的二楼有并排的两间六席[①]大小的房间,其实房间之间并无隔断,却总给人一种彼此独立的两间房的感觉。一北一南各开两扇小窗,窗框上镶着铁条,此外再没有其他的空隙可以透进光线了。屋内的采光全靠这两扇窗,自然大白天也是昏昏暗暗的。南面的窗户前有大约一席大小的地方没

---

①席:日本计算房屋面积的单位。"席"原为日式房屋中用于铺设地板的厚草席,日语称"tatami",一张 tatami 大约为 1.62 平方米。

铺榻榻米，只铺了木地板，上面放了一张小小的餐桌。南面窗前的这一小块空间，不仅是我们吃饭的地方，外祖母有时也坐在这里缝缝补补，家里偶尔来了客人，也请到这里来坐坐。从一楼上到二楼，抬脚就能走到这扇窗前，对来访的客人来说也很方便。

客人总是一边打着招呼说："家里有人吗？"一边踩着木梯上到二楼。走完楼梯，径直往窗前一坐就成了。也有的客人并不上到二楼来，直接就坐在楼梯的最高的一级台阶上，似乎也并不觉得有什么不妥。阿叶姥姥作为这个家的主人，总是坐在南面窗前的木地板上，所以也就没必要招呼客人去里间了。再说，也只有这扇窗前的这一小块地方还算亮堂。

正对南面窗户，北面其实也开了一扇小窗，却很少被利用。窗户朝北，离楼梯口又远，仅能作采光口和通风口。直到我上了小学，北面窗前才摆了一张小桌，逐渐成了我看书学习的专用场所。在此之前则仅仅只是一方四角的小框，镂刻出外面的风景。

我和外祖母睡在里间。所以，每天早上醒来，我总能通过北窗射进来的光线，大致判断出当时是几点，或者那天的天气怎样。南北两扇窗都装了挡雨板和拉窗，一入夜，挡雨板自然是要放下来的。不过，等我一觉醒来，外祖母早已撑起挡雨板，打开了拉窗。

清晨醒来，缓缓睁开双眼，那时的心境最是平静和安稳。柔和的光线透过拉窗上薄薄的窗纸倾泻进来，算不得明亮，却也绝不晦暗。我总是赖在被窝里不肯起来，久久地把脸朝向那扇小窗，朝向那团柔和的白光。儿时的清晨，在小土仓中醒来时那种安稳和踏实的感觉，直到现在我仍记忆犹新。那样的清晨，现在看来是多么奢侈啊！

小土仓中，刚刚苏醒的清晨是无比美好的，相反，若是半夜醒来，可就有点狼狈了。

"我要尿尿！"

只要我醒了，外祖母也就不得不起身。她会点亮放在枕边的蜡烛，拿在手里，一面嘟嘟囔囔地念叨着什么，一面领着我朝南窗旁的楼梯口走去，然后再牵着我的手一步一步走下楼梯，一边还要不住地提醒我别踩空了。茅房在屋外，还得拉开厚重的大门才出得去。外祖母拉门的时候，就换我替她拿着蜡烛。

拉开大门，一脚踏出屋子，眼前便是全然不同的一个世界。冬天，刮着肆虐的寒风；夏天，能听见阵阵虫鸣。有时，天上挂着一轮明月；有时，又淅沥沥地下着雨。夜晚的景象真是千差万别。不远处的树林，有时会躁动着发出沙沙的声响，更多的时候则只是默默地矗立在无边的黑暗之中。

茅房就搭在土仓入口的右侧。外祖母陪我来到茅房，总是让我先进去，自己站在茅房外等我。我出来之后，再换外祖母进去，我在外面等她。

"你快先进屋吧！"

外祖母多半会这样说，可是我却更愿意在屋外等她。就算我先进屋，屋里也是黑漆漆的。同样是在一片漆黑中等待，我当然宁愿待在屋外，等着外祖母从茅房里出来。

上完茅房，外祖母和我再次回到土仓，关上厚重的房门，插上门闩，再借着手里的烛光爬上二楼，钻回空了好一会儿的被窝。待到在被窝里重新躺好，我总会有种如释重负的感觉，好像方才完成了一件什么大事。同时，沉沉的睡意又会再次袭来，瞬间将我击倒。

半夜上完茅房钻回被窝时那种奇妙的感觉，只有小时候的自己才体会得到。虽然现在我仍记得那种感觉，可是却再也没有真正体会过。只记得战争年代，我应征入伍去了大陆，在野外作战时，有时半夜会被尿憋醒，那种感觉似乎与儿时的记忆相似，但又不如儿时的经历那般鲜活有趣。

令人头疼的是，有时候我明明刚上完茅厕回来，刚一钻进被窝，立马又想尿尿了。

"我要尿尿！"

"不是刚去了回来吗？"

"可是人家又想去了嘛！"

这样一来，外祖母只得再一次点起蜡烛。天气不冷的话倒还罢了，直接从被窝里钻出来再去一次就成。可要是遇到大冷天儿，就得在睡衣外裹上厚衣服，脖子上还得围上围巾。毕竟是大半夜去室外，不裹严实点儿怎么行？

为了省事，外祖母也曾在房间里备过一个儿童专用的便盆，可是我说什么也不肯用。后来，她又不知从哪儿找来一个用旧了的马口铁制的汤婆子，打算当成尿壶凑合着用。

"尿这个里边吧！"

没想到，我对汤婆子也同样敬而远之。那种奇怪的撒尿方式我实在是接受不了。与其尿在便盆或者旧汤婆子里，我还不如对着镶铁条的窗户往外尿呢。可是，这样撒尿又会弄湿窗棱，外祖母坚决不允许。

"这孩子呀，真是头倔驴！"

外祖母常跟人抱怨。可是她的抱怨里又透着几分得意，似乎我的倔脾气还挺让她骄傲。我也不知道我这算不算是脾气倔，反正我几乎每晚都要外祖母陪我去茅房。遇到下雨的日子，就不去屋外的茅房，而是站在土仓的大门口就地解决。土仓门口长了一大片青苔，外祖母说那是"尿苔"，全是我的尿浇出来的。

深夜起床上茅房，这幅画面，现在想来却莫名地觉得生动有趣。虽说是深夜，一年四季也仍会有各自不同的风景。

春夜有春夜的和煦，秋夜有秋夜的清冷。月色如水的夜晚，地面上清晰地印着我和外祖母的影子；寒风萧瑟的夜晚，落叶在脚边顽皮地打转儿。记得最清楚的，还是我俩半夜一起捉萤火虫的事。

"好了，别玩了！该回去睡了！"

外祖母一定这么劝过我。可是，我一心只想着要捉萤火虫，哪里还有半点睡意？外祖母当然也只好顺着我咯。也不知那晚我俩是怎么了，现在想起来跟做梦似的，真是一个奇妙的夜晚。

如今，我自己也有了孙子，当年幼无知的他有什么无理的要求或是任性的举动时，我总是尽量顺着他。我小时候不也是一样的年幼无知吗？外祖母不也总是这样顺着我的吗？

说回当年，对于幼年的我来说，每一个夜晚都是那么鲜活、那么生动。在这鲜活而生动的夜的世界里，有一个小小的结实的箱子，箱子里睡着我和我的外祖母。

暴风雨

台风季总在夏末秋初。这一点，现在和过去倒是没什么两样。每年一到这个季节，暴风雨总会如约而至。九月不来，十月也会来，言而有信，从不失约。老话里有"二百一十日"或"二百二十日"①的说法，可见，谁也不曾怀疑过暴风雨的到来。

在南方的某片长满珊瑚礁的海域，形成了台风的风眼，风势逐步增强并一路北上，即将登陆日本列岛——如今我们常常能听到诸如此类的报道。可是过去的人，谁也不会想到这些。人们只会发现变了天儿，风也吹得不大对劲。这时

---

①二百一十日、二百二十日："二百一十日"指的是立春之后的第210天，通常是日本台风季的开始。在日本的传统立法中，立春是春季的开始，一般是在2月4日，所以"二百一十日"大约就在9月1日，也是秋收即将开始的时候。农家认为，大雨和强风在秋收之前到来的话，可能使一年的收成毁于一旦。所以这一天前后，农家都非常紧张，许多地方都设立了节日，希望"二百一十日"强暴风不要毁掉庄稼。"二百一十日"于1686年被天文学家涩川春海（1639—1715）正式加在日本的历法上。同理，"二百二十日"也是同样重要的日子。

候，大人们总会摆出一副见惯不怪的样子，嘴上说着："瞧这阵势，可有得一番折腾咯。"照他们的说法，暴风雨在天上溜达了一圈儿，才猛地想起：哎呀！我怎么忘了这个地方？得嘞！今儿个就光顾这儿吧。于是，暴风雨就这样来了。一旦被它盯上，那可就真是在劫难逃，非得被结结实实地洗劫一场不可。就这样，每一年总有个地方会遭受台风的侵袭，就像事先安排好了似的。

就像现在的人守在收音机前一样，过去，村里人一准儿会跑到屋外，仰头望天。他们会通过观察雨势、风向甚至云的移动，来判断自己的村子是否已经成为了暴风雨的目标。如果各种迹象均表明暴风雨即将降临，村里人立刻就忙活开了。整个村子，连空气都变得紧张起来。村民们既要检查田地，又要修筑河堤，更要加固桥梁，这些准备工作都是必不可少的。忙完这些集体的活儿，大伙儿就得各回各家，把自个儿家里里外外也拾掇得妥妥帖帖，做好万全的准备以应对即将到来的暴风雨。花盆要藏到廊沿下或收进杂物间，院子里的树要用棍子撑住，梯子也要收起来，榻榻米更要卷成一捆捆绑在屋檐下以防被狂风卷跑。等到这一切都收拾妥当，男人们还得用钉子固定挡雨板，一时间，家家户户都响起了叮叮当当敲钉子的声音。

暴风雨来临前的村子的气氛，最令我感到欢喜，甚至比过年还高兴。无论走到哪儿，都能见到干活干得热火朝天的大人们。就连几个平日里游手好闲的懒汉也坐不住了，跟着前前后后地忙活起来。一番忙碌之后，夜幕渐渐降临，仿佛不愿扫了大家的兴似的，雨势也果真越来越猛了。

就连还未上小学的年幼的我，也能感受到暴风雨来临前那种异乎寻常的紧张气氛。外祖母备足了一整日的饭菜，第二天一整天都不用开火。我们准备了最粗的蜡烛，把水缸蓄满水，再把大大小小的器皿全都搬上二楼，用来接屋顶漏下来的雨水。洗脚盆、洗脸盆、铁通、木桶……若是还不够，吃盖浇饭用的大碗也能派上用场，就放在南面小窗前的地板上。我家是间土仓，自然不必像别家那样担心挡雨板会被风刮走，不过屋顶可就不那么叫人放心了。风势太大的时候，甚至连瓦片都会被吹得无影无踪。

暴风雨将至的夜晚，我们总是比平日更早一些吃晚饭。吃罢饭，我和外祖母便早早地上了床。这一夜，还指不定会碰上什么突发状况。若不先好好睡上一觉，半夜里可没力气爬起来干活。我们躺下的时候，屋外早已是大雨倾盆，狂风呼啸。暴风雨没选别的地儿，果真就要上咱们这儿来了，我怀着这样一种交织着期待与不安的奇妙心情钻进了被窝。

——来了！来了！

我躺在被窝里，竖起耳朵聆听着外面的动静。这时候，外祖母似乎比以往任何时候都更加希望我能早点睡着，可偏偏我也比任何时候都要亢奋，哪里肯听她的话乖乖入睡呢？在我的想象中，一个庞然大物即将从天而降，而它的先头部队已经抵达，正将我们的小土仓团团包围起来。

——来了！来了！

——别说话！快睡觉！

——我可睡不着！

——闭上眼睛，一会儿就能睡着了。

我依言合上眼睛，可是非但没睡着，屋外的风雨声反而听得越发清楚了。

——你听！有什么奇怪的声音。

——没事，那是柿子树树枝折断的声音。

——柿子树断了？

我立马坐起身来。

——不是柿子树啦，只是树枝而已。别瞎操心了。

这样的对话，在我和外祖母之间要反复好多次。这么说着说着，我不知不觉睡着了。

再一次醒来时，屋外的风雨声似乎比先前还要大了。

——姥姥。

第一件事，就是确认外祖母是否还在我身边。

——好了好了，快睡吧。都这个点儿了，村里还有谁家孩子像你这样不睡觉?

听到外祖母的声音,我这才放下心来,再次沉沉地睡去了。

再一次醒来,外祖母依旧躺在身边,屋外也依旧是狂风暴雨,甚至还伴着电闪雷鸣。家中却起了小小的变化。滴答、滴答……从房顶漏进来的雨水,一下一下有节奏地敲打着天花板。小鬼终于来了!听到雨滴的声音,我脑子里的古怪念头又冒出来了。不仅是暴风雨的夜晚,阴雨绵绵的日子里,雨滴小鬼也一定会来光顾。

暴风雨的夜晚,只要有一只小鬼钻进了屋,就会一只接着一只,一下子进来好多好多。不仅天花板的四角里挤满了小鬼,就连正对着我们头顶的天花板上也有不少。

顽皮的小鬼们在天花板上蹦蹦跳跳,伴着那"滴答滴答"的单调的声响,我再一次进入了梦乡。有了小鬼的天花板,比没有的时候有趣多了。这些雨滴小鬼,一点儿也不可怕。他们仿佛是在逗我玩儿似的,让独自睁着双眼躺在被窝里的我感到舒服又踏实。房顶漏雨的声音在大人们听来似乎总让人觉得沉闷和冷清,可在幼小的我听来却全然没有这种感觉。我想象着,小鬼们从遥远的地方,偷偷摸摸地把雨水引到我家里来,再调整水流的速度,让水一滴一滴、有节奏地落下。如此需要耐心、需要毅力的秘密工作,小鬼们做得多么认真、多么投入啊!

再次睁开眼,土仓二楼早已是面目全非。外祖母已经起身,正忙着把铁桶拎到这儿,把脸盆搬去那儿,手忙脚乱地与从千疮百孔的天花板上漏下来的雨水奋战着。此时,房顶漏下来的雨水早已不是小鬼的恶作剧这么简单了,已经变成了一条条倾泻而下的水柱。看起来,小鬼们也吓坏了,早已经不知逃到哪儿去了。

——姥姥。

——惨了!惨了!

——刚才有滴水掉我脸上了。

——惨了!惨了!

无论我说什么,外祖母的回答总是"惨了、惨了"。看起来,眼前的情形的确是够惨的。我躺在被窝里,被外祖母挪来挪去。而我方才躺过的那块地板,立刻被摆满了脚盆、铁通、木桶之类。壁橱里的铺盖卷、包袱之类的也已经被拖了出来,因为就连壁橱里也开始漏雨了。

——惨了!惨了!

外祖母一边反复唠叨着同样的话,一边楼上楼下地来回折腾。忙活来忙活去,又有两张榻榻米被雨水打湿了,非得卷起来才行。

也不知风是从哪儿钻进来的,把煤油灯吹得忽明忽暗。

跳动的火光中,外祖母来来回回地忙碌着,她的影子也随着灯火晃晃悠悠。屋外的风雨仿佛释放出了所有的能量,小小的土仓在肆虐的风雨的包围中兀自飘摇。不断有东西敲打着窗户,发出巨大的声响。狂风吹过树林,传来声声哀鸣。

——我肚子饿了!

我从被窝里坐起身来说道。于是,外祖母便去楼下端来一早就做好的饭团子,塞到我的被窝里。这当儿,外祖母也可以稍稍喘口气。我俩静静聆听着暴风雨的咆哮,就着茶水,大口大口地往嘴里塞着饭团子。现在的小孩去郊游时,不是总爱吃便当吗?那时的我,可比他们还开心呢。

待到暴风雨翻过了几座山,外祖父或是开染坊的远房表叔就会来看看我们祖孙俩。外祖母早料到他们会来,事先已把楼下大门的门闩打开了。不过,染坊的表叔却总爱在北面的窗子下扯着嗓子喊:

——喂!喂!

他的声音竟然穿透了震天动地的风雨声,传进了我们的土仓,只是听上去忽远忽近。此时,在我的想象中,土仓外已是一片波涛汹涌、暗无天日的汪洋大海,而窗外的声声呼喊,不正是风暴中遇险的船只发出的求救信号吗?

——有人在叫我们呢!

——在哪儿?

外祖母侧着耳朵仔细一听，果然听见了遇险船只的求救信号，这才把北面窗户的挡雨板微微拉开一条缝。窗外仍是风雨大作。

——原来是染坊的表叔啊。

——没错。

隔着窗户，土仓内外的交谈一下子变得热络起来。

——今儿这风雨可不得了。连河堤都差点被冲垮了呢。

——您帮我瞧瞧咱家的房顶吧，也不知被吹成啥样了。

——您叫我瞧我也瞧不见呀。不过，倒像是没啥大毛病，还稳稳当当地罩在那儿呢。

——家里可漏雨漏得不成样儿了。

——漏点儿雨算什么？浅田家杂物间的房顶都被掀到天上去了，还撞上了浅井家老当家的屋顶呢。

——是吗？那，您再帮我瞧瞧，咱家院子里的树还好吧？

——石榴树倒了。不过，一棵石榴树也不值什么。等天亮了，您再去横濑家的后院看看，啧啧啧，那才叫一个惨呢！

染坊的表叔全身上下只裹了一条兜裆布，就这么光着身子披了一件蓑衣。有时候甚至只在头上顶一个蒲团就来了。

外祖父则相反，他从不在窗下打招呼，而是直接就上土仓的二楼来。进屋时，他浑身都湿透了，头上、脸上，雨水直往下滴。此时的土仓二楼已经积满了房顶漏下来的雨水，连个落脚的地儿都找不到了。外祖父总是默默扫视一周，突然冒出一句，

——这土仓，也到时候了。

——只把屋顶修修就好。

外祖母回答说。

——还有啥好修的？与其白费力气，还不如直接推倒算了。

——把这土仓推了，你叫我们祖孙俩住哪儿去？

外祖父却并不回答，只说，

——倒了两三棵树，赶明儿我拿几根棍子过来，给你撑一撑。

说完，外祖父就走了。这个表面倔强内心柔软的老头儿，自始至终没有说过一句表示安慰的话，可是他在暴风雨中深夜造访，不正是对我们最大的安慰吗？

在暴风雨之夜来看望我们的，还不只染坊的表叔和外祖父两个。住在附近的农户往往会冒着风雨去地里看看庄稼的情况，也就会顺道来我们的窗户下打个招呼，或是在楼下的大门口吆喝两声。台风之夜，来访者们的问候无异于雪中送炭，可是他们的呼喊声总是听不真切。再大声的呼喊也会被

狂风吹散，听起来断断续续，真的就像是大海的风浪中遇险船只发出的求救声。

每每听到这样的呼喊声，阿叶姥姥总会打开北面的小窗，或是跑到南面的窗前侧耳倾听，或是直接跑去楼下看看。此时已经彻底清醒的我，也会跟在她后面跑来跑去。

——你干吗？还不快回床上去？

外祖母当然会这么说，可我哪里肯乖乖回到被窝里去？

——你听，又有人在叫了！

听我这么一说，阿叶姥姥也赶紧竖起耳朵来听，屋外却只有呼呼的风声。

——我啥也没听见啊。

——不对不对，方才我明明听见了，是阿幸的声音。

——胡说些什么！这样的天气，阿幸要是站在外边，不早被风刮天上去了吗？

——你听，又来了。这回是阿町姐姐的声音。

不知怎的，我老是听到外边有人在叫。在风雨的怒吼中，我总能听见熟悉的人的声音传来。不是阿幸，就是阿町姐，心里想到谁就能听到谁的声音。

——等等，我又听见了。

——一定是你听错啦。

——不会，我真的听见了。你听，没错的，是坡下老大爷的声音。

——那他说的是什么?

——他说,给个柿子。

——那个老头子牙都掉光了,哪里还咬得动柿子?

把我们的小土仓折腾了整整一夜的暴风雨,此时也开始渐渐收起了它咄咄逼人的剑锋。雨势越来越弱了,风声也越来越小了,天边渐渐泛起了鱼肚白。

由于屋顶漏雨,房间里几乎没有一块地方是干的了。我和外祖母蜷缩在屋子的一角,把被褥裹得紧紧的。当一切喧嚣和危险渐渐离我们远去,我们竟然带着一种难以名状的满足感和安全感沉沉地睡去了。况且,还有更令人开心的事在等着我呢。暴风雨过境之后,它给咱们这个村子究竟留下了什么呢?等我再次睁开眼,就能亲眼去看看了。就这样,我带着满心的好奇与期待进入了梦乡。

在众多关于暴风雨之夜的记忆中,有一幕显得尤为清晰,那是我被谁背在背上,从土仓朝本家走去的场景。

夜已微明,暴风雨也渐渐势弱。雨已经停了,唯有风还在继续吹着,而且似乎突然来了兴致,竟丝毫没有减小威力。就在这个时候,不知是谁把我背起,从土仓朝母亲的娘家走去。也许是因为土仓漏雨严重,必须更换全部的榻榻米,因此才决定暂时搬家。也许是因为我突然发起了高烧,本家人多方便照顾。又或许，发烧的人并不是我，而是外祖母，所以她才拜托本家的人来照顾我几天。

不管是由于什么原因，总之，在暴雨刚过的破晓时分，我踏上了从土仓去本家的路。在当时的记忆中，那是一段很长很长的旅程。可是现在看来，这段"很长很长的旅程"，其实只经过了土仓与本家之间的寥寥几户人家，成年人走来也就不过五分钟的距离。

我趴在某人的背上，在一片萧索的风景中艰难前行，仿佛骑着骆驼踏上了异国之旅。这份奇特的记忆深深地烙印在了我的脑海中。

直到今天，我仍然对"黎明前的夜色"这个词，以及这个词所代表的那个天将明而未明的时刻情有独钟。黑夜已经结束，然而天却未大亮。这是一个介于黑夜与白天之间的界限不明的时刻。空气中仍残留着夜的气息，迟迟不肯褪去。

幼时，我曾在暴风雨之后的破晓时分，在黎明前的夜色中，伏在某人的背上踏上一段旅程。这，也许正是我特别偏爱"黎明"这一将明而未明的时刻的重要原因。经过暴雨的冲刷，道路上满是泥泞和水洼。路面上随处是被风打落的枝枝和树叶，一片狼藉。大人驮着我，在这条道路上一步一个脚印地走着。伏在他背上的我，不经意间抬起头来，看到两旁的树木仍在风中剧烈地摇晃着，有的仿佛女人的长发一般被狂风撕扯得到处都是。有的树被风吹倒了,有的虽还未倒却也已是摇摇欲倾。路过的人家全都把门窗关得死死的。在这仿若无人的村落般寂静的晨光中,我从土仓朝着本家走去。那时的我,大概五六岁。那是我第一次在陌生的时间,在陌生的风景中走过一段旅程。

这段从土仓到本家的旅程,让我对黎明有了最初的印象。从那以后,我又与黎明有过几次亲密接触。身处将明而未明的黎明时分,自然与寻常时刻有着完全不一样的感受。

其中一次是小学一天一夜的修学旅行。天亮前,我们要在小学的校园里集合,分批坐上几辆校巴出发。那次旅行本身并未给我留下多少回忆,唯有笼罩在黎明前的夜色中的校园,至今我仍能在脑海中清晰地勾勒出来。一开始,甚至连自己身边站的是谁都看不清。渐渐地,黑暗像一摞薄薄的墨纸被一层一层地揭去,队伍里站得或远或近的好友们的脸也随之一点一点地清晰起来。每一张脸上都带着还未完全褪去的睡意,唯有一双双眼睛兴奋地闪着光,充满了对修学旅行的憧憬。

后来,我应征入伍。从村里出发赶赴前线的那天,我也是天还未亮就出了家门,到村政府门前集了合,又慌慌张张地与村里的乡亲们道了别。也是在那一片黎明前的朦胧夜色中，我得到了属于我的"千人针①"。

类似的记忆还有许多许多。大陆地区的野战，部队开拔大都选在黎明时分。我是一名辎重兵，所以总是牵着战马。一人一马，一前一后，半睡半醒地走在黎明前的夜色中。那场景，时至今日仍然记忆犹新。横渡河北省永定河是在黎明时分，朝保定城外进发也是在黎明时分，就连我离开队伍，为了转移到后方的医院而孤身一人赶往石家庄火车站，也是在一个清冷的黎明。

自从当了小说家，我再也不曾有过与黎明相关的经历，也许是因为生活变得平淡了吧。有时，我彻夜伏案工作，也会隐约感觉到窗外黎明的降临。可是，真正置身于黎明前的夜色中的感觉，却再也没有体会过了。

我偏爱笼罩在黎明前的夜色中那将明而未明的时刻。因为这一刻，人仿佛正面临着某种未知。我们常说"穿过黎明前的黑夜"，正是因为在这一刻，我们的精神正与未明的黑夜两两相对，并随时准备冲破这黑暗去干点什么。

我在自己的小说中，常常会将故事发生的时间设定在"黎明时分"。每每此时，幼年时暴风雨之夜的经历便会隐约

---

①千人针：日本文化中的一种护身符，长约一米，上面由一千个女人每人缝制一针。通常是日本女性在家中参军的男性临行时献上的礼品，用来保佑士兵战无不胜，在战场上能够得到命运之神的垂青。这种习俗在二战期间的日本国内达到顶峰。

浮现于脑海。我不爱写暮色低垂的傍晚，却爱写晨曦微露的黎明，只因比起薄薄的暮霭，黎明前的黑暗中所蕴藏的一切要更富吸引力。也不知是否有"未明晓雪"这样的词，我常常想要将黎明的夜色中白雪纷飞的场景写进我的某部作品里，却一直未能如愿。

暴风雨过境之后，第二天一定是个大晴天。碧空如洗，艳阳高照，仿佛昨夜那场风雨根本不曾来过。整个村子也好似被喷了消毒液彻彻底底地清洗过一般，连一粒灰尘都找不见了。不过，也许是清洗得太过用力，虽没了灰尘和污渍，却添了许多随处可见的破损和伤口。

暴风雨的第二天是最忙碌的，就连孩子们也不闲着。昨夜那场狂风暴雨的魔爪，究竟给咱们的小村留下了多少爪印和伤痕呢？我们一定会跑遍全村，好好清点一番。听说谁家的柳树倒了，必得去看个究竟。又听说谁家池塘的金鱼被水冲走了，就连那空荡荡的池子，也一定要亲自看上一眼才算。

此外还有不少乐子呢。把黏在泥地里的树叶一张一张地揭下来，这可是暴风雨第二天独有的游戏。

——大伙儿加把劲儿呀！

大人们也时不时地相互打着气，为收拾暴风雨之后的残局而忙得不可开交。有的忙着晒榻榻米，有的忙着把挡雨板搬到室外，有的忙着往竹竿上晾刚洗好的衣服被褥……人人都忙得团团转。

孩子们就在这些忙碌的大人们中间钻来钻去，好像跟身边干活的大人们较上了劲似的，大人们干得越卖力，孩子们也玩得越起劲。

——嘿！你们这些孩子，真碍事！一边儿玩去！

有时候，我们不得不转移游戏的阵地。当然，转移阵地也没什么大不了，反正换个地儿也一样照玩不误。

我还记得，在暴风雨过后的第二天，屋前那条小河里，总会从上游不断漂来各种各样的东西，我总能捡好多回家。那条河是村里人常去洗衣淘米的地方，平日里水深不过只到小孩的膝头。只有供大家洗东西的一段水域，水流被人用木板截住，所以显得格外深一点。只因昨夜的一场暴雨，河水水量猛涨，便从上游冲下来各种稀奇玩意儿，七零八落地漂浮在浑浊的水面上。一只落了单的木屐、一个空罐头、一块软木塞……真是应有尽有。

这些东西漂到专门用来洗东西的那段水域，就漂不动了，慢慢堆积起来。我见了，也不管有用没用，全都一股脑儿捞起来带回家去。在我众多的战利品之中，外祖母曾经发现了一把木饭勺，并把它带回了我们的土仓。第二天，这把木饭勺便成为了灶房的重要工具之一。每当听到外祖母向人讲起这把木饭勺的来历,我总感觉自己特有面子。现在想来,在我的一生之中,这把木饭勺算得上是我的第一个战利品,第一份通过自己的劳动而获得的回报。

泡汤

我的故乡汤之岛,如今成了天城汤之岛的一部分,是著名的伊豆温泉乡之一。可是,在我刚出生那会儿,它还不过是天城山山脚下一个名不见经传的小山村。村里的山谷间多有温泉涌出,于是便开了两三家温泉旅馆,建了一所温泉别墅,还有一个公共温泉澡堂。当时的温泉旅馆,跟如今豪华气派的温泉酒店可没法比。不过是偶尔心血来潮似的用马车拉来一两拨客人,随意安置到那两三家旅馆里,旅游团什么的可压根儿没见过。说到旅馆的数量,之所以用了"两三家"这样不确定的说法,是因为有的旅馆时而营业时而歇业,没个定数。一年之中有且仅有一次,在秋天快结束的时候,宫内省①辖内的各级官员会来天城山狩猎,几家旅馆也会迎来大批的旅客。所以,村里人都把这次狩猎戏称为

---

①宫内省:日本曾经设置的政府部门,主要掌管天皇、皇室及皇宫事务,存在于律令制时代、大日本帝国时期。1947年改制为宫内府,1949年再度改制为今天的宫内厅。

"秋闱"。

村里的人们结束了一天辛苦的劳作，从山林中、田野里回到家，坐在围炉边吃过了晚饭，便会提着灯笼，朝山谷里的公共温泉澡堂走去。若是公共温泉里人太多，那便调头去旅馆或别墅。旅馆本就是同村的人开的，别墅也通常是由村里的某人在管理，所以根本用不着客气。再者说，谁都知道温泉的水会不断往外涌，总归是用不完的，自然也不会有人觉得这是占了人家的便宜。有的人直接从玄关大摇大摆地走进去，也有的人顺着院墙绕到后面的浴室，从窗户翻进去。

连大人都这样不计较，小孩儿们就更加肆无忌惮了。夏日里，特别是白天，温泉旅馆的浴室简直被孩子们完全占领了。我们先在山谷里的溪流中把身子冲得凉透了，再一头扎进旅馆的浴池里。等到身子泡暖和了，又再跳进山谷的溪水里。对小孩儿来说，公共温泉也好，旅馆的浴池也罢，并没有什么区别。我们沿着山谷顺流而下，赤裸着身体，有时跃进旅馆的浴池中，有时泡在公共温泉里，有时又在别墅的浴室里蹦来跳去。

在幼时的记忆中，如果说有什么事多少带了点神秘色彩，那便是村里那个男女混浴的公共温泉澡堂了。浴室原则上还是区分了男女，可是人一多起来，男的会去女浴室，女的也会去男浴室，大家都已习以为常，丝毫不会觉得难为情。

幼年时所见的公共温泉男女混浴的场景，并非是在视觉效果上，而是出于一种莫名的原因，让人产生一种奇妙的神秘感。用现在的话来说，也许可以说是一种"官能上"的感觉。无论走到哪儿，触碰到的一切都是滑溜溜的。整个人仿佛置身于一个温暖、柔软、光滑的世界之中。

多年以后，当我翻开岸田柳生①所著的《初期肉笔浮世绘》②一书，看到里边所收录的"彦根屏风""庆长游女游戏屏风""庆长汤女图"等风俗画的照片时，我首先联想到的就是家乡的夜晚，公共温泉澡堂里男女共浴的场景。在我的想象中，若是让"彦根屏风"或庆长风俗画里那些扭腰弄姿的女人们全都赤裸着身体，置身于水汽氤氲的浴池中，家乡夜晚的公共温泉那种潮热而奇妙的氛围定能应运而生。

---

①岸田柳生：(1891—1929)，日本西洋画画家。曾于白马会研究所学习西洋画，画风近似后期印象派和野兽派。后来受到丢勒和凡·艾克等北欧古典绘画大师的影响，追求写实。1915年参与创立草土社，成为其中心人物。晚年对早期浮世绘和宋元绘画发生兴趣，致力于西洋画日本化。

②《初期肉笔浮世绘》：岸田柳生所著的研究浮世绘的著作。"肉笔浮世绘"是江户时代形成的浮世绘的一种类型。与常见的被称为"锦绘"的浮世绘版画不同，由浮世绘画师用笔直接描绘在绢或纸上，故称"肉笔"。元和、宽永年间的风俗画，与之后的浮世绘在形式和内容上关系紧密，故也称"初期肉笔浮世绘"。

双膝跪地的女人、梳洗长发的女人、怀抱婴孩的女人、互相替对方搓背的女人……她们中既有大姑娘，也有小媳妇，当然还有老太婆。女人们碰触着彼此的身体，在一片水雾袅绕中越发紧密地挤在一起，浴池里挤满了，洗衣槽边也挤满了。

五六岁的我身处其中，一会儿被拽入浴池，一会儿又被带到洗衣槽边，所到之处、所碰之物，无一不是一片滑溜溜。有一次，我甚至被隔壁农家的大娘用两条光溜溜的大腿给紧紧夹住。只听她说，

——快闭上眼睛！让我兜头给你浇盆水！

我便死死地闭上眼睛不敢睁开。

——好了！转过身去！这回该浇背了。

我听话地乖乖转身，却也分不清前后左右，只是在她的两腿间滴溜溜地打转。好不容易我找对了方向，睁开眼，却刚好瞧见阿叶姥姥正在用轻石片刮脚踝，或是用丝瓜瓤搓背。她搓得可使劲儿了，几乎让我担心她会把身上的皮搓下一层来。

——等大娘把你洗干净了，就再去泉水里泡一泡。

于是，等我被洗得滑溜溜的，我便哧溜一下滑进浴池，等待我的仍是一个软绵绵的世界。无论我去哪儿，碰到的总是光滑、柔软的东西。不是撞上女人的乳房，就是撞上她们

的细腰，或者阔背，仿佛我正被庆长的汤女^①团团围住。

不过，水雾缭绕中的女人们，个个长得健壮结实，性格爽朗泼辣，这是唯一不同于"彦根屏风"和庆长风俗画中的女人的地方。农家的大姑娘小媳妇们那浑身散发着浓浓乡土气息的肉体，在温泉水汽的浸润和蒸腾中，相互摩擦和碰撞着。

除非天气太冷，每逢春秋两季，一入夜，我总会跟着外祖母或是邻家的农人们一起去公共温泉。我总是把自己脱个精光，露出瘦巴巴的小身板，投入到那些或是扭腰弄姿，或是双膝跪地的肉体的怀抱中去。

春秋时节，泡完澡刚出水时也不会觉得冷，所以我们常去步行不过十五分钟路程的山谷间的公共温泉。可是到了冬天，就只能用自家小土仓一侧的浴槽凑合凑合了。浴槽上方只搭了一个简易的屋顶，虽说下雨时也不是完全不能用，但每逢下雨天，我们还是会去本家，借他们的浴槽来泡澡。本家的浴槽也是砌在屋外的水井旁的，但屋顶搭得很是牢固结实。

在我小时候，村里家家户户都在屋外砌着这样一个浴

---

① 庆长的汤女："汤女"是日本澡堂雇佣的一种娼妇性质的服务女性。兴起于室町时代，江户时代前期在江户、京都、大阪等地的温泉浴室风靡一时。"庆长"即后阳成天皇、后水尾天皇时期的年号，1596—1615年，这一时期各地的澡堂也生意兴隆，汤女这一职业也甚是兴盛。

槽。农家的屋舍大都宽敞，把浴槽设在灶房里当然更为方便。可是，一点火烧水就会弄得整间屋子烟熏火燎的。光是围炉里烧炭的烟就已经够呛了，要是再加上烧洗澡水的烟火气，准会熏得家里人个个都睁不开眼。

时不时的，附近的农家还会来邀我们去他家泡澡。当然，通常都是在洗澡水里放了橙皮、柚子皮呀，盐袋、草药呀之类的特殊的日子。

回想起来，在室外的露天浴槽里泡澡，多少有点凄凉。刮着冷风的日子，洗完澡从浴槽里一出来，我总会光着身子抱起换洗衣服飞快地跑回土仓。有时候，恰逢一轮寒月高悬于夜空，我便仰躺在露天浴槽中抬头望月。每每这时，总会听见蹲在一旁往灶口添柴火的祖母问我：

——冷热合适不？

——太热啦！

我总会回答。于是，祖母便会拎起铁桶去六七米开外的小河边汲水。

——变温了！

祖母听了便继续专心地添柴烧火。不一会儿，脚那一方的水又渐渐热了起来。

——又变烫了！

——你搅和搅和试试。

我听话地在水里搅和了几下，这下可好，整缸水都热起来了。祖母只好又去打凉水。

去别人家泡澡的话，要数泡盐水澡的时候最有意思。水里放了用稻草之类编成的盐袋，双脚踩在上面感觉糙糙的，甚至还有点扎肉。有时，我还会伸出舌头，尝尝洗澡水到底有多咸。

——好咸呐！

——这可不能喝。待会儿让俺家媳妇给你热壶甜酒好了。

泡完盐水澡，就到灶房里用没放盐的清水冲一冲，再坐到围炉边喝上一杯主人附赠的热热的甜酒。

当然，泡澡这事，我们也不是谁家都去，只限于本家和相邻的两三家农户。其中有一家姓奥田的，出了我家土仓的后门，斜对门就是他家的仓房，浴槽就砌在仓房的一侧。每回去他家泡澡，我要么先去正房，在里屋先脱了衣服，要么直接去浴槽边，脱了衣服挂在一旁的树上。

如今，奥田家正房的样子，甚至那家人的模样，我都一点儿也想不起来了。只记得他家有个叫"阿仓"的女孩儿，也不记得她当时多大年纪。总之，这个名叫"阿仓"的女孩儿，作为一种不幸和黑暗的象征，深深地印刻在了我记忆里。

关于她的故事，我是上了小学之后才听说的。阿仓还是个小姑娘时，有一天突然走丢了，当时的人都把这种小孩子离奇失踪的事件称作"神隐"，认为孩子是被神灵给藏起来了。过了好几天，当人们在天城山里找到她时，她已经变得痴痴呆呆。用现在的话来说就是，阿仓患上了精神疾病，突然失踪，在几天之后被发现时已经精神失常。我上小学那会儿，上下学时经常能看见阿仓在我家地界的东北角那个水车小磨坊边上，洗洗衣服、碗筷什么的。阿仓跟谁都不说话，脸上也看不出任何喜怒哀乐，似乎永远在默默地干活。这样的阿仓在孩子们的眼里，自然是晦气、讨人嫌的，可是却从来没人捉弄过她。在我念中学的时候，阿仓才去世，去世时不过五十岁上下。

无论是我念小学时看到的阿仓，还是我上中学后回乡探亲时偶尔看到的阿仓，都比不上我五六岁时看到的那个阿仓那么真实，那么鲜活。现在想来，那个在年幼的我眼中留下抹不去的影子的阿仓，才是真正的阿仓。

每回去奥田家泡澡，总能看见阿仓屈身蹲在灶口前，默默地添柴烧水。这个时候，正房里往往正在吃晚饭，一家人围在饭桌前有说有笑、热热闹闹。唯有阿仓总是独自默默蹲在浴槽的灶口前，仿佛与这份热闹没有半点关系。

有一回，我在浴槽中泡着澡，突然放声大哭起来。外祖母和其他人从正房赶来，问我究竟是怎么了。可是，连我自己也不明白自己为什么哭，自然也没法回答他们。唯有当时心里那种说不清道不明的难过滋味，至今仍然清楚地记得。

也许，在那时的幼小的我看来，永远在浴槽一角默默烧火，始终与周遭格格不入，浑身散发着不幸气息的那个黑色的影子，值得我为她一哭吧。也许，小孩子的幼小心灵的心弦，远比大人的更加敏感，更加纤细。阿仓的存在令我感到悲伤，所以我才会不由自主地为她哭泣，一定是这样。

跟泡澡有关的，同样曾经强烈地震动过我的心弦的，还有一件事。

那也是在我五六岁的时候。有一回，我要去八里开外的父亲的老家住几天。那里住着我父亲的哥哥，也就是我的伯父一家人，我去住上几天本也没什么稀奇。不过，外祖母放手允我去别处留宿，却难得有这么一回。现在回想起来，多半是伯父来土仓有什么事，随口邀我跟他一起回他家，我便一时起了念头，坐上马车跟他一同走了。事情的起因和结果我早已忘得一干二净，只有在伯父家前院被大伙押着沐浴净身的情景，一直留在了我的记忆中。

我被大伯母脱了个精光，强摁进浴桶的热水中，任由她用双手为我搓洗身体。那种感觉奇特而难以描述。大伯母一开口说话，就露出满口黑牙①。那一口染得黢黑的牙齿，使得大伯母的脸在幼小的我的眼里如同魔鬼一般可怕。

想来，当时的我一定板着一张脸，心里直嘀咕：瞧我被带到什么鬼地方来了！那可是我第一次沐浴净身，而让魔鬼给自己洗澡，更是生平头一遭。

时不时的，会有不同的人前来围观我沐浴，看上一会又走开去。这些人有男的，也有女的，还有小孩儿，无一例外都是我不认识的。他们也都像看西洋镜似的打量着浴桶中的我，还不时窃窃私语地议论着什么。想来，他们和伯母之间一定有过如下的对话。

——哟！这是谁家的小少爷呀？

——他呀，是我家那口子刚从汤之岛带来的。

——这么说，是住在土仓里那位小少爷咯？

——谁说不是呢。

——真是稀客呀！看样子是个懂事的好孩子。就是太瘦了点儿，弱不禁风似的。

---

①黑牙：日本自古有将牙齿染黑的习俗，中世时一度在男性中也很盛行，不过通常在女性中更常见。女子到了十六七岁，就要请自己的"铁浆亲"（为孩子完成染齿仪式的礼节上的义母，多由孩子的伯母婶娘等年长的女性来担当）把自己的牙齿染黑，这被视为是一种成年的标志。染齿之后，女子便可以与男子交往，亦可以成婚了。在日本，古时候多用在灼烧后的陈年铁屑中加入浓茶、酒或糖稀，配制成染齿的染料。

——在土仓里养大的孩子,可不瘦得一根葱似的嘛。

那是我生平第一次置身于一个周围全是陌生人的异乡,相熟的人一个都不在身边。眼睛里看到一切,也全是陌生的异乡的风景。

那个在父亲的老家的前院里沐浴净身的我,小小的内心里一定装满了各种各样的情绪。有不安,也有后悔。大伯母的满口黑牙,让我感觉身在地狱,而把我带到这里来的大伯却不见了踪影,更让我怀疑这事不像看起来这么简单。时不时在我眼前晃悠的男男女女们,也不知在商量些什么。这一切一切的感受汇成一句话,那便是:这里是异乡,我只是一个外人。这句话,深深地烙印在了我幼小的心灵上。从那以后直到今天,我从未像那天那样深切地感到自己身处异乡,也从未像那天那样深切地感到自己是个外人。

疾患

"疾患"一词,现在几乎不怎么用了,其实却是个用起来很方便的说法。牙齿痛就说"牙患",耳朵痛就说"耳患",长期卧病在床则说"久患",而心中有事老是放不下,那便是"心患"。

小时候,我是腺病体质,稍不留神就会感冒发烧,卧床养病是常有的事。虽说现在的我看上去远比旁人健康强壮,可其实,至少在小学三四年级以前,我一直长得瘦瘦小小,看起来有气无力。上小学之前,我更是动不动就生病,不是这里不好就是那里不舒服,一大半的时间都是在卧床休息。每回我生病卧床,本家的外祖母或是小舅舅、小姨妈他们就会来看我。虽然并不是什么了不得的病,犯不着特意来探望,可是却总会有人来看我。其实,是阿叶姥姥把我生病的事闹得本家和左邻右舍都知道了,那边也不好坐视不管吧。

本家的外祖母一来,就会坐到我的枕畔,把手搭在我的额头上,一脸心疼地说:"要是没什么倒也罢了,要是有个什么好歹，可真叫人担心呐。"每回都说些诸如此类的话。本家的外祖母是个心地善良的人，就算是旁人遭遇不幸，她也总会归咎于自己。我分辨不出本家外祖母那张忧愁的脸，究竟是真的为我感到担忧，还是仅仅是一种表演。也许，她是真的在为我担忧，但也有可能她并没有看上去那么担心，只是为阿叶姥姥着想而故意表现出很担心的样子，好让阿叶姥姥心里好受点。与她截然相反，外祖父的态度可就简单粗暴得多了。他总是径直上到土仓的二楼，站在我的床头，抛出一句："真没出息！怎么又发烧了？"然后再补上一句："啥也别给他吃，躺上个两三天就好了！"说完，便一转身，若无其事地下楼去了。每每这个时候，阿叶姥姥总是满面愁容跟在他身后，嘴里嘟嘟囔囔地嘀咕着什么，把外祖父送下楼去。直到她再次返回二楼，她嘴里的话还没嘀咕完呢。我想，她一定是在咒骂外祖父吧。另外，附近的农家也会有人拎着鸡蛋来看我。说是鸡蛋，也不过就两三个。说来也是，我动不动就生病，也没道理回回都让人家送那么多吧。

我的床就铺在北面窗户的窗口下。我总是穿着带系绳的蓝底白花的睡衣躺在那儿，漫无边际地胡思乱想。阿叶姥姥也有她的事要忙，不可能整天守在我这个病人的床边。年幼的我对自己生了病这件事也没什么概念，无非是发烧的时候就迷迷糊糊，拉肚子的时候就浑身没劲儿，提不起精神来，仅此而已。

现在回想起来，小时候生病时那一段段肆意流逝的时间，是多么无可替代的，宝贵而奢侈的时光。多想再体会一下那种无所事事、漫无目的的感觉，虽然明知这是不可能实现的奢望。土仓的二楼，空气仿佛是浑浊而凝固的，两扇小窗透进来的光线似有若无。我平躺在被窝里，两眼正对着天花板。天花板上被漏进来的雨水浸泡过的痕迹，忽而看上去像天狗①，忽而看上去又像动物，忽而看上去像树枝，忽而看上去又像鸟居②。一转头，眼前便是一片榻榻米的海洋。再一翻身，窗框中镂刻出的那一方四角的风景便会映入眼帘。一层层错落有致的梯田，一道弧形的小山丘，一小片蔚蓝的天空……这一方镶嵌在窗框中的四角的风景画，每当清风拂过，它便会焕发出勃勃生机，每当飘起微微细雨，它又会泛出柔润的光泽。特别是在夏日午后的阳光下，那幅静谧而安详的画面更是美得令人窒息。

就这样，我时而侧身望向窗外，时而抬头仰视天花板，

---

① 天狗：日本传统的妖怪形象之一，和中国传统文化中的天狗形象相距甚远。天狗脸是大红色，有着高高的鼻子，有点像长臂猿，身材十分高大。穿着修行僧服、高齿木屐，手持团扇和宝槌。他们住在深山中，具有神力和超能力，具有让人类感到恐惧的力量。

② 鸟居：类似牌坊的日本神社附属建筑，代表神域的入口，用以区分神栖息的神域和人类居住的世俗界。鸟居的存在提醒来访者，踏入鸟居即意味着进入神域，之后所有的行为举止都应特别注意。

时而又转头看向那一片榻榻米的海洋，这一系列动作我总会反反复复地做上很多次，因为除此之外也实在无事可做。就这样机械地重复着同样的动作，不知不觉间，我的视力仿佛丧失了作用，反而是听力变得异常灵敏。我听见了小河淙淙的流水，水车咕噜噜地转动；也听见了将黑夜与白昼一分为二的报晓的鸡鸣；还听见了屋外阿叶姥姥来回走动的木屐声、小狗的轻吠、麻雀的唧唧喳喳……这一切一切的声响，断断续续地全都往我耳朵里钻。

在昏暗的土仓中，我醒过来又睡过去，睡一会儿又醒过来。醒着时和睡着了也没什么两样，不过是听听水车的转动声，或是看两眼镶嵌在窗框中的田园风景。那恐怕是一种世上绝无仅有的、彻底的休息和放松吧。无所事事、漫无目的的时间在缓缓地流逝着，冥冥中似乎有某种不可知的东西正缠绕着病床上的我，却丝毫不危及我的生命。阿叶姥姥算准了时间，一到点就会从楼下端来吃食，专给我这个病人享用，餐盘上总是盖着一块布。我一生病，阿叶姥姥对我反而照顾得更起劲了。毕竟，我的曾外祖父生前是个医生，作为他曾经的情人，在护理病人方面，阿叶姥姥也多少有些心得吧。

阿叶姥姥总在吃饭的时间给我量体温，一日三次。那几分钟可真是难挨呀。我规规矩矩地坐在床上，一只手的胳肢窝下紧紧地夹着体温计，为了防止体温计从胳肢窝下掉出来，另一只手也得稳稳地扶着这只手的手腕。

——可不许乱动哦！

姥姥不说我也不敢动，可是不知为何，却特别想把脖子转来转去，一会儿转向窗户，一会儿又仰头看天花板，似乎越是叫我别动，我就越是想动。就这样仿佛过了很长时间，终于听见姥姥说：

——好了，可以了！

我这才松了一口气。阿叶姥姥从我的胳肢窝下抽出体温计，总会拿着它走到窗边，仔细辨认上面的刻度。然后再用两个指头拈着体温计的一头，用力地甩几下。

我曾经摔坏过两个体温计。一次是在土仓的二楼，一次是在父亲的任地丰桥。那时，我刚到那儿就生了病，当着母亲的面把体温计给摔坏了。这两次的情景我都记得一清二楚，却忘了是哪次在前，哪次在后了。

在土仓二楼摔坏的那一次，周围一个人也没有。或许是我学着祖母的样子甩动体温计，结果手一滑，酿成了大错。又或许是我玩着玩着忘了胳肢窝下的体温计，于是造成了无可挽回的后果。

不管是因为什么原因，总之，水银从摔破的体温计里流了出来，大大小小的水银珠滚得满床都是。我想伸手摁住一个，它却总是从我的手中溜走，不一会儿，全都跑得没了踪影。我从没想过世界上还有这么难对付的东西。惨剧，总是在不经意间，因为某个微不足道的原因而引发的。而它所造成的后果，却远远不是一个幼小的我所能掌控的。终于，我放弃了追逐四散而去的水银珠，怔怔地呆坐在被褥上。

后来，我应该下楼去把这事告诉了祖母，却不记得自己曾为此挨过骂，可见外祖母当时并没有责怪我。可是，无论有没有挨骂，这件事都给幼小的我造成了巨大的打击。那是第一次，我明白了，世界上有些错误是永远无法弥补的。也是第一次，我明白了，有的东西坏了还能修，而有的东西坏了，就是彻彻底底地坏了，永远也无法修复如初。

初中一年级的时候，我曾摔破了我的暖水瓶。那一声微小的但却是毁灭性的破碎声，至今仍清晰地回响在我耳畔。而摔碎体温计的这一次，更是连什么时候摔碎的都不得而知。唯其如此，这件事带给我的打击才更大。

量完体温，外祖母这才揭开餐盘上的那块布。餐盘上放着的食物，总是一成不变：白粥、梅干、炒鸡蛋、鲣鱼末和鸡汤。按照当时的说法，"爽口白粥酸梅干，炒蛋香来鸡汤鲜"，无论是伤风感冒，还是吃坏了肚子，用的都是这道食谱。

我现在的身体还算强健，几乎很少生病卧床。不过，偶尔生病在床上躺个一两天，我就会要求家里人给我做这几道菜。当然，也会有人提出，拉肚子的时候可不能喝带动物油的汤水，我却不当回事。对我来说，生病的时候该吃什么，是在我五六岁时就已经定好的规矩，哪能说改就改呢？病中的吃食还能照着小时候的来做，卧病的地方却再也不能回到老家那个土仓的二楼了，不得不说有点遗憾。没有了漏雨的天花板，也没有了镶铁条的窗户；没有了昏暗而宁静的光线，也没有了水车转动的声响。如今我躺着的这间书房，周遭的事物几乎可以说与当时的一切正相反。我要是这么说，女儿听了一定会反驳我："这里可没有阿叶姥姥。"是啊，她说得没错。一个卧床休息的病人所需要的环境，在这个名叫东京的城市，似乎越来越难找到了。就连住进了医院，也仍然能听到汽车的噪音。

　　吃完饭，阿叶姥姥就会督促我吃药。感冒时吃阿司匹林，肠胃不好时就喝苦味健胃剂[①]。另外还有两三种药，我不记得叫什么了。若是受了伤，就全靠浓碘酊。

　　最怕嗓子疼，每天都得在雾化器前坐上一两回。整张脸都得用一大块布给包住，只露出眼睛和嘴。脖子以下，为了不弄湿衣服，也要用布给遮起来。

　　全副武装之后，就要坐到一个不断喷出刺鼻的蒸汽的小

[①]苦味健胃剂：用橙皮、泥蛉、花椒的渗出液制成的健胃药剂。

小的机器跟前,张大嘴巴。

——嘴不用张得那么大。

——这回又太小了,再稍稍张大一点。

——你傻吗?是要把嘴撑破还是怎么?

外祖母总是在一旁不停地提醒我。可是,要想把嘴张开得刚刚好,还真不是件容易的事。

——好苦!

——别怕,待会儿给你吃糖。

——这次特别苦!

——那就给你吃特别甜的糖。

我一边跟外祖母讨价还价,一边还是乖乖地张开了嘴。顿时,嘴里,嘴的四周,整个脸颊,全都被刺鼻的蒸汽所包裹,连眼睛也被熏得直眨巴,一会儿工夫,整张脸都搔痒难忍起来。那种感觉,简直像在经受某种酷刑。

我五六岁的时候常为长虫牙而烦恼。我爱长虫牙这事,本家的人,还有别的亲戚,都说要怪阿叶姥姥。

——大晚上的,快睡觉了还要吃糖球,一大早,刚睡醒又要吃糖球。照这个吃法,能不把牙吃坏吗?吃不坏才怪呢!

只要我一说牙疼,本家的外祖父就会发这么一通牢骚。

他说得没错，我每天早上醒来，枕边总会放着糖果糕点，用薄纸包得好好的。我每天睁开眼的第一件事，就是趴在床头，享用这些用来"醒瞌睡"的美食，吃完才会离开被窝。这习惯，自然对牙齿不好，也许对肠胃也没好处。在这一点上，阿叶姥姥可不像是个跟医生生活过多年的人。比起村里农家的那些七大姑八大姨，她多少还是有一些医学常识的。可是，面对年幼的我的无理要求，她却毫无抵抗力。对身体好也罢坏也罢，只要不太过分就行，最要紧是逗我开心。

有一次我牙疼，不知是本家的谁，在我脸颊上贴了一块梅干皮。为了不叫梅干皮掉下来，我一路歪着脖子回了土仓。阿叶姥姥见了，一把把我拽到二楼的窗前，把我脸上的梅干皮给撕下来，又用润湿了的手掌揉搓着我的脸颊，一边让我张开嘴。然后，阿叶姥姥又把脱脂棉搓成小球，用浓碘酊浸泡后，塞进我的虫牙的蛀洞里。这种时候，比起梅干皮，她倒是更相信浓碘酊。可是每回我头疼的时候，她又会在我的太阳穴上贴张梅干皮。这样看来，似乎对于梅干皮的疗效，她也并非全然不相信。只是面对亲戚们针对"醒瞌睡点心"的责难，作为曾外祖父"洁"的曾经的情人，她需要借助浓碘酊来表达她决不让步的反抗态度。

还有一件事，现在想来挺奇怪的。时不时的，我尿尿的地方会莫名其妙地肿起来。不光是我，跟我同龄的孩子，那里都会出现肿胀的情况。这个时候，阿叶姥姥就会带我去田里，用铁锹挖几条蚯蚓，然后往蚯蚓上浇水，一边说："给蚯蚓洗澡咯！咱的病也全好咯！"

外祖母这么一说，还真的就好了。第二天，虽说肿胀的地方会流出脓水来，但肿却消了，形状也恢复正常了。外祖母不仅这么治好过我，邻居家的孩子，她也是用同样的法子给治好的。这种疗法倒不是给当医生的曾外祖父做情人时学的，而是她自己家乡的老办法。当她跟随自己的情人来到这个天城山脚下的小村庄时，也把这种疗法一同带来了。

冬天一到，便刮起了北风，没几天，脸和手都被吹得皲裂了。脸和手的表皮的脂肪成分大量流失，变得粗糙干裂。村里孩子们的脸蛋全起了白皮，一道一道跟画了白色的地图似的。于是，孩子们就老爱用舌头舔嘴唇，可是无论怎么舔，转眼嘴唇又干了。

皮肤皲裂的那些日子，外祖母几乎每晚都会给我的脸上、手上抹些橙子汁儿，或是甘油。给我抹完之后，再给自己抹。皮肤要是皲得太厉害，还会裂血口子。不过，在外祖母的细心呵护下，我的皮肤从来没裂过口。

正月刚过，外祖母晚上的事可就多起来了，因为我的手脚生了冻疮。外祖母有本事叫我的手脚不裂血口子，却对冻疮防不胜防。

一到晚上，我就得坐在盛满盐水的铜盆前，把双手浸泡在盆中。

——好了吗？

——再泡会儿。

——好了吗？

——再泡会儿。

这样简短的对话反复多次之后，手部的治疗才终于结束了。外祖母便端着铜盆下楼去，换上来一盆新的热盐水。这一回，我又要坐在小木箱上，把一只脚泡在铜盆的盐水里，泡好一只，再换另一只。不过，泡脚的时候至少双手是自由的，我也不着急了，也不用反反复复地问："好了吗？"泡脚的当儿，我可以剥橘子吃，还可以吃糖球。

在这样的冬夜里，我和外祖母之间究竟有过怎样的对话呢？也许，我会滔滔不绝地说个没完，而外祖母，也会没完没了地作出回答。现在回想起来，那一个个治疗冻疮的冬夜，是多么美好啊！小小的人质，和他的监护人，两个人相依为命，没有任何人来打搅他们。

阿叶姥姥能够治好我身上的所有疾患，却唯独对虫牙，她似乎毫无办法。我的乳牙全都变成了虫牙，也因为这个原因，新换的恒牙也长得不好。才刚上小学一年级，我的几颗大门牙就全都装上了金牙套。

曾外祖母

在本家，也就是我母亲的娘家，有一位人称阿广姥姥的老太太。她才是我曾外祖父正经八百的嫡妻，也是本家的外祖父和外祖母该称作母亲的人。其实，曾外祖父"洁"和阿广姥姥并未生育子女，所以洁领养了自己姐姐家的儿子，把他作为自己的继承人。这个孩子，就是后来到北海道来接我的，我的外祖父。

阿广姥姥是个本分老实的老太太。她竟然默许自己的丈夫找了阿叶姥姥这么一个小老婆，还带着她住在同一个村同一个字，谁还能说她不老实、不本分呢？所以说，这个阿广姥姥虽然和我没有血缘关系，却是我正经八百的曾外祖母。尽管在我刚上小学没多久的时候，六十七岁的她就与世长辞了，可是无论是本家的人还是亲戚们，甚至村里的人，似乎都对这位人称阿广姥姥的女性有些另眼相看。阿广姥姥本姓五十川，父亲是沼津藩①的家

---

①沼津藩：江户时代骏河国（今静冈县）沼津地方所统领的藩。

老①。她十多岁时就嫁给了洁。成亲时，嫁妆里还有朱漆的浴桶和薙刀②，着实令村里人大开眼界。那浴桶早已收进了仓房，而薙刀就摆在本家二楼正房的门梁上。在阿广姥姥漫长的一生中，这两样物件就一直放在那儿，从未被挪动过位置。

嫁过来之后，阿广姥姥竟然什么饭菜都不会做，这是她第二件令村里人大开眼界的事。而且，这一点，她这一辈子都没有任何改变。去了灶房，除了烧水，她什么也不会做。

而第三件令村里人大开眼界的，恐怕就要算默许丈夫洁与当时还很年轻的阿叶姥姥同居这件事了吧。

村里人的赞赏究竟是真心还是假意？阿广姥姥一定经历了很长时间的痛苦纠结。然而，在年幼的我的眼里，坐在本家堂屋的长方形火盆边的阿广姥姥，更像是一尊上等的精致摆件。她满头银发，体态臃肿，背微微佝偻着，总是安详地坐在火盆旁。

不仅是外祖父和外祖母，本家的所有人都对阿广姥姥照顾有加。年幼的我也和村里其他人一样，对这位本家的曾外

---

①家老：大名家臣中统管藩政的人。江户时代，各藩均有数名家老管理藩政。

②薙刀：刀刃宽，刀柄长的一种武器。平安时代主要为步兵或僧兵使用，南北朝时代以后上级武士也开始使用，到了枪支发达的战国时代就不再是作战的主要武器了，在江户时代女性也可以用。

祖母另眼相待。我和阿叶姥姥同住在土仓二楼的那几年，阿广姥姥虽说早已上了年纪，却还健在。年幼的我，饮食起居都在曾外祖父的情人身边，偶尔去本家玩一次，又能从他的嫡妻那里得到好多好吃的。这样过日子，说起来倒和我的曾外祖父洁没什么两样。

除了阿叶姥姥，我还有两个姥姥，本家的曾外祖母阿广和外祖母阿达。阿广姥姥老实本分，本家的外祖母温柔善良，相比之下，阿叶姥姥可以说是踏实能干。说起来，那时候阿达姥姥也不过才四十五六岁。

可是，关于老实本分的阿广姥姥，却有几件事令幼小的我始终难以释怀。我每回去本家，总是先往阿广姥姥身边的长火盆前一坐，因为我知道，长火盆的抽屉格子里永远放满了阿广姥姥爱吃的糖果糕点。阿广姥姥也仿佛看穿了我的小心思，总会打开抽屉格子，捡出一两个煎饼或是糯米团子，放在我的手心。这是我每次去本家最大的乐事。

对我来说，阿广姥姥只是一个永远坐在长火盆旁的，只要我去她身边，她就会给我什么吃食的怪老太婆。除此之外什么也不是。既不会柔声细语地跟我聊天，也不会骂我数落我。

只要我来到长火盆旁，和阿广姥姥面对面坐了，对方总会打开抽屉格子，掏出几样杂粮点心之类的吃食给我。我得了吃的，便会起身离开。每一次，阿广姥姥机械性、习惯性地拿给我，我也机械性、习惯性地接过来。

只有我一个人的时候，倒也不觉得怎么。若是和与我同年的本家小女儿阿正一起，那差距可就明显了。阿广姥姥对我俩的态度截然相反，阿正总是被优待的那一个，而我却总是遭受冷遇的那一个。

有一回，我和阿正一同坐在阿广姥姥的身边。在本家，我母亲这一辈共有七个兄弟姐妹，母亲是长女，阿正则是最小的女儿。所以，她虽然与我同年，按辈分却是我的小姨。

阿广姥姥从长火盆的抽屉格子里抓出一把银杏果，放在煎茶的铁丝网上，搁到火上烤。阿广姥姥还是那副面无表情的老样子，默默地烤着银杏果。烤好之后，就把它们一颗一颗放进我和阿正的手心。

——好的，你一颗。

说着，在阿正的手心里放上一颗，接着又说，

——好的，你一颗。

又在我的手心里放上一颗。然后说着，

——好的，你一颗。

又分给阿正一颗，便不再接着分了。过了一会儿，才又开始重新分配。这一次依旧是从阿正起头，阿正一颗，我一颗，阿正再一颗……就这样，我始终是第二位，一头一尾始

终是阿正。看起来，她一颗我一颗，轮着来似乎挺公平。可实际上，每一回阿正都能轮到两次，所以每一回她都能分到两颗，而我却只能分到一颗。好几次，我以为这一回一定轮到从自己起头了，满心期待地伸出手去，却一次又一次失望。三颗中总有两颗是分给阿正的。

我满心以为银杏果的分配会是公平的，结果却事与愿违。一气之下，我伸手去抢阿正手中的银杏果，对方自然是不肯的。正抢得不可开交时，"砰"的一声，我的脑袋挨了一下。原来是阿广姥姥用煎茶的铁丝网敲了我的头。

除了银杏果事件之外，还有一件事。有一回，阿广姥姥用彩纸给我俩叠千纸鹤。红色或蓝色的纸鹤都给了阿正，我得到的却全是没有颜色的白纸鹤。这一次，我又忍不住造了反。我抓住阿正，拼了命似的要抢她手里的彩色的好看的纸鹤。于是，这一次我的脑门上又挨了一下，是阿广姥姥勾起手指头，给了我个榧子吃。

就像我偶尔要去本家玩，阿正时不时地也会由大人带着到土仓来玩。无论是糕点，还是果子，阿叶姥姥分给我俩的东西总是公平的。只是对我俩的态度多少有些差别。

比如我俩都坐在窗前的时候，若是我坐在木地板上，而阿正坐在榻榻米上，阿叶姥姥一定会让我俩站起来换个位置，会让来做客的本家女儿去坐地板。再比如给我俩做葛汤的时候，阿叶姥姥也一定会让我先喝。这种时候，外祖母具体是怎么说的，我已经记不清了。想来，多半是这样的话：

——来，你也跟着少爷喝一碗吧。

就是这样，她绝不会把阿正和我放在同等的位置。

阿叶姥姥极少去本家，每月却总有一两回为了什么事而不得不去。

每次和我一起去本家，阿叶姥姥总是让我一个人从正门进去，自己则绕到后面的灶房，从灶房的后廊进屋。这样一来，她就不用经过堂屋，和坐在里面的阿广姥姥打照面了。她总是去堂屋一侧的木板间，与本家的外祖母喝杯茶、聊上几句。有时候，我也想从灶房进去，阿叶姥姥却坚决不允许。现在想来，她一定是这么想的："自己多少有些底气不足，自然该走灶房的后门。可你却是这个家长女的嫡长子，又是曾外祖父洁最疼爱的孙女的儿子。无论是在本家，还是在外宅，都是名正言顺的大少爷。当然应该堂堂正正地从正门进屋。"又或者，她还认为："你家世代行医，名声在外，可最终继承家业的却不是本家，而是分家出去的你的父母。而你长大成人之后，也早晚会继承家业。当然应该堂堂正正、理直气壮地从正门进去。"

——那，姥姥，你怎么不从正门进呢？

如果我这么问，阿叶姥姥一定会皱着眉苦着脸回答说：

——我是个从别地儿来的，半道上才进了这个家。

——那又有什么关系？管他是从哪里来的，现在不都是这个家的人吗？

——这个家里，也只有你会这样说。这个世上，可不是件件事都按道理来的。我这辈子，只有从灶房进的命，我已经习惯了。

——怎么会有这么奇怪的习惯？我可想不通。

——阿广姥姥就该坐在榻榻米上，我就只能待在木板间里，这是命中注定的事。

——这种事怎么会是注定的？那又是谁定的？

——是啊，到底是谁定的呢？也许，是我自己吧。

当然，年幼的我和阿叶姥姥之间不可能有上面的对话。但是，对于这番对话背后所暗藏的真相，年幼的我却已经有了自己的理解。阿广姥姥和阿叶姥姥，两个女人之间的恩恩怨怨，就连只有五六岁的我，也能隐约地感觉得到。

想象一下，阿广姥姥、阿叶姥姥和本家的外祖母，三个女人同坐在本家堂屋的场景，若是此刻重新出现在我的面前，一定是一幅令人饶有兴致的画面。

堂屋的正中间安置着长火盆，火盆前，阿广姥姥稍稍背对着另外两个女人坐着。倒不是她故意给另外两个女人脸色看，实在是因为她从早到晚，一整天都是这么坐着的。就好像从生下来的那天起,她这一辈子都该这么坐着似的。她带着朱漆浴桶和薙刀的嫁妆,嫁进了乡下的医生家。可是,就像浴桶和薙刀在这里毫无用处一样,她自己也是毫无用处的。她既没有恨过谁,也没有人恨过她,只是老老实实、本本分分地度过了自己的一生。她从未生儿育女,所以孩子有多可爱,她自然也无从知晓。不过,到了晚年,当我和名叫阿正的小女孩儿并排站在她的面前时,也许她会觉得自己家养的小女孩儿更可爱一些吧。直到阿广姥姥去世几年之后,我才听人说她喜欢黄色的菊花。那个时候,我突然感到一丝释然,似乎阿广姥姥的人生终于有了几分色彩。

总之,就是这样一位阿广姥姥坐在堂屋的长火盆旁,而离她不远的通往灶房的木板间里,则坐着本家的外祖母和阿叶姥姥。为了不打扰阿广姥姥的清净,她俩一边喝着茶一边压低声音说着话。

当时本家的外祖母也不过四十五六岁,阿广姥姥和阿叶姥姥两方的颜面她都得照顾到,其实挺不容易的。自从嫁进这个家的第一天起,一个年纪轻轻的小媳妇就得夹在身为嫡妻的婆婆和公公的小妾之间,两个人都不能得罪。为了两全其美,她一定操碎了心。婆婆在世时自然是这样,就连婆婆去世之后,日子也并不轻松。她不能说任何一方的不是,也不能偏袒任何一方。既然双方都是好人,若有什么不是,就只能自己担着。本家的外祖母就是这样一个委曲求全的女人。

有时，阿叶姥姥会突然小声地提醒道：

——她是不是在说什么？你瞧，刚刚好像右手动了动。

本家的外祖母听了，立刻如临大敌地站起身来，快步走到阿广姥姥跟前，小心翼翼地询问："要不要给您端杯茶来？"或是："再给您拿点点心来吧？"阿广姥姥却只是沉默地摇摇头，本家的外祖母这才重新回到阿叶姥姥这边来。

阿广姥姥、本家的外祖母和阿叶姥姥，三个女人在本家的堂屋同处一室的画面，每每回想起来，都会有不一样的感觉。这三个女人分别出生在不同的地方，彼此之间也毫无血缘关系，可以说是彻头彻尾的陌生人。冥冥中不知是怎样的缘分，指引着她们来到了这个天城山脚下的小山村，姓了同一个姓——井上，并在这里度过了各自的一生。

这幅三个女人同处一室的画面，曾经多次浮现于我的眼前。有时，这幅画面是平和而安详的，有时却又平添了几分凄凉。这幅画面究竟意味着什么，我一直找不到答案。然而，就在我提起笔写下这篇文字的时候，我似乎突然明白了什么——也许，那真的只是一幅平和而安详的画面。曾外祖父洁已离世十多年，嫡妻与小妾之间的势不两立早已烟消云散，在旁观者看来，两个人的关系也许还蛮融洽、和谐的。

但是，不管怎么说，阿叶姥姥心里还是有顾虑的。要不然，她也用不着每次去本家都绕到灶房从后门进，也不会那么害怕和坐在堂屋的阿广姥姥打照面了。

也不知是从几岁的时候起，我发现阿叶姥姥并不那么喜欢阿广姥姥。似乎并没有什么特别的事情让年幼的我产生这样的想法。只是在不经意间，极其自然地，这个想法就钻进了我的小脑袋里。稍微夸张一点地说，阿广姥姥可以说是我的人生中出现的第一个敌人。

上了小学之后，阿叶姥姥所不喜欢的人，同样也是被我视为敌人的人，渐渐地多起来。凡是说过阿叶姥姥坏话的人，就都是我的敌人。本家的外祖父，比我大不了几岁的舅舅、姨妈，还有本家的小女儿阿正，统统都成了我的敌人。就连附近农家的邻居们，也陆陆续续地变成了我的敌人。

我的敌人实在是太多了，可是无论到了什么时候，唯有本家的外祖母，我从未把她当作自己的敌人。因为，本家的外祖母从未在任何场合说过任何一句阿叶姥姥的坏话。

就算是去本家玩，到了饭点，我还是要回土仓去。我从未坐到过本家的餐桌前。不过，要是做了什么特别的好吃的，本家的人还是会叫我吃了再走。

——今天有寿司，来尝尝吧？

——吃顿饭而已,有什么不可以?难不成饭菜里下了毒?还是你怕回去挨骂呀?

诸如此类的话,他们可没少说。可是,我却从来不曾在本家和那一大家子人一起吃过饭。他们给我的糖果点心,我照收不误。可是吃饭这事儿,我始终认为必须在土仓和阿叶姥姥两个人来完成。

有时候,本家人硬要叫我留下来吃饭,态度很坚决。明显感觉得到他们是在较劲,似乎非要让我吃这一顿不可。可是,我也有我的坚持。打定了主意,无论他们说什么,我都绝不会吃。僵持不下的时候,总是本家的外祖母站出来打圆场:

——土仓的姥姥还在等着小少爷回去呢。祖孙俩一起吃饭,亲亲热热的,多好。谁愿意在这儿吃啊,对吧,小少爷?

——在这儿吃了饭再回去,姥姥准会伤心的:我的小外孙是不是被人给抢走了?好了,还是把这个带回去,和姥姥一起吃吧。

她总会说些这样的话来替我解围。本家的外祖母说话,总是会站在阿叶姥姥和我这边儿。现在看来,她能做到这一点,该是个多么善良、慈爱的人。

其实对本家的外祖母来说,阿叶姥姥也是一个闯入者,她闯入自己已分家的女儿的家庭，成了自己女儿的养母。换句话说，这个女人凭空抢走了自己作为一个母亲的权利。尽管如此，她却从未说过阿叶姥姥的半点不是。不，准确地说，是从未当着我的面说过阿叶姥姥的不是。

别看孩子年纪小，在判断是非对错时，却有着如昆虫的触角一般敏感而细腻的直觉。这一点，本家的外祖母一定比谁都清楚。即使是现在，我周围也很难找出一个人，能够像本家的外祖母那样理解并尊重一个小孩儿的心思。

小孩这种生物，有着成年人难以想象的敏感触觉。回顾我的幼年时期，我的种种行为就是对这一观点最好的证明。一个小孩要是一直保持这种敏感的触觉直到成年，该是多么可怕的事。好在，上帝会在适当的时间从小孩身上收回这个无与伦比的武器。

阿广姥姥是在大正四年（1915年）的秋天去世的，那一年我八岁，已经上小学二年级了。所以，那一天的事情我记得还算清楚，虽然只有片段式的记忆。本家的一个女佣人来到我们教室，跟老师说了些什么，老师便把我和阿正叫了出去，让我俩赶紧回家。我和阿正突然从功课中解放出来，顿时感觉周围的空气有些不一样了。

我俩出了教室，朝本家的方向走去。我俩应该没有跑，反而是慢吞吞地走回去的。到了本家，一看到处都站满了人，我俩一定又躲到土仓那边去了。我，和与自己同龄的小姨一起，在土仓门前一直玩到了太阳下山。当时，我俩的心情都很复杂。既有紧张，因为隐约感到自己身边发生了什么不寻常的事；又有伪装，因为不得不表现出恭顺的态度；同时又有一种从未有过的奇妙的解脱感……那种心情是以往从未有过的。我俩轮流跑回本家，去看看那边到底有多热闹，然后又再偷溜回土仓。我俩玩也玩得不安心，连拌嘴都提不起劲来。眼看着天色越来越暗，更有一种从未体会过的孤独感涌上心头。

在那样一个特殊的日子，那样一种特殊的心情，虽然很难具体地描述出来，现在却仍然完整地保留在我的记忆中。就好像被我装进了时间胶囊，即使现在取出来，也与当年没什么两样。也许，两个孩子是在用他们自己的方式悼念阿广姥姥。也许，这种悼念方式，比家里的大人们，比村子里的任何一个人，都要更加纯粹、更加真诚。

那一天，还有一件事我记得特别清楚，那便是混在左邻右舍的媳妇婆子之中，在灶房里忙前忙后的阿叶姥姥的身影。说起来，她也没干什么特别的活，不过就是跟大伙儿一起，拨弄拨弄灶膛里的火，端端饭菜收收碗筷，或是煮点吃食。就是这样一个再平常不过的，阿叶姥姥忙碌的身影，清晰地留在了我的记忆里。

这样的阿叶姥姥，为什么在我幼小的心灵里留下了特别深刻的印象呢？那一天，家里的亲戚们都进了正房，在灶房内外和院子里忙碌的，只有前来帮忙料理丧事的左邻右舍的媳妇婆子们。阿叶姥姥并不进屋去，却在屋外跟着外人干些打杂的活，年幼的我看在眼里，心里有种说不出的滋味。又或许，那一天，发生在阿叶姥姥身上的微妙变化，就连年幼的我也有所察觉吧。

阿广姥姥去世的那一天，对阿叶姥姥来说，也许是一生中为数不多的、最难挨的一天吧。她不仅要承受村里人投来的意味深长的目光，对于阿广姥姥的死，她的内心也有一份只有她自己才懂得的悲伤。在她的庇护者洁离她而去的十六年之后，阿叶姥姥又失去她的对手阿广姥姥，从这一天开始，真的就只剩下她一个人了。

羁旅情怀

外祖母曾带我去过父亲当时的任地——丰桥。上小学前去过一次，上小学之后又去过一次，总共两次。

上小学之后去的那一次我记得还算清楚，最早去的那一次却只剩下零碎的记忆了。关于第一次的记忆，虽然零碎，却格外惨痛。在我的记忆中，那可不是一次轻松愉快的旅行。具体是哪一年我已记不清了，只记得好像是因为我快上学了，我的户籍档案需要从阿叶姥姥那儿转去丰桥的父母那儿，所以外祖母才带我去了丰桥。

然而，最终我却并未在丰桥念小学，而是回了老家，上了村里的小学。所以，我不过是跟着外祖母去了一趟丰桥，后来又跟着外祖母若无其事地回到了老家的村子，仅此而已。也不知道在丰桥究竟发生了什么，总之，父亲、母亲，最终都不得不放弃把我接回他们身边来上小学的打算。

关于第一次去丰桥的起因和经过，父亲和母亲都从未向我提起过。也许，对他们来说，那并不是什么值得一提的开心事。阿叶姥姥虽然没有理由拒绝我父母的合理要求，不得不把我带去丰桥，却使出浑身解数说服了我的父母，终于成功地把我留在了她的身边。在丰桥的日子，我一定无时无刻不紧紧依偎在阿叶姥姥的身边，无论父母说什么，我都拧着脖子不理睬。虽说是自己的亲生孩子，可我那个样子，父母看在眼里，心里也一定是又气又恨吧？

不管怎么说，总之，第一次的丰桥之行，对阿叶姥姥和我来说，都不是一次轻松的旅行。对阿叶姥姥来说，这次旅行意味着拼尽全力的劝说和乞求；对我来说，这次旅行将要决定自己一生的命运，注定充满了不安和焦躁。说得严重一点，我就好比一个获了罪的犯人，被押解到丰桥，经过阿叶姥姥的苦苦央求和百般告饶，竟然能免了死罪，平安无事地回到了老家，回到了那片曾经以为永远无法再踏足的土地。现在想来，在我和外祖母相依为命的岁月里，这次旅行可以算是一次最大的考验和危机。

可是，这次旅行所发生的事，我却大都不记得了。留在记忆里的，只有当时的心慌意乱和怅然若失，以及几个零碎的片段。人生的苦乐与悲欢，小小年纪的我算是第一次尝到了。

上小学之前的丰桥之行，算是我记事以来的第一次旅行。村口的驿站，每天都有好几趟马车发出。我和外祖母两个人，就是从这里坐上马车，踏上了那段遥远的旅途。那时的我，还分不清远近，可即便是对外祖母来说，这段旅途也一定是非常遥远的。翻山越岭，远赴他乡，当时的心境该是多么的惆怅和不安啊。

说起驿站，我倒有一个关于它的回忆。曾经有人带我去过村口的驿站，去送家里的客人坐马车离开。我们虽叫它作驿站，其实并没有什么特别起眼的建筑物。不过是沿街有一个仅供一辆马车停靠的小广场，广场后头有一间小小的马厩。马车也不大，通常只能坐六个人，若是硬挤挤，顶多也就能再容纳两个人。

总之，我家的客人要坐这种马车出村，而我则是去送他的。在我的印象中，那是个秋天，停马车的小广场上还开满了波斯菊。我就站在这秋意正浓的广场上，静静地看着人们围在马车周围。那时的我，正默默地祈求着我要送的客人别坐上马车。千万别上车、千万别上车、千万别上车……虽然没有说出口，这句话我已经在心里默念了无数次，似乎想要把它变成一道超强电波，朝那客人发射过去。为什么不想人家上车呢？我自己也不明白，却满脑子都是这个念头。可是，对方显然并没有收到我的电波，最终还是和其他乘客一起坐上了马车，被这辆车带到不知什么地方去了。

现在回想起来，那个时候，也许是每日不断上演着聚散离合的乡村驿站所特有的那种忧伤氛围，深深触动了我的心。后来上了中学，每次去车站，看着人潮来来去去、或聚或散，车站的混乱嘈杂总能勾起我一丝莫名的感伤。这种情绪最初的萌芽，也许就产生于儿时那份关于乡村驿站的记忆。

记不清是在秋天还是在冬天，这一次，换我和外祖母做了乘客，从乡村驿站出发，踏上了遥远的旅途。原来，我们自己也逃不了人世间聚散离合的宿命。旅途中发生的事，我一件也不记得了。下一个清晰的印象，便是坐着人力车从丰桥车站朝父母住处赶时的情形。秋日的黄昏，在陌生的街道上，在一路颠簸着飞驰的人力车中，我和外祖母紧紧地相互依偎着。在惨白的煤油街灯的照射下，我和外祖母深深地陷入了一种凄楚而缠绵的羁旅情怀之中。

即使是现在，去国外旅行时，若是恰好在黄昏时分走在某条不知名的街道上，我也总会油然而生一阵莫名的惆怅。黄昏下的陌生街道总是凄楚而惆怅的。不过，今天的日本，无论哪里的街道全都被修成了一种风格，就算是第一次走进某条街，也全然不会有陌生感。如此一来，黄昏下的陌生街道所特有的凄楚和惆怅，也很难再体会得到了。这种黄昏的惆怅感，不是别的，正是一种羁旅情怀。如今，恐怕也只有在去国外旅行的时候才能体会得到了吧。

在丰桥的黄昏的街道上，我和外祖母相互依偎着，坐在人力车中一路颠簸——这份回忆，作为对羁旅情怀的最佳诠释，至今仍珍藏在我内心的某个角落。

为了生计而奔波劳作了一天的人们，都急着要赶回自己那个温暖的小窝。那里，也许早已亮起了一盏守候的灯。薄暮中的小街被回家的人潮所占领，街道两旁每隔几步就有一盏惨白的煤油路灯。我生平第一次坐在一种叫做"人力车"的神奇的交通工具上，从这一切陌生的事物中穿行而过。

那是我生平第一次，体味到什么是羁旅情怀。那种感觉，是那么纯粹，那么强烈。七岁那年的我，仿佛被整个地抛入了羁旅情怀的显影液中，关于羁旅情怀的所有影像在我眼前逐渐清晰。

我和外祖母乘坐的人力车究竟去了哪条街、哪栋房子？我当然早就忘了。就连我和外祖母究竟在丰桥的家里待了几天，我也全然不知。

唯一还记得的一件事，仍然与煤油路灯有关。在我的记忆中保存着这样一幅画面：在我居高临下的视线里，一个男人正扛着脚凳在一盏接一盏地给路灯换灯泡。这幅场景，应该是我从房子的二楼往下看时看到的，同样令我产生了一种羁旅情怀。

我还记得，也是在黄昏时分，有一条大河从我眼前流过，只是记不清是不是那年去丰桥时看到的了。我好像是站在"大川端"①那样的地方，河的对岸有几家零星的灯火。这样的景象，似乎也能令人产生一种羁旅情怀。不记得是去丰桥的途中，还是在回来的路上，我们曾在沼津住过一晚。也许就是在那一晚，我在御城桥附近，看到了穿城而过的狩野川。

总之，最初的丰桥之行，对阿叶姥姥来说，是一次以劝说和央求为目的的旅行，而对我来说，则是一次用心感受日暮中的羁旅情怀的旅行。我写过一部题为《白婆婆》的自传体小说，在那部作品里，并没有提到上小学之前的这次丰桥之行。因为关于这次旅行，我只有碎片式的记忆，以小说的形式实在很难叙述出来。相反，小学二年级的那次丰桥之行，在《白婆婆》之中就记叙得十分详细。

儿时，唯一一次拥有远游他乡的记忆，唯一一次真切地体会到羁旅情怀，就是在第一次丰桥之行。我自幼生活在伊豆山村的土仓里，极少出门，自然难得有机会感受一下什么是羁旅情怀。不过，我却一直有一份曾经置身于某个奇妙场景的记忆，分不清是虚幻的梦境，还是真实的经历，也不知道它究竟算不算是一种羁旅情怀。

我坐在一个小小的山丘上。确切地说，也许并不是坐

---

①大川端：东京隅田川的下游，特指吾妻桥到新大桥附近的右岸一带。

着，也有可能是站着。山丘下是一条江的入海口，形成了一个小小的三角洲，形似一个三角形的小荷包。江面上漂着几艘船，每艘船上都插着旗杆，扬着彩旗。这些装饰得相当华丽的渔船，就这样静静地漂浮在这个小小的入海口处。四周一片静谧，不闻人声。仿佛这是一个早已被所有人遗忘的入海口，停靠着同样已被所有人遗忘的渔船，寂静而神秘。

我似乎是在等人。也许是一同来的人不知去了哪里，我便在这里等他回来。我兀自茫然地站在那儿，俯视着江面上漂浮的船只。

这便是我的全部记忆。至于为什么会去那个地方，接下来又发生了什么，这一前一后的记忆似乎被清除得干干净净，就好比一幅长长的绘卷只留下了其中的一小段。没有孤独，没有忧伤，一切消极的感觉都荡然无存。反而令人感到明朗、宁静而虚无。其中最清晰的感觉便是，这里是异乡，幼小的我正身处异乡。

这一幅画面，究竟是梦中，还是现实，固然不甚明了。不过，阿叶姥姥出生在下田一带，也许是我随她回乡时的所见也未可知。下田一带海岸线蜿蜒连绵，形成了许多入海口，也许其中的某一个就是我记忆中的那一个，也是完全有可能的。阿叶姥姥虽然已和自己老家的人完全断了联系，可上了年纪之后，她却越来越思乡情切，就算真的忍不住回了一趟老家，也是情理之中的事。

如果阿叶姥姥现在还活着，我一定第一个向她求证这件事。问问她：我记忆中的场景，究竟是梦中所见还是亲身经历？

也许她会说：

——还真有这么回事。

当然也有可能会说：

——没准儿是个梦吧。你小时候经常做梦，有时候半夜还会突然坐起来呢。

这幅似梦似真的画面，我曾两次写进自己的小说。然而，记忆中那种鲜明的虚无感，我却再也没有在现实中体会过。在《白婆婆》中，我把它写成了小学二年级时发生的事。小说中，我随阿叶姥姥回到了她的家乡，在一个小山丘上远眺入海口。在《白婆婆》中，这个部分固然是虚构的，可我实在是忍不住想要把这段似梦似真的记忆用某种方式描述出来。现在想来，它甚至可以说是我儿时的一次非常重要的经历。

季节

对于季节的微妙变化,孩子的感觉是最敏锐的。小时候,夏天是真正的夏天,冬天也是真正的冬天,现在却再也体会不到了。春天和秋天也是如此。儿时真正的春天和真正的秋天,如今都去哪儿了呢?

生养我的家乡伊豆是个气候温暖、适宜居住的地方。每年只下两三场雪,而且都不大,很少会出现一连几天道路都被白雪覆盖的情况。所以,这里的冬天并不像东北地方或北陆地方的冬天那般货真价实。不过,冬天毕竟是冬天,也是相当寒冷的。

每天早晨,我都会去从前院一角流过的小河边洗脸,常常发现岸边放着的铁桶、小木桶里的水都结了冰。直到现在,一说起冬天,首先浮现在我眼前的,就是铁桶、小木桶,还有灶台一角放着的陶罐中漂浮着冰碴的水。那水是靛青色的,无论有没有结冰都是静止的,没有一丝波纹,静默得就好像在毫不客气地拒绝着周遭的一切。如今,我再没见过那样的水。铁桶、小木桶或是陶罐中的水，当真是靛青色的吗？抑或，那只是我的错觉呢？这一点我也无法确定。只是现在想来，在我心里它俨然已经成了严寒冬季的象征。

我的高中生活是在金泽度过的。不过只有短短三年，却让我充分地了解了雪乡的生活。同样是那几年，父亲正好在弘前的师团任职，所以弘前的冬季生活我也多少领略过。然而，比起我儿时在伊豆经历的严冬，它们似乎都不算什么。可以说，就是在那时，我幼小的心灵真切地体会和认识到了，冬季所包含的不带任何杂质的最本质的东西。

几年前，当我乘着飞机飞过北极圈上空的时候，我突然想起了儿时的冬季几乎每天早晨都会看到的靛青色的水。透过一层层流云，在万米高空之上俯瞰大地，不时能看见一小片一小片的海面。那一小片海面的颜色，恰如儿时所见的陶罐中的水。同样是那么冰冷、那么孤绝，仿佛是被人永远地遗忘在了那里。让我不由得觉得，儿时的冬天，就藏在那泓海水的最深处。

伊豆的梅花，开得早的一月底就开花了。不过，一般还是要等到二月，枝头上才会冒出白色的花蕾。我家的院子里梅树种得多，其中有好几株还是老梅。我是从少年时期开始喜欢上梅花的，也许是因为早春时节最易触动青春期多愁善感的神经吧。过了五十岁,我竟越发喜爱这种花了,到了现在,在我心里,梅花和梅花开放的季节已经具有了无可替代的价值。

我小时候对花可以说毫无兴趣。梅花也好,樱花也罢,我从没觉得有多美。甚至眼前究竟开的是什么花,恐怕我也不曾分辨明白过。现在,我也是当爷爷的人了,两个小孙子一个八岁一个五岁,他们对花也同样漠不关心。无论是让他们站在盛开的樱花树下,还是带他们去开满蔷薇的花坛,他们都完全无动于衷。可要是旁边有条狗,不用说,注意力一定全被狗吸引过去了。

关于梅花,我并没有什么特别的回忆,倒是有一件和梅花的香气有关的往事,我记得挺清楚。

半岛的西海岸,住着一位阿叶姥姥的远亲。那人每年会到土仓来个两三回。那是一个中年男人,每次来,必定会一把将我抱起来,双手把我举过头顶,和我嬉笑玩闹一番。就因为这一点,我对这个人特别有好感。每次知道他要来,我都满心期待,就像有什么大好事将要发生在我身上似的。

有一次,这个人带着我在院子里散步。走到几棵梅树下,他把我高高抱起,让我的脸离梅花更近一些。

——好闻吗?

——嗯。

接着再换一棵树。

——那这棵呢?

——也好闻。

——真的假的?你不会是在糊弄我吧?

以上也许就是我俩当时的对话。我每每看到梅花,就会不由自主地把脸凑上去,没准儿就是当年的这件事让我养成了这个习惯。直到现在,每当院子里的梅花开放,我就会忍不住深深地吸上两口。要是有小家伙在身边,我也会抱着他,让他去闻闻梅花的香气,就像当年的我一样。我想,被我高高抱起的小家伙,说不定也会和我一样,将这沁人的香气永远地保留在自己的记忆里吧。想到这里,就更觉得有趣了。我甚至觉得,梅花的香味就是我安装在小家伙心里的一颗定时炸弹,当然,至于能不能安装成功,我就不敢打包票了。

——好闻吗?

——嗯。

虽然小家伙看上去一脸茫然,却说不定会给他留下什么特殊的回忆呢。

田里刚插完秧,一层层梯田全都被蓄满了水,田埂越发显得又窄又细了,而且长得好像永远都走不完似的。我跟在外祖母身后去酿酒的亲戚家时,总要走过这些长长的田埂。

那时节，夏天的气息已经越来越浓了，对初夏的感悟，在我沿着又细又长的田埂小心翼翼地前行时，似乎多了几分郑重和虔诚。

八月盛夏带给我的感觉，是在土仓二楼午睡醒来之后的不安与焦虑。我虽然醒了，可外祖母还睡着。盛夏的午后，除了水车的转动声，四下里一片寂静，只剩下无尽的炎热。

老话里不是常用"丑时三刻，草木同眠"来形容夜深人静的时候吗？而我在土仓中午睡后醒来的那一刻，恰如"白日里的丑时三刻"。土仓内外静得出奇，仿佛村里的人一个都不剩，全都死光了。盛夏的阳光灼烤着大地，一丝风都没有，茂密的树林也纹丝不动。

从午睡中醒来的我，便置身于这可怕的静谧之中。

——姥姥。

我大喊了一声，因为我实在是忍不住。我小小的心里充满了不安，担心村子里是不是发生了什么可怕的变故。

从午睡中醒来，感受午后特有的寂静，对年幼的我来说，这便是夏天的全部。我既不知道什么海水浴，也不曾去哪里避过暑，留在我记忆深处的夏天，仅此而已。

吃玉米、喝冷饮、捉蜻蜓……这些都是上了小学之后的事。这些回忆，永远伴随着夏日特有的清爽的风。然而，对于更年幼时的我来说，夏天的回忆里，满满地全是"白日里的丑时三刻"的那份异样的寂静。

上了小学之后,去山谷里游泳成了我的一大乐事。从那以后,"盛夏白日里的丑时三刻"反而变成了一个充满欢乐和活力的时刻。山崖边盛放的野百合,蜻蜓、蝉鸣,还有在其间光着身子,抱着衣服,朝山谷里的深潭狂奔的我,构成了一幅生动的画面。

我想,儿时在土仓度过的每一个夜晚一定都是有声有色的。夏天,睡梦中交织着田野里的阵阵蛙鸣;秋天,各种虫鸣声汇成一支气势磅礴的交响曲回响在土仓的上空。北面窗户外正对着好几方水田,夏夜里蛙声响成一片,一定震耳欲聋。到了秋天,房前、屋后、院子里、田野中,恐怕所有的角落都会被秋虫的鸣叫所淹没。

然而,所有这一切并没有留在我的记忆里。现在的我,只能凭想象来描绘儿时在土仓中度过的那一个个美好而欢乐的夜晚。

不过,秋去冬来时,那刮过原野的一阵阵萧瑟的夜风,我多少还有些印象。半夜里突然醒来,总会听见呼呼的风声。虽然不像暴风雨的夜晚那般狂风肆虐,但风力也算得上强劲。强风一道又一道呼啸而过,渐行渐远,渐行渐弱,最终仿佛消失在了天的尽头。听上去就好像千军万马奔腾而过,一支军队刚刚过去,没过多久,下一支军队又排山倒海而来。它们摇撼着院子里的树木，把窗玻璃震得哗啦啦直响，又浩浩荡荡地扬长而去。

小小的我躺在被窝里，竖起耳朵，聆听着外面的风声，追逐着一支又一支不知名的军队滚滚远去的轰鸣声。这样的夜晚，我总是睡不着。

——好孩子，听话，乖乖睡吧。

——人家睡不着嘛。

——闭上眼睛，一会儿就能睡着。

——闭上眼也睡不着嘛。

——闭上眼睛，数到十就睡着了。

于是，我听话地闭上眼睛。谁知，不仅没睡着，屋外的风声反而听得更清楚了。要是我实在睡不着，外祖母就会从被窝里爬起来，要么去火盆旁喝点茶，要么去橱子里拿些点心给我吃。

总之，每当秋风萧瑟的夜晚，小小土仓中的光景便大抵如此。现在的我，每每在某处旅馆之类的地方半夜醒来，听见好似夜风刮过原野的声音，便会不由自主地回想起儿时在土仓里的生活。关于原野上的秋风，我并不记得什么具体的事情，可是儿时倾听夜风吹过原野时的感受，和当时久久无法入睡的心情却一次次被唤醒。晚秋的夜风，总会让大人们感到凄凉和落寞，幼小的我也许并不太懂得那是什么感觉。

不过，应该也曾有过相似的感受。

对孩子们来说，一年之中最快乐的时候当然是正月里。当左邻右舍响起捣年糕的声音时，孩子们便冒着寒风、踏着霜雪，在村里村外撒起欢来了。有的去田野里放风筝，有的在街头巷尾拍纸片，没人还能在家里坐得住。盼星星盼月亮，总算是过年了，谁不高兴呢？一会儿看看这家插门松①，一会儿又看看那家捣年糕，一会儿再帮着打扫打扫村里的神社和墓地，孩子们也够忙的呢。看来，"年关将至万事忙"说的可不只是大人们呢。不过，以上这些关于岁末的回忆，我也是在上了小学之后才有的。

那么，上小学之前，也就是我六七岁的时候，每一年的年关又是怎么过的呢？我只对夜里捣年糕的事还有一点模糊的记忆。正月里的年糕，我们总是去本家，和本家的年糕一起捣。家里就我和阿叶姥姥两个人，正月里的年糕也吃不了多少，所以就在本家捣年糕时顺带着一起捣了。

捣年糕时，阿叶姥姥总会在一旁搭把手，而我则站在一边，看着男人们围着石臼挥舞木槌，再看看女人们不时团一团石臼里的年糕，偶尔还向他们讨一团尝尝。看着看着，我

---

①门松：在日本，为了迎接新年而立在家门口的装饰用的松树，有的是一对，也有的是一株。中世以后，也开始使用竹子。象征长寿。

困了。便进了堂屋，钻进本家外祖母为我铺的被褥里，伴着捣年糕的节拍，做一个不寻常的梦。

我记得最清楚的，便是小憩一番之后，从本家走夜路回土仓的情形。阿叶姥姥提着灯笼走在前面，我跟在她身后半睡半醒地走着。除此之外，还会有一个男人或是女人，拎着一箱年糕跟我们走在一起。我、阿叶姥姥、提年糕的人，三人结伴一起朝土仓走去。路很黑，夜风寒冷刺骨，我在半睡半醒之中踉踉跄跄地走着。唯一与平时不同的是，我心里清楚地知道还有正月的年糕陪在自己身边。

这段夜路，在我的脑海里留下了一份特殊而深刻的记忆。新年也好，岁暮也罢，我能记得的事并不多。唯有捣年糕的夜晚，和年糕一起回土仓的记忆，却总是挥之不去。如今回想起来，这份记忆中包含了一幅耐人寻味的画面。在深邃而浓稠的黑暗之中，年幼的我、阿叶姥姥、年糕和灯笼一同缓缓地移动着。新年似乎就在前方不远处等着我们。怀揣着这份压抑不住的兴奋与期待，我半睡半醒、摇摇晃晃地走着。六十多年前伊豆山村之夜的黑暗、岁末年关的严寒，再加上恭迎新年的喜悦与虔诚，融合成了这样一幅意味深长的画面。

正月十四这一天，焚烧新年饰品的祭火仪式便拉开了序幕。当然，这可是孩子们的特权。早在两三天前，孩子们就已挨家挨户地搜刮了一个遍，把所有新年的装饰品都收集了起来。到了这一天，再把它们全都堆在打过霜的荒田里，堆得像座小山一样高。最后点上一把火，把它们全都烧掉。这个仪式一结束，年也就过完了，正月也将离孩子们远去。

要一下子把全村的新年饰品都收集起来，可不是一件容易的事。所以，孩子们是以字为单位来举行祭火仪式的。挨家挨户收罗饰品当然是件开心的事，把它们堆成小山点火焚烧就更令人兴奋雀跃了。不过，最令人开心的事，还要数用楠木枝穿着糯米团子在烧饰品的火堆里烤着吃。

孩子们在田里把饰品高高地堆成小山之后，附近的大人们也闻讯而来了。他们也混在孩子们中间，加入了烤团子的队伍。刚烤出来的团子既没撒糖，又没抹酱油，却足以令孩子们心满意足，仿佛这辈子从没吃过这么美味的食物。

可是，这烤团子我却总是吃得有点忐忑不安。家里的新年饰品，阿叶姥姥每一年都会全部交给上门来讨要的孩子们，可是楠木枝穿的糯米团子，她却从没给过。也许是觉得本家已经做了，咱家就用不着了，所以阿叶姥姥从没做过糯米团子。

不知是从几岁起，我突然意识到自己是没资格吃这烤团子串的。就算大人们递给我，我也总觉得受之有愧，迟迟不肯送进嘴里去，那种心情我现在也没忘。家家户户都拿了糯米团子来，混在一起烤，烤好一串吃一串，自然谁也不知道自己吃的是哪家的团子。可是，我家没拿团子来，我便固执地认为没有自己的那份。

上了小学之后我应该就不这么想了。管他有没有自己的份儿呢，先抢到手再说。那种极其迂腐、敏感的想法，只属于上小学之前的年幼的我。那时的我，守在火堆边看着饰品被一点点烧成灰烬，却始终没有勇气向火堆里的烤团子串伸出手去。除此之外，似乎还有很多事都会令我产生这种忐忑不安的心情。比如，要是去哪个小伙伴家里吃了他家的点心，下次他来我家时，我也总盼着姥姥能拿些点心出来请他吃，就算是当作回礼吧。总觉得谁要是对自己好，自己也得同样对他好才行。可是，我的这点小心思往往会被姥姥忽略。如果一定要说姥姥曾经做过什么伤害我的事，那恐怕就只有在这种时候吧。

记忆里有两个小小的片段，曾令我真切地体会到春天的感觉。

其中一次，是在一个白雾蒙蒙的春天的傍晚，我和阿叶姥姥在露天浴池看人洗马。我们那儿有个叫西平的字，那里有家公共温泉澡堂。澡堂旁边修了一个深不过两尺的四角形浴池，用的也是澡堂里流出来的温泉水。公共澡堂当然是在室内，这浴池却是露天的。想来，或许是附近的农家为了洗农具之类的家什而修造的。而我的回忆，就发生在这个浴池边。

当时，我和阿叶姥姥泡完澡，刚从西平的公共澡堂里走出来，便看见有人在露天浴池里洗马。马站在浅浅的浴池里，一个男人拎着铁桶往马身上浇水，再用稻草捆或是别的什么细细地擦洗马身。这就是我看到的全部，回忆却给这幅简单的画面笼上了一层朦胧而柔和的光。当时究竟是不是春天，其实我已经记不清了，但春日傍晚的白色雾霭，却始终缭绕在这幅记忆里的画面中。也许，我和阿叶姥姥早已不知不觉地坐在了旁边的一块大石头上，乐此不疲地欣赏起眼前这幅毫无渲染和点缀的"春日浴马图"来。

另一次，记得也只有我和阿叶姥姥两个人。我俩带着供品之类，去离家步行不过十分钟的一个地方，拜一拜人称"樱地藏"的地藏菩萨。

樱地藏在去长野村的半道上，路边有一棵高大的樱花树，树下立了一尊小小的地藏菩萨石像。我记得，阿叶姥姥带我去那儿，也是在一个春日的傍晚。当然，实际上究竟是春天，还是夏天，还是秋天，其实也已经记不清了。但在我的记忆中，那就是一个春日的傍晚。同样有春日傍晚的白色光晕，环绕在记忆中的我和阿叶姥姥周围。

为何我对春日傍晚这个时间如此执着？我想，一定是真的有什么东西，让我产生了这样的印象。一定有什么，让我觉得看马洗澡是在春天的傍晚；也同样一定有什么，让我觉得去参拜地藏菩萨也是在春天的傍晚。看马洗澡的画面，带着春日傍晚特有的明快而悠闲的底色；而去参拜地藏菩萨的场景，又多少透着一丝春日晴朗傍晚特有的惆怅和寂寥。

关于傍晚的记忆，还远远不止这两个。在前一节"羁旅情怀"中，我也描写过我和阿叶姥姥相互依偎着坐在人力车中，在丰桥町的暮色中颠簸前行的情形。总之，傍晚这个时间，在我幼小的心灵中仿佛有种特殊的魔力。

无论是在哪个季节，无边的田野上薄暮低垂之时，即便是幼小如我，也会油然而生一种孤独感吧。就连在本家玩时，一旦发现太阳快落山了，我也会心急火燎地往土仓跑，仿佛多一刻也等不了似的，不顾一切地奔跑起来。

上了小学之后，傍晚对我来说，除了深深的孤独感之外，又多了几分恐怖的气氛。在村子的街头巷尾玩得正欢的孩子们，一旦发觉日暮降临，也会忙不迭地往家跑。只要有一个孩子起身跑了，其他的孩子也会跟着跑起来。就在他们撒开腿的一瞬间，孤独感和恐惧感便同时朝他们袭来。

有的孩子跑起来连蹦带跳，好像身下骑了一匹小马。有的孩子则只顾闷头向前冲。不管是用哪一种跑法，他们都是在用自己的方式，努力挣脱傍晚的孤独和恐惧。

上了小学之后我才发现，无论我是在校园里还是在田野上，只要是在类似的一个开阔的空间玩耍，一旦发觉夕阳西下，随着暮色越来越浓，内心的孤独感也会一刻比一刻更加强烈。倒是恐惧感似乎并不那么明显。这个时候，我便会拼命往土仓跑。现在想来，当时的心情，仿佛一个人正拼尽全力挥动双臂，想要游出那片孤独的海洋。这样的感觉，多会出现在夏日的傍晚。

相反，在我的记忆中，傍晚的孤独感和恐惧感同时袭来，通常是在秋末或初冬的微寒的时节。似乎刚刚太阳才偏西，一转眼，竟已夜幕低垂。

——哎呀！快跑啊！

我禁不住在心里大叫一声，便立刻撒腿朝土仓跑去。好像有什么东西在追赶着我似的。

那个年代——具体地说，也就是大正初年，在伊豆天城山脚下的我的家乡，冬天一到傍晚，暮色渐浓的天空中便会出现数不清的白色小虫，仿佛随波逐流的浮游生物一般漫天飞舞，我们管它们叫做"白婆婆"。这个名字，顾名思义是"白色的老太婆"的意思。小孩儿们总爱挥舞着圆柏树枝，去拍打那些如棉絮一般细碎轻盈的小虫子。"白婆婆"通常呈白色，天气不好的时候，还会有一点泛青。

孩子们总是高高跃起，将手中的圆柏枝用力挥打出去。这是冬日黄昏里我们的专属游戏。

当"白婆婆"密密麻麻的白影也逐渐被夜色所吞没，孩子们便赶紧把圆柏枝随手一扔，各自回家去了。刚刚还全身心地沉浸在拍打白色小虫的游戏里，一转眼，似乎自己也正面临着巨大的危险——黑暗中仿佛有一只无形的大手随时有可能朝我们击打过来。冬天的傍晚，也是怪可怕的。

天气再冷一些，我记得阿叶姥姥会往我的和服后背里塞丝绵垫。外面还要套上一件短褂，所以丝绵垫并不会掉出来。

——瞧瞧，这样一来，就不会冻着了。

阿叶姥姥几乎每天早上都会在我的背上垫上一块丝绵垫。我也相信，只要背上丝绵垫，就真的不会挨冻。这其中，阿叶姥姥的话当然起到了一定的心理暗示的作用，同时，事实上那块丝绵垫应该也的确有一定的保暖效果吧。整个冬天，我都背着一块丝绵垫。直到上了小学，头一两年我也还是背着。可是渐渐地，我开始抗拒这种顶级的御寒工具了。别人都没背，单单只有我一人背着，换谁也会觉得心里不舒服的。

然而，现在我却时常回想起背着丝绵垫时那种似有若无、柔软服帖的感觉。甚至有时候，我也想给我的小孙子背上塞一块这样的丝绸垫。当然，一次都不曾付诸行动。如今屋子也变暖和了，孩子们穿的衣物也大都是毛纺织品，丝绵什么的似乎也已经没什么用处了。

就这一点来说，比起我的小孙子，我的童年可幸福多了。我背在背上的，是阿叶姥姥对我的爱。阿叶姥姥的爱那么的轻盈、柔软，那么的蓬松、温暖。

一入夏，每晚阿叶姥姥都会命令我穿上"护肚子"，然后再在外面套上睡衣。"护肚子"这种东西，如今大概只有婴儿才会穿了。可是我一直到上小学之前，每晚都得穿着它睡觉，活像个穿着肚兜的金太郎①。外面还要套上系带的睡衣，这样一来，就算一晚上滚来滚去，胡乱踢被子，胃和肚子也绝不会着凉。

说起夏天，就不能不说说跟蚊帐有关的事。每晚睡前，阿叶姥姥总会跪在床边用团扇替我赶蚊子。等她赶完，我便赶紧撩起蚊帐的一角，哧溜一下钻进去。这个动作可是需要一点技巧和反复练习的。即便如此，蚊帐里还是会钻进一两只蚊子。我们住的是土仓，蚊子自然比旁的屋子要多得多。常常，我半夜醒来，会看见外祖母正举着蜡烛，烧那些不肯出去的蚊子呢。

---

①金太郎：源赖光的四大天王之一，本名坂田金时，小名金太郎。

钻进蚊帐里来的，不仅只有蚊子，有时还会有萤火虫。有时候，是阿叶姥姥特意捉了放进来的，也有时候，是从窗外飞进来的萤火虫自己钻到了我们的蚊帐里。

食物

也不知我小时候是吃什么长大的。家里就我和阿叶姥姥两个人，一日三餐自然是尽量简单。阿叶姥姥装了假牙，所以饭菜都煮得很软，几乎不用怎么嚼就能咽下去。米饭总是煮得像粥一样黏软，下饭菜也都切得碎碎的，一碟一碟摆在四方小餐桌上，都是囫囵一下就能吞进肚里去的东西。所以说，我就是吃着这些适合老人家脾胃的软和的饭菜长大的。

有时去本家，他们偶尔也会留我吃饭，我总觉得饭菜特别硬。本家的外祖父和外祖母有时提起阿叶姥姥一直给我吃软和东西的事，话里话外不无担忧。

——大晚上的，快睡觉了还吃糖球，一大早，刚睡醒又吃糖球。一日三餐顿顿稀粥，哪里用得上牙齿？走着瞧吧，这孩子的牙总有一天全都得掉光！

外祖父总是这么说。承他吉言，我刚上中学没多久几颗大门牙就镶上了金牙套。不过，或许也是因为这个原因，我的肠胃很少出毛病。本家与我同年的阿正和农家的孩子们，经常会闹胃痉挛什么的。只有我，连胃痛、肚子痛的情况也极少发生。直到现在，我的肠胃也比一般人要好得多。不过我倒觉得，这并非是小时候吃老人餐的功劳，应该是我刚上小学就变成了野孩子，饮食习惯发生了巨大变化的结果。

上小学之前，我整日跟在阿叶姥姥身边，尽吃些软乎的食物。可是上了小学之后，我成日和村里的农家孩子们混在一起，只要是能吃进嘴里的，甭管好吃不好吃，我都尝了一个遍。一开春，尖头蓼、虎杖、茅花，都是我们爱吃的，也吃胡颓子和通草。野草莓、桑葚自不用说，还有一种又酸又涩的"酸酸草"也是我们钟爱的美味。杜鹃花能吃，长变了形的鼓鼓囊囊的杜鹃叶子也能吃。山桃、野樱桃、小叶栲果，还有长在山药藤上的一种叫做"零余子"的嫩芽，我也都吃过。肉桂树枝剥了皮，里面的嫩芯是可以吃的。蜂蛹，还有一种叫做"目目杂"的刚孵化出来的小鱼苗也是难得的美食。

村里的孩子动不动就闹肚子痛、拉肚子，可是病一好，就又满山遍野地乱跑了。只要看见什么能吃的，照样往嘴里塞。

阿叶姥姥三番五次地警告过我，尖头蓼、虎杖之类的坚决不许吃。可是，我前脚刚一迈出土仓，后脚就把她的话全抛到九霄云外去了。倒不是因为真的有多饿，只是那么多隐秘在山野中的宝藏在召唤着我们，谁又能忍得住呢？

"吸溜吸溜茶泡饭，呼噜呼噜山药糊糊"，这是阿叶姥姥常教我的。虽然听上去不是什么文雅的吃法，但牙不好的外祖母平日里恐怕都是这样把食物送进胃里的。

乡下人过日子，桌上难得有肉吃。只有在冬天谁家打了野猪，或是本家杀了鸡的时候，才能吃上一顿肉。

——小少爷平时到底都吃些啥呀？

本家人也时常关心我的饮食。我虽年纪小，可但凡有人提起这个话题，却总感觉自尊心受了伤害似的。

——都是好吃的！还有咖喱饭呢！

我这样回答。只要有人问我吃的什么，我总拿咖喱饭说事。后来本家的外祖母还常拿这事来打趣我。

其实，就算真有咖喱饭吃，也一定做得像山药糊糊似的，呼噜呼噜就能吞进肚里去。不过，村里别家都不会做的饭菜，独独阿叶姥姥一人会做，这一点已经足够令我自豪、令我满足了。当然，事实上我也确实没吃过比咖喱饭更高级的食物了。真的很好吃。阿叶姥姥是在哪里第一次吃到咖喱饭的，连她自己也说不清了。这一定是她和曾外祖父洁的那段幸福生活留给她的一点念想吧。

阿叶姥姥通常会做两锅不同的咖喱饭。一份咖喱放得多，是她自己吃的；另一份咖喱放得很少，是给我吃的。

——辣吗？

——不辣。

——那我再给你加点料吧。

于是，两口小锅中的内容就这样不停地换来换去。

直到现在，我仍然认为只有儿时在土仓中吃过的咖喱饭才是真正的咖喱饭。如今在自家做的也好，在餐厅里吃的也好，色香味都比不上真正的咖喱饭。去年我去印度的新德里，在酒店品尝和比较过好几种咖喱饭。同行的一个人问我：

——怎么样？和你小时候吃的那种味道一样吗？

——完全不同，一点儿也不像。这可不是真正的咖喱饭。

我说。

——你小时候吃的那个，总该有肉吧？

他这么一说我可就无言以对了。因为，我压根不知道姥姥的咖喱饭里究竟有没有放肉。只记得米饭里看得见切得极碎的白萝卜和胡萝卜的细丁，咖喱的黄色里夹杂着胡萝卜的红色。那味道我记得很清楚，却很难描述出来。总之，无论哪里的咖喱饭，都比不上我在土仓吃过的真正的咖喱饭。

早饭通常吃的是像粥一样软乎的白米饭、味噌汤和生鸡蛋。不过，在桌前一坐下，外祖母就会命令我先吃一颗梅干，再喝一碗茶。那些年，我每天的吃的喝的，都是这些老年人的最爱。什么凉拌土当归、葱拌菜泥、凉拌菠菜，还有芹菜、蕨菜、冬花等等，这些当季蔬菜都会准时出现在餐桌上。

在伊豆的农村，过去一日三餐，餐桌上必有一道金山寺味噌汤。虽然各家各户的味道各有千秋，放进汤里的蔬菜品种也各有不同。

听阿叶姥姥说，住在西平字的亲戚家的金山寺味噌汤是最好喝的。小时候的我却吃不出他家的汤到底有什么特别之处。谁承想，西平亲戚家的金山寺味噌汤，如今却成了我的一份依恋，也是我的快乐之源。

西平的亲戚家，如今也是孙子和曾孙一辈的人了。他们中有一个人，每年都会给我送来金山寺味噌汤。我总是如获至宝。在阿叶姥姥的耳濡目染下，我对金山寺味噌汤也有了一份喜爱和依恋。这份喜爱和依恋，直到今天仍留在我心底。

除此之外，阿叶姥姥还有一些习惯也对我影响颇深。伊豆盛产山葵菜，用山葵菜根腌制而成的咸菜更是鲜脆可口，除了在本地哪儿也吃不着。可是，我直到今天也没尝过一口。因为阿叶姥姥一直跟我说，那东西吃了对胃不好。

每年夏天，我总能吃上两三回刨冰。有时候是别人给的，有时候是阿叶姥姥带着我去村里的冰窖里买冰回来自己做的。

说是冰窖，其实不过是用农家的仓房改造而成的。管理冰窖的人家会有人拿着钥匙带我们进去。打开冰窖的大门，一股冷气便扑面而来，里面一片昏暗。带路的人打开地板上的盖子，从地上的大洞中取出一大块冰。然后再用冰锯切下大小合适的一块，又把剩下的部分重新放回地下的冰窖里。

阿叶姥姥拎着装冰块的铁桶走在前面，我跟在后面。一路上我都在担心，桶里的冰会不会还没到家就化掉了。可是，偏偏阿叶姥姥毫不理会我的担忧。一路上，不是站在路边和人聊聊天，就是停下来分些冰给别人，甚至路过本家时，还会切一块冰给他们。

等我们回到土仓，桶里的冰已经少了一大半。阿叶姥姥用菜刀把冰块剁成两三块，取一块用棉布包起来，再用铁锥凿碎。然后再把这些小冰碴装进大海碗里，撒上白糖，摆到我的面前。接着再给自己也做一份，需要把刚才的步骤从头再来一次。

就这样忙活大半天，我俩才能肩并肩地坐在土仓的大门口，一起享用清甜爽口的刨冰。也许是因为刨冰太好吃，也许是因为去买冰的路上太开心,总之,我和外祖母并肩坐在土仓门前,怀抱着盛满刨冰的大海碗——那一去不复返的遥远夏天的回忆,永远定格在了这幅画面里。画中,夏日的骄阳依旧那么灿烂,夏日的微风依旧那么疏朗,就像儿时一样。

天气转凉,酿酒的亲戚家开始忙起来了。他们从别村请来了好几个男劳力,每天都在酒窖里忙碌。

酿酒的日子里,我时常要强打起精神,天不亮就起床,跟着外祖母,走过长长的田埂,去亲戚家的酒窖里讨些"扭扭年糕"。

天还没亮,四下里一片漆黑,可是酒窖中的男人们却早已忙活开了。我好奇地睁大了眼睛,看着他们不时将一个长长的棒子伸进蒸米的大锅里看看火候。反复几次之后,就会有一个男人用那根棒子捞起一大坨刚蒸好的米,捧在手里飞快地扭成一团,然后递给我,一边说:"喏!拿好,少爷!"

我接过年糕,便又走过长长的田埂回到土仓,再次钻进温暖的被窝里睡个回笼觉。其实,这扭扭年糕的味道也没什么特别,我只是喜欢早起去酒窖的那种感觉而已。我的这个奇怪的嗜好一定给阿叶姥姥添了不少麻烦,可是她却仍然坚持每个冬天早起两三回,带我去讨年糕。

我们村虽然小，临近下田大道倒有两家点心店。不过是在山里、田里劳作之余，作为副业给孩子们做点零食的小店。店里有黑糖球、水晶糖球、芝麻糖、小糖珠、柿饼、煎饼以及姜糖之类，装在带玻璃盖的木盒子里，整整齐齐地摆在货架上。另外还有两三种糯米做的糕点，却不是孩子们吃得起的。

水果店可没有。果树长在哪儿，孩子们比谁都清楚。比如，海棠树在五金店，金橘树在酒馆，无花果树则在我的本家。哪棵树结了果子，孩子们就只在那棵树所在的那户人家周围玩。不知不觉地，树上的果子都被摘光了。土仓的后院有蜜橘、沙柑，还有柚子。孩子们对蜜橘和沙柑连看也不看，只盯着柚子。柚子多籽，味道又酸，可是那一个个亮澄澄的金黄色果实，对孩子们来说却有着特别的吸引力。柿子树倒是家家都有，不过孩子们并不感兴趣。

小时候，我特别爱喝葛根汤，可是只有生病的时候才喝得着。要是得了感冒，外祖母还会在睡前让我喝下一碗热热的甜酒。脖子上裹着丝绵被，一口一口喝着甜酒，这才是生病的人该有的样子。

每个月的六号，阿叶姥姥都会给我做小豆汤，因为我的生日也在六号。要是她临时有什么事耽误了，也一定会把这项任务交给本家的外祖母。她总是念叨着"少爷的小豆汤、少爷的小豆汤"，弄得本家的人也不敢马虎了。

另外，阿叶姥姥每个月十一号还会做什锦寿司，因为她的情人曾祖父洁的忌日刚好就是十一号。这一天，她会让我先跪在佛堂前磕个头，然后才能吃上什锦寿司。但她不做硬米饭。就算是本家那边做了硬米饭送过来，她也会重新蒸一蒸，蒸软了再端上桌。

——这饭里有骨头。

这是阿叶姥姥常用的说辞。

这些食物中我最爱吃的，要数面粉。也不用水煮，直接抓一把塞进嘴里，嘴角、脸上立刻糊满了白色的粉末。这个时候，外祖母一般都正好在我旁边。她一见我嘴里鼓鼓囊囊地塞满了面粉，就会立马递过来一个茶杯。要是还不能全咽下去，就再给我喝一杯。我吃得开心，外祖母也玩得高兴。

阿叶姥姥六号做小豆汤，十一号做什锦寿司，到了月中，她还会做萩饼。为什么选在月中做萩饼呢？一定有她自己的原因，我却一点儿也不记得了。

年轻的姨妈

本家的外祖父母生了很多孩子，有四个儿子三个女儿。另外还有一个儿子早年夭折，一个女儿刚出生没多久就过继给了西海岸的亲戚家。如果算上这两个，那就有五个儿子四个女儿，一共生了九个孩子。

不过，我和阿叶姥姥在土仓生活的那几年，家里只剩下两个儿子一个女儿，其余的都离开家了。最年长的我的母亲自不必说，长子去了美国做贸易，次子是满铁①的职员，去了满洲。还有一个女儿是进了沼津的女子学校，只有节假日才回来住几天。

所以，其实本家只有上小学的两个儿子和与我同年的一个女儿，只有这三个孩子还生活在父母亲友的庇护下。他们都还是孩子，可是按辈分来说却是我的舅舅和姨妈。

念沼津女校的姨妈阿町，只在学校放假的时候才回家。可是，在年幼的我眼里，她却是一个特别的女性。她比我年

①满铁："南满洲铁道株式会社"的略称。

长十二岁,我被阿叶姥姥带走的时候,她大概十七八岁,快从女校毕业了。

等我上了小学,阿町也已经从女校毕业了,回了家,成为了家里的一员。可是,在此之前,这位年轻的姨妈究竟算不算是本家的家人,我其实是疑惑的。在我眼里,她跟别人不一样,是一个每到正月或暑假就会突然出现的女人。事实上,无论是长相还是言谈举止,这位年轻的姨妈在本家人之中也显得特别与众不同,仿佛鹤立鸡群一般引人注意。

阿町在家的日子,我几乎每天都会去本家玩,而且总爱缠着她,心里一直担心她没几天又该走了。所以,我几乎天天往本家跑,见了她就问:

——你啥时候走啊?

这几乎成了我跟她之间特有的寒暄。

不记得是哪一年的事了,有一回,阿町要乘马车回沼津了,全家人都去驿站送她,唯独我倔着性子说什么也不肯去。也许,阿町是我的第一个爱慕对象。现在回想起来,当时我虽小,却用情至深呢。

小姨妈从女校毕业没多久就谈了恋爱,有了孩子并结了婚。在大正八年的二月因心脏病离世,时年二十四岁。那一年,我刚上小学五年级。

因为她的英年早逝,小姨妈在我的记忆里更加美丽而充满魅力了。我家的旧影集里至今还保留着一张她的照片。照片上，还是学生模样的她梳着当时流行的"庇发髻①"，穿着裤裙②，眼角微肿，眼神清澈而伶俐。她坐在椅子上，身体微微侧向一边。特别是她绷紧的嘴角，给人一种沉稳、大气的感觉。在我的印象中，小姨妈为人行事也的确和照片中一样，十分从容淡定。

我不能确定小姨妈是否真的像我期望的那样疼爱我，但她的确让不在妈妈身边的我得到了更多的照顾和呵护。跟她的几次对话，给我留下了极深的印象。

我成日里"阿叶姥姥、阿叶姥姥"地叫惯了，有一次她却阻止我说：

——不能叫阿叶姥姥，是阿叶。

——明明就是阿叶姥姥嘛。

——不对。要叫阿叶。你只有一个姥姥，就是本家的姥

---

①庇发髻：明治大正时期流行的女士发髻的一种，我国所称"东洋髻"的一种。用塞入假发团等方式使额发和鬓发显得蓬松，往前凸起。自从明治三十年代，女演员川上贞奴梳过这种发髻之后便迅速流行起来，一直到大正初期，是女学生最常见的发型。

②裤裙：原本只是传统和服的下装，早从平安时代起的男女服饰中就有。到了明治时代，特指女学生穿着的女式裤裙，宽大而长至脚踝，相当于西服中的裤子或半裙。原本由于拘泥于和服所包含的贞淑、顺从的女德的内涵，明治之后女生制服的洋化远远落后于男生。直至1872年文部省设立的第一所女子学校开始采用男式裤裙做制服，虽一度曾被禁止，但女式裤裙还是开始在女校和师范类学校中逐渐普及开来。

姥。阿叶姥姥不是你的姥姥,她只是阿叶。

大概就是这样一番对话。她的话说得这么难听,我当然不可能听她的。可是我记得这样的话她还说过好几次呢。一定是见我身心都已被阿叶姥姥彻底俘虏,她心里愤愤不平,所以忍不住敲打我几句,想把我打醒。

要是旁人跟我说这些话,我一定会把他视为阿叶姥姥的敌人,为了维护阿叶姥姥跟他拼个你死我活。可奇怪的是,对这位年轻的姨妈我却恨不起来。她当然应该算是阿叶姥姥的敌人,可是不知为何,对这位年轻美丽的姨妈,我却丝毫没有敌意。同样是敌人,这个敌人却和别的敌人不一样。

不过,因为她老这样说,阿叶姥姥自然也对我这位姨妈没有好感。

——真是个招人厌的坏丫头。

——街上碰到了我也懒得理她。

——一个姑娘家,竟然在家里唱歌。

阿叶姥姥老爱抱怨她。我却总是默默地听着。不管阿叶姥姥怎么说她,对小姨妈,我仍是喜欢的。

我从不叫她姨妈,却叫她阿町姐姐。我记得是因为有一次我叫了她姨妈,被她狠狠地训了一顿,并进行了大致如下的对话。

——别叫我姨妈,我可不爱听。就叫姐姐吧。阿町姐姐，就这么叫，记住了吗？

——怎么能叫姐姐？怪怪的。

——哪里怪了？

——明明是姨妈嘛。

——姨妈也可以叫姐姐。

我老爱缠着这位阿町姐姐。有时，我会让她带我去山谷里的公共温泉澡堂。每每和小姨妈并排走在下田大道上，我都莫名地感到自豪。有时，我又会让她在傍晚带我去小学的操场散步。本家离小学其实没几步路，可是光是这么走个来回，我也觉得很开心，总觉得和小姨妈走在一起是一件挺骄傲的事。有时，与我同年的阿正也会跟我们一起，我却总是连推带攘地想把阿正挤到一边去。为此，我总是挨骂。

——你不是爹妈养大的，怪不得有坏心眼。

我总会遭到这样的指责。我常想，如果我也像阿正那样，是她的妹妹该多好啊。

不记得是上小学之前还是之后的事了，有一次在屋外玩的时候，她曾紧紧地抱住了我。她把我抱得太紧，勒得我喘不过气来。我拼命地挥动着手脚，想要从她的怀抱中挣脱出来。最终我也成功地挣脱了。可是没过一会儿，我又凑到她跟前，说：

——再来一次！

——不了，不来了。

——就像刚才那样，再来一次嘛！

可是，她却再也没有那样抱过我。

在公共澡堂洗澡的时候，总是小姨妈给我身上抹肥皂。因为我老爱驼着背，背上总会时不时地挨几下打。这份记忆，和与母亲相关的回忆重叠在了一起。有次母亲回乡，也带我去了公共澡堂。在她给我身上抹肥皂时，也是因为我站得不够直，背上也挨了她两下打。也许因为她俩是姐妹，所以有着相似的性格和习惯。可是比起母亲，小姨妈似乎要温柔多了。同样是挨打，小姨妈却打得一点儿也不疼。

我还记得，我曾经当着小姨妈的面，吃过蜂窝上结的白色蜂蛹。那个时候我还没上小学，大概是八月末九月初的事。

孩子们都在本家门前的大路上玩，有小一点的，也有大几岁的。其中有个年纪大点的带来了一个蜂窝，他从里边取出白色的蜂蛹，发给我们每人一个。我目不转睛地看着自己手掌上那个轻轻蠕动的白色小东西，不由得觉得有点恶心。

——吃吃看！

发放者硬要我们把这东西放进嘴里。

——没什么好怕的，就这么吃。

说着，他自己率先行动起来。只见他把一个白色蜂蛹扔进嘴里，为了证明自己没有弄虚作假，他还张大嘴巴给我们检查。然后就咕噜一声，像吞口水一样，把那个白色的小生物吞进了肚子里。最后，他再次张大嘴巴，向我们展示他空空如也的口腔。

——瞧，我吃了。你们也吃吧。

可是，谁也不肯把蜂蛹放进嘴里。这时，我的小姨妈从本家的前院走了出来，当她得知我们在干什么之后，自己也拿了一个蜂蛹放在手心，说道：

——什么？太可怕了！活的蜂蛹，你就这么吃了？

突然，只听我大叫了一声：

——我也敢吃！

紧接着，我便把手中的蜂蛹塞进嘴里，一闭眼吞了下去。并且，为了向小姨妈证明蜂蛹已经被我吞进了肚子，我也把嘴巴张得大大的给她看。

说时迟那时快，阿町姐一把拽住我的胳膊，把我拉到本家的厨房，把手伸进我的喉咙里，让我赶紧把刚才吞下去的东西吐出来。可是，哪有那么容易？

——这下可糟了！过不了多久你的肚子里就会生出蜜蜂来。你傻吗？为什么干蠢事？

我被她的样子吓坏了，耷拉着脑袋大气也不敢出。我相信了她的话，真的以为自己肚子里会长出蜜蜂来，在里面"嗡嗡嗡"地飞来飞去。用现在的话来说，我是想在自己的小姨妈面前装装酷，谁知却适得其反。

从那以后，小姨妈就常常把耳朵贴在我的肚子上，逗我说：

——让我听听，现在还会嗡嗡叫吗？

每次听到她这么说，我的表情立刻就变得凝重起来。

说到蜜蜂，还有这么一件事。那是在我刚上小学不久，有一次我在学校的后面玩时，不小心被蜜蜂给蜇了，从石墙上跌落下来摔伤了。我撕心裂肺地大声哭喊着，跑回了土仓。被蜜蜂蜇过的地方疼得钻心，摔伤的地方也疼得不行。其实，我对被蜜蜂蜇伤这件事并没有什么概念。只是额头突然剧痛起来，心里又难受又害怕，本能地意识到发生了什么了不得的事，所以赶紧往土仓跑。

阿叶姥姥在我被刺伤的地方敷上氨冰，又在膝头和脸部擦伤的地方抹上浓碘酊，并让我上床躺着休息。

当天晚上，本家的外祖母，还有邻居们都来看我了。阿叶姥姥一惊一乍地闹得全村都知道了，不来看一眼也说不过去。

——小少爷，你受苦了。

本家的外祖母满面愁容地说，看样子一定心疼坏了。

过了几天，我又去本家，正好遇见结束了沼津的学生生活刚回家的小姨妈。

——哎呀呀，你瞧瞧。你不是还吃过蜂蛹的吗？一定是蜂王对你恨之入骨，派小蜜蜂来报仇了。我说的准没错。

她说的话，我半信半疑，又觉得没准儿真是她说的那样。

我把这话告诉了阿叶姥姥，她也并不拆穿阿町姐姐，只是不置可否地说：

——这种事还真不好说啊，不过，蜂蛹啥的，以后最好还是别吃了。

阿叶姥姥很少把我当小孩儿看，只有那次是个例外。可能她觉得要是再不说点啥，往后还不知道我会吃什么呢。

谁知，等我上到小学三年级，外祖母的担心竟成了现实，蜂蛹什么的我已经可以连眼睛也不眨一下地吃下去了。一入秋，我们就到野地里找蜂窝，找到后就拿火熏，等蜜蜂都被熏跑了，就把蜂窝摘下来，取里边的蜂蛹来吃。其实也并没有多美味，只是吞下去的那一瞬间，觉得特别刺激。其他的孩子应该也跟我一样，因为每次吞下蜂蛹之后，大伙都会不约而同地露出狡黠的微笑。

在我小学一二年级的时候，伊豆一带特别流行一种感冒，得病的人两腮会肿得老高老高。无论大人小孩，得了这种感冒后，会两三天持续高热。等高烧退了，可以下床了，腮帮子就会肿起来。有的是右边腮帮子肿，也有的是左边肿。在我们村，把这种感冒叫做"腮肿病"。有的人病势来得凶猛，有的人却又不觉得怎样。还有些人甚至因为高烧引发了并发症，差点危及性命。村里有种说法，得了这种感冒，只要用枇杷叶煎水喝，就能缓解病情。所以，村里的枇杷树都被摘光了叶子，成了光头和尚。

这个病，我和外祖母都得过。一开始是外祖母染上了，在她卧床养病的日子里我便离开了土仓，被送回了本家。可是回了本家不过两三天，我也发病了。应该是之前就已经被阿叶姥姥传染了。

那时候，这种感冒刚刚开始传播，我和阿叶姥姥的病情都还算轻。即便如此，我还是发了两三天高烧，在本家的二楼昏昏沉沉地躺了两三天。发高烧的那几天，我担心自己的腮帮子肿起来，总是不停地伸手摸摸自己的脸。我曾见过几次腮帮子肿得老高的小孩，很担心自己也变成那个样子。

那几天，我唯一记得清楚的是，每当我醒来，一睁开眼总能看见小姨妈阿町姐姐坐在床头，把手轻轻搁在我的额头上。那或许是我发烧发得最厉害的时候，小姨妈来给我换冰袋，每次换之前，都会伸手摸摸我的额头，看看烧退一点没有。

我也记不得那是半夜还是白天，总之一睁开眼就能看见小姨妈把手放在我的额头上。当然，小姨妈不可能一天二十四小时都把手放在我的额头上，所以，一定是她每次来摸我额头时我也刚好醒来。但是，我更愿意相信小姨妈是一直守在我床边的。只要有她保护着我，我就不会受到任何伤害。那种安全感，我至今仍能体会得到。

虽然跟小姨妈相关的这份记忆有着特别的意义，但是躺在床上被人摸额头，这样的事还不止这一次。我记得还有好几回，阿叶姥姥摸过，本家的外祖母摸过，我的母亲也摸过……她们的手带着各自的爱的温度和重量，轻轻地落在我的额头上。也许，小孩子的额头比身体的其他任何部分，都更能敏锐地捕捉到爱的触感。

小姨妈从沼津的女校毕业后，在沼津做生意的亲戚家里帮了一年工，然后就回了乡下老家。不久，又进了村里的小学，成了一名代课老师。但这其实并不是她的意愿。只是因为村小缺老师，村政府再三恳求，小姨妈这才像学生时代那样换上裤装，每天去离家步行不过五分钟的小学上班。那是我刚上小学二年级的那个春天。仔细算算，那年我八岁，小姨妈正好二十岁。

就这样，小姨妈在小学工作了一段时间，和一位毕业于东京的大学，同样在那里当代课老师的邻村的医生的儿子恋爱了。随后便从小学辞了工作，生了孩子，结了婚，没过多久便英年早逝了。这件事当时在村里引起了不小的轰动，因为小姨妈不是结了婚之后才生孩子，而是生了孩子之后才结的婚。

总之，小姨妈阿町姐姐，在她二十四岁的那个春天，人生之旅才刚刚启程的时候，便永远地离开了人世。二十四岁的年纪，在现在的我看来，是多么年轻，多么遥远。每每看到"红颜薄命""花落人亡"之类的句子，我总会想起我的小姨妈。我周围英年早逝的人并不止她一个，可是这个还未脱去紫色裤裙的姑娘，却在短短几年时间内恋爱、生子、结婚，完成了一个女人一生应该经历的一切，随后便毅然决然地从这个世界消失了。回想她的一生，我既觉得干脆洒脱，又觉得哀伤惋惜。

说起来，我恐怕是第一个发现小姨妈的恋情的人。更准确地说，是我和与我同年级的两三个孩子，比村里的其他人都更早地察觉出她和学校的男老师之间不寻常的关系。小孩子的直觉还真是很准呐。

——我带你们出去散散步吧。

小姨妈这么一说，孩子们就已经猜到，她的恋人也一准儿会出现，和我们一块儿散步。当然，我们也并没有大惊小怪，而是很自然地接受了这件事。就这样，孩子们成了两人恋情的见证者、支持者和同盟者，虽然我们并未意识到这种理解、肯定和支持究竟是什么时候产生的，似乎自然而然地，我们就站到了他们一边。

比起和小姨妈两个人散步，我甚至觉得多一个人，那位男老师也加入进来反而更开心。其他孩子应该也和我想的一样。看着一个男老师和一个女老师凑成一对儿，不知怎的，我们也觉得心里甜丝丝的。忍不住就想唱起歌来，或是围着他俩跑来跑去。

小姨妈老爱去通往长野村的那条大路上散步，那条路上来往的人不多。总是走着走着，那位男老师不知从哪儿就冒了出来，加入了我们的行列。不用说我们也知道，两个大人准是事先就约好了。不过，虽然大伙儿都心知肚明，却谁也不会说破。因为我们懂得，只有不说破，两个大人才能更自然地相处。

然而有时候，男老师却迟迟没有出现。这个时候，要是有谁问了一句：

——老师怎么还不来啊？

立刻就会有人安慰他：

——这就快来了，别着急。

同时,又扭头对小姨妈说:

——对吧?会来的吧?没错!他一准儿会来的。

——你们在说谁呀?

小姨妈哭笑不得地说。

——当然是我们老师啦。

——你们老师为什么会来?

——这个嘛,谁知道呢?

孩子们总会这么回答。我们把小姨妈的恋人当老师,而小姨妈呢,我们只把她当朋友。不仅我把她叫做姐姐,在其他孩子们眼里,她也只是邻居家的一个大姐姐而已。

那位男老师一出现,孩子们便一起大声欢呼起来。现在想来,一对青春正好的有情人,相处时自然会酝酿出一种独特的甜蜜气氛。尽管我们还是孩子,却也深深被那份甜蜜所感染。所以我们才会按捺不住内心的躁动,要么叽叽喳喳地说个没完,要么围着他俩绕圈打转,总觉得莫名地兴奋和欢喜。

村里的小青年们老爱向我们打听:

——你们见过他俩牵手吗?

我们总是噘着嘴矢口否认:

——才没有呢。阿町姐姐怎么会做那样的事?

——傻瓜!下次可给我瞧仔细点。

对说这种话的人，我们总是本能地充满敌意。小小年纪的我们深信，这一对年轻的恋人之间一定有什么神圣而不可侵犯的东西，值得我们珍爱和守护，虽然我们也说不清楚那东西究竟是什么。同时，我们也渐渐地形成了一种默契——关于他俩的事，对谁也不会多说半个字。

姨妈和她的恋人从恋爱到结婚，这一路走得并不顺利。同为小学教员竟然私底下谈起了恋爱，村里人对此自然颇有非议。再加上毕竟是乡下，自由恋爱什么的一旦发生在自家亲戚身上，人们的看法和观念可就没那么明智和开通了。当然，最令乡亲们和家里人无法接受的，还是她未婚先孕、未婚生子这档子事。

最终的结果当然是有情人终成眷属，总算幸福圆满，可喜可贺。可是在这个过程中，小姨妈一定不知道受了多少次委屈，伤了多少次心，吃了多少回苦头。

对这样的事，小孩子的直觉尤为灵敏。记得有一回，不知是春天还是秋天，小姨妈坐在本家内院回廊的廊沿上织着什么东西，而我就在她身边玩耍。也许还有别的孩子，可我已经记不清了。总之，我就守在织东西的姨妈身边玩儿。

记忆中，那天的姨妈好像和平时不大一样。所以我是下意识地以她为中心，选在离她不远的地方玩玩泥巴或是别的什么。时而还会停下手里的工夫，朝姨妈的方向张望，总能看见她埋着头专心地织着，毛衣针在她手中灵活地上下翻动。我这才放了心，重新投入到自己的游戏中去。

对姨妈来说，也许那一天真的是特别的一天。正因为是特别的一天，所以我眼中的姨妈才会那样的不同寻常，那样的令人印象深刻。又或许，对她来说那一天不过是普普通通的一天，她像寻常的任何一天一样安静地织着东西，而就是她这副再寻常不过的样子，却深深地烙印在了我的心底——这样解释似乎也未为不可。现在的我看来，第二种解释反而显得更加自然。那一天，小姨妈专注于编织的模样，让年幼的我不敢离她太近，更不敢跟她说话。她沐浴在秋日或是春日的阳光下，双手灵巧地盘弄着毛衣针，也许一边还在想着什么开心事，当然也有可能是伤心事。

她心里究竟在想什么我当然无从知晓，我也不能在这个时候贸然打断她的思绪。当时的我年纪虽小，却早已懂得这是最基本的礼貌。我只想在离小姨妈不远的地方默默地守护她独处时的心境，只是不知她那时的心里装的究竟是满心欢愉，还是满腹愁肠。不过，无论是欢喜还是忧愁，在那时那刻，对小姨妈来说都是无可替代的心境。她深深地沉浸其中，表面上机械地摆弄着毛衣针，心绪却摇曳、起伏不定。

关于姨妈，我的记忆中还有这样一幅画面——姨妈正躺在本家里屋的床上，而我正在屋外的回廊上玩，我俩就这样一里一外、有一搭没一搭地说着话。我就只记得这些。这幅画面中的姨妈,似乎显得有点没规矩。屋外阳光灿烂,却没有照进屋内。在这略显昏暗的房间里,姨妈年轻的身体只裹了一件睡衣,四仰八叉地躺在床上,连被子也没盖。当然,其实我已经记不得她究竟有没有盖被子了,但想来应该是没盖的。或许,她躺在床上高高抬起了双腿;又或许,她侧身躺着弄皱了裙角。不管怎么说,她的睡姿在还是个孩子的我看来,多少有些不敢直视。几分慵懒,几分阴郁,或许还有几分淫荡。

记不清那是在姨妈谈恋爱的时候,还是在她结婚以后。或许是在她怀孕期间,又或许是在她得了那场夺走她生命的重病之后。甚至也可能跟怀孕、生病都没关系,那不过是一个寻常的午后,小姨妈像往常一样在睡午觉,我正好从她房外经过,而她也正好在这个时候醒来。

但是不管怎么说,那一天的姨妈,的确和我记忆中那个穿着紫色裤裙、梳着时新发髻的姨妈不太一样。在无数个关于姨妈的回忆的片段中,唯有这个片段里的她,似乎已经拥有了成熟的肉体。

就这样,小姨妈阿町姐姐在我的记忆中留下了许许多多个不同的侧影,不久后便在婆家,也可能是在丈夫的任地,结束了自己短短二十四年的生命。所以,我既没能见上她最后一面，也没能参加她的葬礼。在我看来，姨妈仿佛突然从这个世界上消失了。对姨妈的怀念和追慕，或许是在她离世多年以后，在我已经长成一个少年之后，才在我内心深处渐渐苏醒的。

姨妈葬在她的婆家，邻村的墓地里。也因为这样，已故的亲戚中，只有这位姨妈，我从未给她扫过墓。现在，乡亲里认识这位姨妈的人也已经所剩无几了。不过，你无论问他们中的哪一个，那人都会告诉你，她是整个家族中数一数二的大美人。

小姨妈对阿叶姥姥始终带着敌意，而阿叶姥姥对她也一直喜欢不起来，可是儿时的我，似乎对两人的这种关系毫不介意。我和阿叶姥姥相亲相爱，彼此照顾。同样的，我和小姨妈也情同手足，亲密无间。

小姨妈去世后的第二年，仿佛是追随着她的脚步，阿叶姥姥也永远地离开了我。我在十二岁那一年，失去了尚在花样年华的儿时的心上人；又在十三岁那一年，失去了虽已垂垂老矣却无可取代的人生的依靠。在自传体小说《白婆婆》中，我把这位姨妈的死写在了我九岁的那一年。那年的秋天，姨妈离开本家嫁去了邻村的婆家。时间上的确和事实多少有些出入。我之所以做这样的改动，是因为正是在那一年，我才真正地、强烈地体会到失去小姨妈的悲伤。在她离开本家之后，我就再也没有见过她。两年后得知她的死讯，我却始终半信半疑，似乎并不曾真正接受她的死。我之所以"歪曲事实"，只是为了在作品中更加深刻地表达出小姨妈的死给我带来的伤痛。

庙会

几年前,我去西土耳其斯坦的乌兹别克共和国时,曾在位于费尔干纳盆地的古老的马尔吉兰城逛过芭莎——当地的一种集市。在城市郊外的一隅,不同肤色、不同瞳色的各民族的人聚集在一起。集市上,各种货品应有尽有。临时搭建的商铺与商铺之间,老人、孩子、男人和女人,仿佛被上了发条似的不停地穿梭着。呼喊声、叫嚷声、吵闹声,还有驴的叫声,此起彼伏,热闹非凡。

当时,我曾对同行的一个人说,这很像我小时候去过的庙会,令对方大吃一惊。

日本乡下的庙会,场面跟这个可没法比——同行的人说。他说得没错。伊豆山村的小庙会,就算几个加在一块儿,也远远不及马尔吉兰的芭莎这般热闹和繁华。可是在我看来,儿时在修善寺祭祀弘法大师①的庙会上,挤在熙熙攘

---

①弘法大师:空海(774—835)的谥号。日本著名的高僧、书法家、文学家。真言宗的创始人。

攘的人群中时，那种将我深深感染的红火而喜庆的氛围，完全足以与马尔吉兰的芭莎匹敌。

小学一二年级的时候，我曾跟着村里的大人们去修善寺参加过祭祀弘法大师的庙会。那是我头一次去修善寺祭拜，也是唯一的一次。除了我，邻居家的孩子们也都去了。去的时候还有马车可以坐，回来的时候却已经是晚上了，只能靠双脚走回去。当然，这一点去之前大人们就已经跟我们打过招呼了。

我们搭上去大仁的马车走了一段，又在中途下了车，步行前往修善寺。为了不被大人们甩在后面，我们几乎是一路小跑着追着他们走。到庙会的地方时都已经是傍晚了。

带我们来的大人们给我们一人买了一小袋白色的麦芽糖，似乎就认为自己的任务已经完成了，便托准备打道回府的别村的乡亲们把我们捎回去。

我们在熙熙攘攘、接踵摩肩的人群中被挤来挤去，跟着人流在庙会里匆匆走了一圈，便被带了出来。现在回想起来仍然觉得不甘心。好不容易去一趟弘法大师的庙会，还没来得及好好感受一下庙会的热闹劲儿就被带走了，而且还得再走上二十多里的路才能回家。孩子们对大人们的做法自然是心有不满，却也只能乖乖听话。

只不过，现在想来，修善寺庙会之所以给我留下了难以抹灭的深刻印象，之所以令我觉得它热闹非凡、世间少有，难道不正是因为我置身其中只有短短一瞬，仅在惊鸿一瞥之后便被带走了的缘故吗？唯其如此，那场庙会的盛况才会在我幼小的心灵里引发强烈的震撼，足以令我在多年以后的马尔吉兰的芭莎上第一个想起它来。

年幼的孩子们哪里见过"修善寺弘法大师庙会"那样的大阵仗？自然觉得是世间难得一见的稀罕事，不枉我们再走上二十多里的夜路回家。

话虽这么说，我们也并不是对庙会的事一无所知。每年的一月十一日和九月十一日，村里的弘道寺要办两场庙会，祭祀的是人称"药师"的菩萨。另外，紧邻的市山字的明德寺，每年八月二十九日也有一场祭祀"手水场神"的庙会，远近皆知。不光是咱们村，散落在狩野川山谷间的大大小小的村落，都有各自的祭祀庙会，其中名气最大、规模最大的就是这场修善寺温泉町举办的修善寺祭典，人称"修善寺弘法大师庙会"。"修善寺弘法大师庙会"在每年的四月二十一日和八月二十一日，春秋两季各有一次，而大人们带我们去的那一次，恰是樱花盛开的春天。

从踏入修善寺温泉町的第一步起，年幼的我们的眼睛里看到的每一样东西都是新鲜的。旅馆和店铺的高楼鳞次栉比，大街上人山人海，挤满了去参拜弘法大师的人。走不了几步便是桥头，远远地就能看见临时搭建的商铺、摊点，一顺溜排得老长。有卖面具的，也有卖玻璃瓶装的彩色汽水的，还有卖白色的麦芽糖、朝鲜糖、豆糖的糖果铺。同样是卖糖果的店铺，各家卖的品类也各有不同。这可忙坏了孩子们。做棉花糖的机器是个稀奇玩意儿，眨眼的工夫就吐出一个个白乎乎、软绵绵的糖朵儿来，哪能不好好看个究竟呢？还有那捏糖人的大叔，一双巧手捏出的狐狸、花魁可真是活灵活现，自然也要围观一番。

——大家手牵着手，可别走丢了。

领头的大人一个劲儿地提醒大家，可是怎么说也没用，孩子们的心早已经飞远了。

爬完十几级石阶，便能看见宏伟的山门。再爬一段石阶，走一截路，眼前又是长长的石阶，左手边便是高高的钟楼。无论走到哪儿，前后左右都挤满了人。拨开人群往前钻，前面还是石阶。领头的大人是朝着正殿走的，可是孩子们的心思却都在散落于寺庙大院各处的小店上。不一会儿，天色渐渐暗下来，院里的店铺都陆陆续续上了灯，一盏盏电石气煤油灯发着青白色的光。一时间，乌贼汤、什锦炖汤、甜酒的香气四溢开来，充满了整座寺院。

我们跟着大人们来到正殿，听他们的话乖乖磕头行礼。可是，由于一路上都被夹在大人们中间，我们其实压根儿不知道哪里是正殿。孩子们牵着彼此的手,挤在大人堆里身不由己地往前挪,身高又只到大人的腰部,完全被挡住了视线。人流推攘着,不时把我们带到某处摊点前,不一会儿又推攘着把我们带走了。

就这么被拥挤着、推攘着,稀里糊涂地逛了一圈之后,又回到了山门,我们一人得了一小袋糖,便被交给别的大人照看了。

新的监护人脾气可不大好。

——你们这帮小屁孩儿,跑到这儿来做什么?迷了路可怎么办?走,跟我回去!马车已经没了,就走路吧。

其实,我们自己也并没有多想来。还不是因为大人们说起"修善寺弘法大师庙会",提出谁想要想去就带谁去,这才勾起了我们的好奇心。

回程时同行的大人有男有女,统共四五个人。都是平日里常见的熟面孔,却也说不清谁是谁家的。我们跟在大人们后面离开了修善寺的街市,走了大约二十分钟便来到了下田大道,再顺着马车通行的大路沿着狩野川继续往前走。

路上黑漆漆的,大人们不时提醒我们注意地上的小坑、石块。这条路上到处是凸起的石块,坑坑洼洼、凹凸不平,白天坐马车时就颠得厉害。

刚开始的一个多小时的路程,孩子们还沉浸在弘法大师庙会的热闹氛围中。这场举世无双的庙会所带来新鲜感和兴奋劲儿还没过去。我满心盘算着，等到了家该怎么把庙会上的所见所闻讲给外祖母听，感觉有好多好多事要讲。可又觉得，无论用什么语言，都无法准确而详尽地描述那种热闹、那种嘈杂，电气石煤油灯那妖冶迷幻的灯光，那些林林总总的小店，以及店内飘散出来的混杂着各种食物香气的独特气息。然而，走到父亲那边的亲戚所居住的月濑村时，我们就开始感到吃力了，越来越跟不上大人们的脚步。不过，虽说走得慢些，落在了后面，可大人们总会在前头不远处停下来等等我们。

走了两个多小时之后，刚进父亲老家所在的门原村时，领头的一个大人突然说：

——瞧你都累成啥样了？要我说呀，今晚就在你爸爸的老家过一夜吧。

我听了，觉得这话简直没头没脑。

我们一边走一边咂着先前带我们的大人给我们的麦芽糖，不时打个大大的呵欠。每当睡意袭来，脚下就会打几个趔趄。感觉好像无论走多久都永远走不到家似的。可是，这次"修善寺弘法大师庙会"之行，我并不感到后悔。为了看上一眼那般精彩、盛大的庙会，吃这点苦又算得了什么？我想，其他孩子一定也跟我想得一样。瞧瞧，他们不也和我一样，跟跟跄跄地走了二十多里地，却一个也没掉队吗？

直到今天，"修善寺弘法大师庙会"的热闹和喧嚣我仍然历历在目。虽然我置身于那个奇妙的世界不过只有短短的十来分钟，但那仿佛趴在门缝上窥探到的一切，却成为了我幼年时代最重要的回忆之一。

初次读到谷崎润一郎的《恋母记》，是在沼津中学念书那三年的国文课上。教国文的老师正是后来以近八十岁的高龄完成了名为《日本色彩文化史研究》的大作并被岩波书店出版发行的前田千寸先生。教我们时他才四十出头，上他的国文课总是一件愉快而享受的事。

课上，老师亲自为学生们朗诵了收在课外读本中的《恋母记》。正是那次朗诵，让我第一次体会到，原来所谓"小说"就是这么一回事。那篇小说，我简直觉得写的就是我自己。我想，有这种感觉的绝不止我一个人。

——想吃天妇罗，想吃，天妇罗，吃、天、妇、罗……

之后的一段日子，我们嘴里时不时就会冒出几句小说中的经典语句。想吃拉面，想吃，拉面……虽说不过是孩子们似懂非懂的调笑和恶搞，但也足以说明这篇《恋母记》早已在每一个孩子心中引发了或深或浅的感悟。

聆听前田老师朗诵《恋母记》时，我首先想到的，就是那个去赶"修善寺弘法大师庙会",又走了二十多里夜路回家的晚上。虽然我不曾像《恋母记》中的那个少年一般独自一人走夜路,可是那种默念着"想吃天妇罗、想吃天妇罗"行走在寂静夜里的孤独心境,我却和他一样。小说里的少年主人公走的是洒满月光的海滨小路,而我,则走在春夜里的狩野川沿岸的下田大道上。可是在我的想象中,当时的我仿佛也能听到夜风吹过松林的沙沙声,看到月光下波光粼粼的海面,甚至还能隐约听见三味线凄婉的琴音。总之,我是把从"修善寺弘法大师庙会"走夜路回家的那个自己,完全带入了小说《恋母记》的舞台。而且,这样的带入竟然也丝毫不显得突兀。换言之,当年的我,不过是傻傻地跟在大人屁股后面走在黑漆漆的路上,而多年以后,当我读到《恋母记》的那一刻,我才终于能够真切地回顾和理解儿时的自己的心境。

与我一同前往"修善寺弘法大师庙会"的小伙伴是三人还是四人,他们都是谁,我都已经记不清了。到了如今这把年纪,再回想起儿时的这番壮举,只觉得那一夜的我们,都如《恋母记》中的少年一般,在莫名的悲凉氛围的包围中,艰难地迈动着瘦小的双腿。寂静的黑夜里,只能偶尔听到几声草鞋敲打地面的声响。那条当年年幼的我们走了近四个小时的下田大道,如今早已铺成了宽阔平坦的柏油公路,路上车水马龙，畅行无阻，驶完全程只需短短二十分钟。

另外，虽算不上是庙会，每年的四月三日，翻过一座小山头，在邻村的一个叫做"筏场"的地方，还有一场跑马。所谓跑马，其实就是赛马。到了那一天，十里八乡的农家小伙儿们都会牵着自家的马聚集到筏场来。恰是樱花盛开的时节，跑马场边上正好种着几棵樱花树，观看赛马的同时还可以赏赏花。我们村也有两三个小青年会参加这场草地跑马赛，染坊家的老二还成了远近闻名的高手。每年临近跑马赛的时候，村里村外总能听见人们议论纷纷，不时蹦出几个年轻人的名字，参赛的骑手们一下子都成了名人。

筏场的跑马赛是村里的大人们每年春天最期待的盛事。可是，那座山头离咱们村有十里路，翻过山头去筏场还要再走上十多里，对年幼的孩子们来说可不算近。所以，虽然我们也被赛前兴奋紧张的气氛所感染，成天跟着大人们"跑马""跑马"地瞎起哄，但实际上，真正去筏场观战，却要等到上了小学二三年级以后。

不知为何，这场跑马赛竟在大正六年，也就是我十岁那一年的春天，被叫停了。在那之前，这跑马赛我才仅仅去看过一次。大约是在我八九岁的时候，上小学二年级还是三年级的某一年。

那一天，我带上祖母为我做的便当，叫上邻居家同年的孩子阿幸、小和、小为等五六个人，朝着期待已久的跑马赛出发了。我们进了长野村，专挑老路和小道走。因为大都是蜿蜒于大山深处的小路，我们花了大约一个半小时才走到那座山头。站在山头上回头望，我们的村庄已经变得很小很小了，我们的小学校舍看起来也像玩具小屋一般小巧玲珑。

这时，在山头上歇脚的一帮大人们中，有人指给我们看说：

——瞧，那就是富士山。

——我知道。

——那边，还能看见大海。

——那哪儿是海呀？

——傻小子们，那不是海是什么？

事实上，那个地方的确能看见海。两三年前我又去过一次那座山头，放眼望去，伊豆半岛的连绵群山尽收眼底，高低起伏、层层叠叠，最远处便是高高的富士山，富士山的左侧便能看到骏河湾的一隅。

往东望，举行跑马赛的筏场村静静地坐落在山脚下；往南望，天城连峰巍巍耸立。最前端的是高耸入云的万三郎峰，稍远处则是略低一点的万二郎峰，这二峰便是天城山的主峰。

我们在山头上吃完了随身带着的便当。

——傻小子们,便当不是应该在看跑马时才吃吗?

大人们虽这么说,我们却执意要把便当先解决掉,免得待会儿跑起来碍手碍脚。

吃完便当,我们便开始下山,继续朝筏场进发。山路蜿蜒崎岖,眼看着群山环抱中的跑马场就在脚下,早已是人声鼎沸、锣鼓喧天,却走了好久也走不到。几个孩子跑着跑着,会像商量好似的忽然停下脚步往地上一蹲。原来是因为刚吃了便当就使劲地跑,肚子疼了起来。不过,蹲了不一会儿,我们还是会咬咬牙站起来继续跑,只为了能早一点看到跑马赛。甚至还有孩子双手捂着肚子朝前跑呢,说不定我也是其中一个。

跑马场沿街而建,就在左手边的洼地上,是个四四方方的广场,绕场铺设了跑道,场边种了几棵樱花树。

场上却连一匹马也见不着,满眼里只看得见喜笑颜开的人们,三五成群地坐满了整个广场,饮酒作乐,谈笑风生。而那几棵樱花树,正好就在人们的头顶上舒展着枝丫,兀自绽放着满树繁花。若将目光越过广场投向远方,便能看见北面富士山遥远而渺小的身影。

跑马场三面环山,山上长满了茅草,呈现出青灰色。这些山都不算高,就连在我们小孩子眼里也谈不上巍峨。我们在跑道对面的土看台上坐下来，看大人们喝酒、聊天。跑马场的一角果真拴着几匹马，却见不到骑马的人。

不一会儿，我们便也走进场内，去为数不多的两家小吃店里瞧瞧，或是挨个儿到大人们的酒席上转悠转悠。

——那边在吃什锦杂煮。

——这边吃的是寿司。

我们一边转悠一边交流着各自打探到的情况。

——你们这群小屁孩儿，在这里瞎晃悠什么？滚一边儿去！滚一边儿去！

无论我们走到哪家的席面，都会遭受这样的待遇。我们都有种上当受骗的感觉——明明说好是来看赛马的，却不见有一匹马在跑，而且似乎也丝毫没有准备开赛的样子。

广场的酒席上，也有一些小孩儿堂而皇之地高坐其上。他们都是筏场的孩子，满脸都写着"这是老子的地盘"。而我们却是彻头彻尾的外人。虽然偶尔也能瞥见一两个咱村的大人，却也不敢凑过去，怕挨骂。

过了差不多一个小时，突然，不知从哪儿传来了高声的吆喝和欢呼。几匹高头大马也不知是什么时候冒出来的，突然在环绕广场的跑道上飞奔起来。不过，没过多久就有马打了退堂鼓，或是有马撞破栅栏冲进了广场里。剩下的马好不容易跑完了一圈，到了第二圈时也纷纷使起了性子，跑着跑着说停就停。任凭骑手们怎么大声吆喝,挥动鞭子,它们说什么也不再跑了。

马儿们跑起来的时候,广场里的人们全都站起身来,往外观望。可是没过多久,大家的注意力就又重新回到了酒席上。

听说赛马开始了,孩子们立刻紧张起来。可谁知,过了许久也不见有马跑过来,比赛也迟迟不再继续。

我们全都聚在土台子上,眼巴巴地等着。广场里的酒宴却越发热闹了,人们唱啊跳啊,兴致高涨,小孩儿也越来越多了。广场里的孩子一多,我们就更不肯下去了,大伙儿都死守在土台子这里,颇有点自卫的意思。

时不时地,马场上会出现一两个骑着马的年轻人。每当这时,我们便会一阵紧张,以为赛马就快开始了。谁知,结果却什么也没发生,马又被牵回了马房。就在我们已经等得不耐烦就快放弃的时候,第二轮比赛终于开始了。这一次也有好几匹马同时出现在赛道的一端,广场内立刻骚动起来。远远地,可以看见起跑线的位置有一位胖墩墩的大叔,正手持一面旗端坐在高台上。

马儿们冲出了起跑线,可是没跑几步,又出现了与上一轮相同的情况。大部分的马都在中途放弃了比赛,坚持跑完两圈的仅仅只有其中一匹。这匹马骄傲地绕场一周,它的年轻的骑手胸前还挂上了一串用金纸扎成的弊束①。

广场上的酒宴又重新热闹起来，仿佛全然不关心下一轮比赛什么时候开始。跑马场的边上倒是聚集了越来越多的马，可是只有小孩儿们围在一旁看新鲜，却不见一个大人。

又过了大约三十分钟，新一轮比赛终于开始了。这次并排站在起跑线上的却只有三匹马，而且就连这三匹也都没能跑完全程。它们跑着跑着都纷纷停了下来，钻进广场里吃草去了。我们决定打道回府，反正再待下去也没什么意思，还不如趁早回家呢。回家的路上，我们边走边玩，采蕨菜、捉蛤蟆，打打闹闹玩了一路。

在年幼的我看来，这样的跑马赛虽然不论输赢、轻松悠闲，却也无聊透顶。酒席上的欢声笑语，跑道上奔驰的骏马，甚至缤纷绚丽的樱花，赛马时石破天惊的欢呼声，这一切都仿佛只是一幅虚无缥缈的画，离现实世界很远很远。现在回想起来，我甚至还有这样的感觉，只有我们几个年幼的孩子是真实的人，而其他的一切，人也好马也罢，甚至那几棵樱花树，全都是狐妖幻化而成。就连那个身披金纸扎的弊束绕场一周的年轻人，也一定是狐狸变的。

筏场跑马赛的传统现今仍有保留。就在四五年前，也是在一个樱花盛开的季节，我又去过一次。感觉那附近一带全

---

①弊束：通常为神前供奉之物。用白纸扎成，装饰以金银箔。

是低矮的丘陵，风很大。那个跑马场也小得令人不敢相信里面居然还能跑马。

八月中旬，炎炎夏日，正是去三岛的大神社看烟火的时节。去看"修善寺弘法庙会"和跑马赛大约是在我小学二年级的那一年，而去看烟火却是在我更小的时候。或许是小学一年级，又或许是在那前一年。我的姑妈一家就住在三岛，是他们邀我们去看三岛神社的烟火的。姑父那时是那里的町长，他们家就在大神社的前面，位于整个町的中心地带。或许是姑妈家派人来接我过去的，又或许是父亲家别的亲戚带我去的。

当年在三岛度过的两天一夜，却没有给我留下多少回忆，只依稀记得自己一直闷闷不乐的，过得并不开心。记得我刚一到三岛就吵着要回家，当晚被安置在二楼却又闷又热难受得睡不着，还记得我曾骑在谁的肩头上，隔着人群眺望远处天空中绽开的烟花。仅剩这些零星的记忆碎片残留在我的脑海中，带着一种虚幻、朦胧而又晦暗的色调。

姑妈和姑父我都是第一次见。姑妈倒是和蔼可亲，当町长的姑父却大腹便便、满脸胡楂，让人觉得不敢接近。我一见了他，便立刻想回到我和外祖母的土仓去。可是，既然来了，没道理说走就走。于是，当天夜里，便有人带我去了人山人海，挤得水泄不通的大神社，见识了祭典的盛况。

　　我的记忆，便是从骑上某人的肩头上那一刻开始的。前方，人群熙熙攘攘、万头攒动。而在人潮的尽头，远处的夜空中，一朵朵烟花腾空而起，粲然绽放，点点火光缤纷洒落。不过，从我所在的位置只能看到烟花的一小部分，而且离得又远，只有小小的一朵。不一会儿，烟花放完了，四周突然笼罩在一片黑暗中，方才还在眼前蠕蠕而动的人头也一下子全都被夜色吞没了。

　　就这样，我人生第一次看到的烟火，绝对谈不上有多美。我又回到了姑妈家，喝了一瓶汽水就被赶上了床。那一夜的一切，都仿佛发生在某个沙漠中的陌生国度，比如摩洛哥，那么的奇妙而不真实。

　　如今回想起来，儿时的感觉还真是细腻而准确。烟火转瞬即逝之后的无边黑暗，还有那祭典之夜所特有的氛围，就这样深深地烙印在了我幼小的心灵上。

山火

一直以来，小土仓里只有我和外祖母两个人住，可是我却从未感到孤单和害怕。有时候，外祖母有事去了别人家，夜里只剩我一个人睡在土仓里，我也并不觉得孤单。就算有老鼠在枕边窜来窜去，我也只觉得热闹有趣，仿佛全然不知道什么叫害怕。我这脾性恐怕也是外祖母教出来的。

上了小学之后，我开始对幽灵啊怪物之类的产生了兴趣。记得小学一二年级的时候，孩子们中间特别流行扮成幽灵的样子，两手耷拉在胸前，嘴里一边咕哝着："啪嗒、啪嗒、啪嗒、啪嗒，诹访①哟……"我们几乎每天都在校园里玩到天黑。眼瞧着大伙儿都玩累了准备回家的时候，准有人突然冒出来叫一声"诹访哟"，于是大伙儿便又来劲儿了，争着抢着要扮鬼。谁也不愿意老是被别人装鬼吓唬，还不如

---

①诹访：日本古典落语的著名曲目之一。讲述的是一对原本恩爱的夫妻，在妻子病死后不久，丈夫就取了名叫"诹访"的后妻，却夜夜听到"啪嗒啪嗒"的声响和呼唤"诹访"的声音，吓得后妻患病在床，最后才发现是隔壁荞麦店在叫卖的滑稽故事。

自己来当鬼呢。这么一来，夜色渐浓的校园里便一下子冒出许多妖魔鬼怪，大家一边扮成鬼笑着叫着一边往家走，心里也不免觉得有些瘆得慌。

"啪嗒、啪嗒、啪嗒、啪嗒"其实模拟的是摇团扇的声音，而"诹访"呢，据说是妖魔鬼怪摇着团扇出场时，嘴里念叨着的它所怨恨的人的名字。这个鬼，好像是一个含恨而死的女人的怨灵。

那时候，我们最爱听的就是幽灵呀妖怪之类的故事。害怕归害怕，却总是听得津津有味。本家的小舅舅比我们不过大个五六岁，他经常把孩子们叫到一块儿，听他讲鬼故事。以至于我们一见到他就开始琢磨：这回能听到什么新鲜的。

——你们听说过伞妖的故事吗？

他只消轻描淡写地问这么一句，就足以令女孩子们尖叫着四散而逃。

不过，我们虽说还是孩子，鬼故事里讲的东西我们怕归怕，说到底也并不会全都信以为真。令我们害怕的并不是故事本身，而是故事所营造出来的那种阴森恐怖的气氛。独眼和尚、伞妖……我们凭着自己的想象力，在眼前勾勒出一个个妖魔鬼怪的形象，所以才感到害怕。

然而，真正可怕的却并不是什么妖魔鬼怪。飞流直下的瀑布、望不见底的深潭，当独自一人身临其境时，那种仿佛整个世界只剩下自己一个人的感觉才是最可怕的。感觉整个世界只剩下我孤身一人，然而，我又并非真的是孤独的。冥冥中，仿佛还有看不见的别的什么与我同在。那是瀑布的精灵、深潭的精灵。

对小孩子来说，妖魔鬼怪虽可怕，毕竟只是故事里的，而瀑布和深潭的精灵却能真真切切地感受得到。我们常常脱个精光在河里一玩就是一整天，可是上岸时，却总是争先恐后地往岸上跑，忙不迭地去抓自个儿的衣服，生怕自己跑慢了被抛在后面落了单。

我老家的小山村，傍着狩野川的上游而建，那里最出名的就是"狩野川台风"。狩野川从村中穿流而过，还有猫越川、长野川等数条支流纵横其间。如今各地施行的都是町制，我的老家也有了一个气派的名字——"天城汤之岛町"。不过，在以前，却只是"上狩野村汤之岛"。而在这片名为"汤之岛"的村落里，共有三条发源于天城山脉的河流汇集于此。

狩野川的干流形成了猫越潭、大潭、宫之潭、汤碗潭等深潭，而支流长野川则形成了嘿咿潭、荷包潭等深潭。说起来自然是干流附近的深潭更大更深，可咱们村却离支流长野川更近，所以无论是游泳戏水还是捕鱼捉虾，大伙儿都更爱去长野川，极少去干流。那可是属于其他村落的水域，是别村孩子的地盘。

说到游泳,我们最爱去嘿咿潭。嘿咿潭是专供男孩子们游泳的地方,荷包潭则是女孩子们戏水的天堂。男孩儿和女孩儿,连游泳的区域也有严格的区分。

狩野川台风过后,嘿咿潭早已面目全非。可在夏天,我们每天都去游泳的那些日子,嘿咿潭却是另一番模样。虽然不大,潭水却很深,潭底水流湍急,形似一个墨水瓶。一二年级的时候年纪尚小,还只敢在边缘的浅水区玩耍。到了少年时期,玩法可就不一样了,我们最爱从潭边高高的山岩上纵身跃入这个深不见底的墨水瓶里。再冒出水面时,嘴唇冻得发紫了,双脚也冻得发白了。于是,赶紧在湍急的水流中找块大石头,紧紧地抱住,好暖一暖冻僵的身子。暖一暖肚子,再暖一暖背心。一个个跟晒天灵盖的河童①没两样,既有大河童又有小河童。

就这样,嘿咿潭成了我们每日必去的游乐场,甚至,就连潭底的暗礁哪块滑哪块不滑,我们心里都门儿清。尽管如此,上岸时大伙儿依旧争着抢着去拿自己的衣服,人人都生怕被落在后面。

---

①河童:日本民间传说中的一种两栖动物,俗称水鬼,面似虎,身上有鳞,形如四五岁的儿童,传说居住在日本各地的河川和池子里。河童的传说起源于中国民间,现在在日本各地流传甚广。

——糟糕,我把腰带落在潭边了!

大伙儿一边穿衣服一边往家走时,每每有人冒出这么一句。等他一个人折返回去拿了东西再跑回来时,总会急着向大伙儿报告:

——没出来!没出来!

人多时便是无忧无虑的水上游乐园,只有一个人时,便成了令人毛骨悚然的地方,仿佛随时会有什么可怕的东西出现。

我也曾有好几回,不得不一个人来到嘿咿潭边。没有了孩子们的欢声笑语,寂静的嘿咿潭仿佛变成了另一个世界。无论是阳光明媚的正午,还是暮色渐浓的傍晚,都透着一股瘆人的寒意。就连潭水的颜色,水流的声响,都似乎与平日里不同。

一个人来到潭边时那种莫名的恐惧感,也许是因为害怕被某种突然出现的神秘东西给抓了去。我们从小就听大人讲,每一个深潭都有各自的神灵主宰。可是我们真正害怕的,倒不是那种可以想象出具体形象的神灵,而是别的什么。那种无形无状的,萦绕飘荡在空气中的,神秘而未知的气息,也许说是"精灵"才最为贴切。

——嘿!小子!

仿佛听见有人在叫我,一回头,却什么人也没有。虽然看不见人，却仿佛有一双手死死箍住了我，令我怎么也挪不动步子。

——别过来！

想逃，身体却动弹不得。想喊救命，却发不出声。说到底，最害怕的就是发生这样的情况。

柳田国男①有一篇著名的随笔——《山里的生活》，文中曾提到过"神隐"。据他说，遭遇"神隐"的人大都是在傍晚时去了田野之类的地方，就再也没有回来。对于这样的事件，过去的人有种说法，说是像田野这样的地方，不是什么时候都能去的，在不该去的时间去了，就会遭遇不测。老人们都知道，在古代，人类祭祖归宗的时刻须诸事禁忌。若是在这样的时刻不小心去了不该去的地方，就会神志涣散，仿佛穿越回了远古时代，不由自主地朝深山里走去。——在这篇随笔中，对"神隐"给出了如上解释。或许我们今天所说的"人间蒸发"，也与之不无关系。

柳田国男的解说，虽然没有明确提及空间的概念，但我想，既然有禁忌的时刻，自然也应当有禁忌的空间。若说暮色降临的傍晚是禁忌的时刻，那么将空旷无人的田野视为一

---

①柳田国男：日本民俗学创立者。早年曾投身于文学事业。30岁时离开文坛，开始研究民俗学。创立了民间传说会、民俗学研究所。著有《后狩词记》《远野物语》《海南小记》《蜗牛考》《桃太郎的诞生》等许多民俗学著作。

个禁忌的空间也不无道理。

几年前，当我读到这篇著名的随笔时，我立刻想到了儿时独自一人站在深潭边时所产生的那种恐惧感。自己为何会深陷莫名的恐惧之中，我曾百思不得其解。而今想来，不正是因为在禁忌的时间身处于禁忌的地点吗？对于年幼的孩子来说，深潭正是一个禁忌的空间，而日头偏西的午后和暮色降临的傍晚或许也是禁忌的时间。于是，在那样一个时空的组合之下，心灵身处某种奇特的感觉被逐渐唤醒，同时被小孩子所特有的人类原始的本能所敏感地捕捉到了。——当然，这一切不过是我的猜想而已。若是柳田先生还健在，我一定好好向他讨教一番。不过，说不定他会笑着说："小说家的想象力还真是丰富啊！"

总之，儿时一个人站在深潭边，内心是恐惧的。不同于害怕幽灵、妖怪，那是一种害怕突然被什么东西摄走了魂魄似的，特别的恐惧感。

在我的家乡，有一条小有名气的瀑布，名曰"净莲瀑"。每次去那里玩，回家时也最怕被一个人落在后面。站在瀑布下的潭水边，任由飞落而下的水珠冲刷在自己身上，我们也丝毫不觉得害怕。可是，一旦到了该回家的时候，一转身将瀑布留在身后，周遭的一切便似乎突然改变了模样。

对于孩子们来说，瀑布呀、深潭呀，都是麻木的大人们所感觉不到的精灵的家园。

狐火，我也亲眼见过两回，都是在冬季。我们走下田大道去山谷里泡温泉的时候，在大道和山间小路的分岔口，远远地看到了几簇小小的神秘的火光。山谷对岸有一座小山，坡面上点点火光排成一溜，微微泛着红色，好似一盏盏豆粒般的小灯。

——狐火！是狐火！

孩子们立刻吵嚷起来。可是，丝毫不理会我们的兴奋和骚动，远处的狐火仍然兀自安静地跳动着，仿佛在对我们说："肃静！"我们远远地看着，内心没有一丝恐惧，反而觉得那副场景异常美丽。好似用尺子量过画好了线一般，那一列如豆的灯光排列得整齐划一，一丝不乱。回到土仓，我向外祖母讲起这件事，阿叶姥姥说：

——这可是好事呀！难得一见的稀罕物倒被你们撞见了。

看来，她也并不觉得狐火是什么可怕的东西。

——那当真是狐狸点的火吗？

——没准儿真是呢。要不然，西平山上哪儿来的一溜灯火？说不定真是狐狸排成队提着小灯笼在走呢。

村子里的其他大人，似乎也并不觉得狐火有什么可大惊小怪的。他们深信，狐狸这种动物就是爱搞这样的恶作剧。而且，似乎还对这样爱搞恶作剧的狐狸，有一种莫名的亲近感。

二战结束没多久，我带着家人被疏散到中国山脉①的尾根一带的山村，确切地说，是鸟取县日野郡福荣村。就是在那里，一天深夜，在家门口，我发现远处大山的山坳中，有一溜排列整齐的如豆灯火。大约只出现了短短的一两分钟便消失不见了。那灯火究竟是什么，终究无从知晓，按村里人的说法，那就是狐火。

那么，狐火究竟是什么呢？有研究说，发情期的狐狸在相互追逐纠缠时，尾部彼此摩擦而产生出火花，这才是狐火的真面目。若此结论属实，那么狐火，竟然是柔情蜜意的装点，是你侬我侬的衍生。或许正是因为这个原因，年幼的我们只觉得狐火神秘而不可思议，却丝毫不觉得它可怕。

山中山火频发。每当村里的半钟②敲响，多半是哪里又着火了。不过，半钟的钟声只是为了召集众人去现场灭火，就算敲得再久，甚至就算已经看到了火光，也并不会有人因

---

①中国山脉：此处指日本中国（即中之国）地区的山脉，位于关西和九州之间，四国的北面。

②半钟：小型吊钟。原本是寺庙或军营用来传递信息的。到了江户时代，用作火灾、洪水、发生盗窃案件时的警报。

为觉得危险迫在眼前而感到不安。

孩子们更是激动得跟打了鸡血似的。远处的不知什么地方发生了不得了的大事，穿上消防服全副武装的大人们正风风火火地朝那儿赶呢，村子里的气氛跟往常有些不一样了。

山火大都发生在每年的二三月，正是植树的季节。人们在挖坑栽苗之前，先要将采伐场清理一番，把堆积的枯枝枯叶扫拢在一起，点火焚烧。一不留神，火苗就会窜到别的地方，引发山火。我们把这种火苗乱窜引燃了其他东西的情况戏称为"火逃了"，这种说法包含着某种特殊的意味。在我们看来，火是有生命的，它渴望能自由自在地想烧到哪儿就烧到哪儿。我们想象中的山火，跟成日在自家围炉里、灶膛中看到的火可不一样。只有山火可以四处逃窜，随意奔走，你追我赶，充满了无限的生命力。

要想亲眼看看这有生命的火，当然得去火灾现场。遗憾的是，小孩子自然是不能去的。发生山火的天城山，离村子可有十多里远呢。

发生山火的夜里，我总会醒个好几次，还会不停地问外祖母：

——火还烧着吗？

——已经灭了。别担心，没啥大事。快乖乖睡觉觉吧。

每每这个时候，外祖母总会这样回答我。可是，这么轻描淡写的两句话，怎么能令我满意？前往天城山的年轻的消防员们，一定正在一片火光中欲火奋战吧？他们英勇无畏、高大威猛的身影仿佛就在我的眼前。

山火通常烧个半天，或是一整日，也就被灭掉了。起山火的日子，孩子们总是格外兴奋、活跃，不顾天气寒冷在村子里东跑西窜。就连玩游戏，也不会安安静静地待在一处玩，要么在田埂上追逐打闹，要么从山崖上比赛着往下跳。再不然，就是去林中追逐流火，甚至纵身跃入火堆中。还有几个扭打在一起，比试比试谁的力气大。

待到山火灭净，进山灭火的青壮年们便陆续回村了，村里一下子又恢复了平静。倒不是说村子本身有多安静，只是方才还咋咋呼呼的孩子们全都变得老实安分了。也许是因为一件轰轰烈烈的大事已经过去，村子又恢复了往日冷清而寒酸的模样。

还记得是小学一二年级的时候，我曾进山去看过一次山火。去看跑马赛的时候，不是得翻过一座能远眺富士山的小山丘吗？就是在那座能看见富士山的小山丘的附近，发生了森林大火。那座山丘的附近一带，村里人称之为"茅场"。说起来的确是名副其实，那一带漫山遍野都长满了茅草，常年呈现出柔和的青灰色，远远看去，宛如象皮一般。

每年三月，附近十里八乡的青壮年们都会聚集到茅场，进行一年一度的"烧山"。坡面上疯长的茅草很容易便烧成了一片,那熊熊的火势仿佛能无限蔓延开去。不过,火烧到防火带便不会再烧下去了,烧山之后过不了多久,茅草的灰烬下就会冒出蕨菜的嫩芽来。

有时候,烧山也会引发山火,但都不会造成多大的事故,往往不一会儿就被扑灭了。我所说的去看山火,也是在一次茅场烧山的时候,余火没有彻底燃尽,燎到了附近的林子,到了第二天的傍晚,山火便气势汹汹地烧了起来。

若是火灾发生在天城山的腹地,孩子们就更不敢奢望能去看山火了,于是一早便打消了这个念头。不过,当半钟的钟声响起时,一听说是茅场一带失了火,我们便会毫不犹豫地朝那个方向跑去。就算去不了火灾现场,也要跑去长野一带的村落,在那里也能看到火。若还是看不见,就再往前走一段。

我们跟着同村的大人们朝长野走。一路上大多是上坡路,时不时需要停下来歇歇脚。当然,有时候也不光是为了歇脚。我们一屁股坐在路边,便能看见村里的大人们成群结队地从面前跑过,有赶去灭火的年轻人,也有老人、大妈大婶,独独见不着小孩子。

——嘿,你们几个,这是要去哪儿啊?

时而传来这样的询问,我们却充耳不闻。按照现在的说法，我们有权保持沉默。不管大人们问我们什么，我们都默不作声。

——要是寻思着想去火场，还是趁早打消这个念头吧。快回去！快回去！

可是，等大人们走远了，我们便会立刻站起身来，连走带跑地往前赶。若是远远地看见后面又有大人们的身影，那就又坐在路边等上一会儿。

——嘿，你们几个小家伙，坐在这儿干吗？莫不是打算去火场看火吧？都是谁家的孩子啊？五金店的、横巷的、糖果铺的，还有一个，是哪家的来着？快回去！快回去！傻小子们，眼看天就快黑了，说不定待会儿想回去都回不去了。

我们仍然一言不发，等这批大人走到前面去了，便又站起身来继续赶路。

等我们进了长野村，却没看见哪里有火。也许是村里人都赶去了茅场，整个村子静悄悄的，怪瘆人的。

我们横穿过村子，走上了通向茅场的小路。这个时候，大伙儿却打起了退堂鼓，纷纷说还是回家算了，又想着，山火啥的看不看也没什么打紧。西边，太阳也快落山了。

接下来的路，大伙儿都走得慢慢吞吞。心里都寻思着想回家，可是回家也得有个由头。不过，刚走上小路没多久，这个"由头"便及时地出现了。

——喂！傻小子们！你们要去哪儿啊？在这里瞎转悠什么？

小路的转角处，突然传来一阵呵斥。定睛一看，原来是一个手持一把大镰刀的男人正昂首挺胸地站在那里。在我们的眼里，他简直不像是普通的凡人，更像是一个面目狰狞的大头怪。

我们吓得连滚带爬地往回跑，甚至顾不得等等一旁的同伴。队伍跑散了，大伙儿自顾自地穿过长野村，再冲下一段狭长的下坡路。到最后，也没人同行了，都是独自一人或跑或走地回去的。

记忆里，我走了很长很长的路。远远地看见有一个小伙伴走在前面，却怎么也追不上他。只要他能稍稍放慢脚步等等我，我俩就能结伴回家了。可是，对方似乎全然没有这样的打算。他自顾自地跑跑走走、走走停停，丝毫没有为了我调整自己的步调。

走着走着，天已经完全黑了。我终于走到了樱地藏附近，这里离家就没多远了。然而，走在我前面的那个玩伴，却已经不见了踪影。

芥川龙之介有一篇名为《小火车》的作品。小说写了这样一个故事：一名少年搭上了一辆小火车去到了很远的地方，车上坐的都是下苦力的人。等他回过神来，才发现已近黄昏。回程已没有小火车可搭，少年只得在一片暮色中独自一人往回走。

每每读到这篇《小火车》，我都会想起小时候那次去看山火没看成，中途折返的经历。当时的我，究竟是怀着怎样的心情从长野一路走回家的？我早已记不清了。或许，多多少少有几分悔意吧。要是一开始没想着去看什么山火就好了。现在可好，为了这个傻念头，落得孤零零一个人走山路的下场。孩子们各自揣着几分这样的心思，彼此间隔着一段距离，在苍茫的暮色中变成了一个个孤独的小黑点，缓缓向前移动着。

当时的玩伴，除了一人，其余都还健在，都在老家的镇上生活得好好的。就像一同去看山火的那天一样，从那以后，我们都踏上了各自不同的漫漫人生路，一步一步走到了今天。

岁末

在我的老家，伊豆那个小村庄，每年十一月中旬到十二月初的某一天，神乐①班子总会如约而至。或许某一年从十一月开始就能听到神乐的浅吟低唱，有的年头却要等到十二月底新旧交替的时候才能一饱眼福。神乐班子总是沿狩野川顺流而下，依次造访下游一带的每一个村子。咱们村位于天城山麓的最深处，自然是最后一个才轮到咱们。

每年来的神乐班子，总是那几张熟悉的面孔。他们都是从函南、韭山两个村挑选出来的，一个班子有七八个人。舞狮子的两个人，说相声的两个人，还有吹笛子的、打太鼓的和弹三味线的三个人，偶尔或许还有一个表演杂耍的。班子的人数也不固定，少的时候甚至只有四五个人，显得冷冷清清。

神乐班子一行人进了村，便挨家挨户地上门表演。若是遇到酬劳丰厚的人家，狮子还会一路舞进他家的堂屋，在前

---

①神乐：民间、各地神社的宗教曲艺。请神、祭神仪式时所表演的歌舞。

院摇头摆尾、翻滚跳跃,甚至绕到屋后舞上一圈,舞完狮子,还会有相声或杂技表演。不过,要是东家给的赏钱太少,就只在他家的院门口随便舞两下便草草收场,连狮子看起来也懒洋洋的,昂头抬腿都没力气似的。

神乐班子年年都住在村里仅有的一家旧式小旅馆①里。说是旅馆,平日里也不曾见他们开门营业。似乎只在神乐班子来那几天才做做生意。也不知为啥,他们从不投宿山谷间的温泉旅馆。

神乐班子在村里挨家挨户巡演时,孩子们自然是坐不住的,总是呼啦啦一大群跟在他们后面。而神乐班子呢,似乎也离不开这些孩子,好像没了孩子们的簇拥和捧场就演不好似的。孩子们去上学的时候,他们就只去村子边上的独户或几家较小的散户。他们算好了时间,等孩子们放学回来没了约束,这才返回村子的中心地带。

孩子们也并不只是傻傻地跟在神乐班子后面,我们跟商量好了似的,手里都会拿些红薯干啦、柿饼之类的吃食,时不时地往嘴里塞一块。这些东西,平日里一块儿玩时家里的

---

①旧式小旅馆:日汉字写作"旅笼"。日本近世以后发展起来的旅宿设施。起源于室町时代。门前多悬挂装有草料的笼子,表示既可以供人投宿,亦可以替客人喂马。到了江户时代,随着各藩国间物资交流、因公因私的往来日趋频繁,这种旅馆逐渐兴盛起来。包食宿且可沐浴的现代旅馆的经营模式也是起源于此。在《东海道中膝栗毛》等作品中多有描写。

大人可不会给我们吃，只有在神乐班子来的那几天才有福气吃得到。

狮子闲下来时，便会张开血盆大口来吓唬我们。孩子们早就盼着这一刻呢。不过，有些还没上学的更小的孩子总会当了真，吓得拼命往外逃，一不小心摔一跤，哭得跟大火烧了屁股似的。

神乐班子里，我们最佩服的是舞狮子的两个人中顶狮子头的那个。光是那张脸，就令人没来由地感到特别踏实可靠。而其他的演员，说相声逗大伙儿笑的，演奏笛子、太鼓和三味线的，我们都没太放在眼里。只要顶狮头的那位说一句：

——快！闪开！闪开！别挡道，躲远点！

我们立马就会乖乖听话，赶紧往两边退几步。换做是其他人，任凭他怎么吆喝我们也不理不睬。总觉得就算把对方惹火了也没什么打紧。

记得有一次，还是小学一二年级的时候，神乐班子出发去山谷间的某家旅馆表演，我们照例也跟在后边。

神乐班子一行人，加上紧随其后的一群孩子，形成了一支不小的队伍。在过旅馆前的吊桥时，顶狮头的那位大叔突然在吊桥的正中间停下了脚步，探出身子去看桥下的流水。孩子们也纷纷跟着他停了下来，探身往下看。这个时候，我猛然发现大叔的一只胳膊里抱着的狮子头正张大了嘴,似乎也在探头朝下张望呢。虽说只是只狮子,却俨然看得全神贯注。

这不过是一件微不足道的小事,却深深地印在了我幼小的心灵上,至今仍难以忘怀。

——狮子竟然也会探头去看桥下的流水!

我反复地看看狮子头,又看看脚下的流水,心中暗暗惊叹。

神乐班子一走,村子里便刮起了寒冷的北风,岁末才算是真的来了。这一年就这么走到头了!不仅是大人们有这样的唏嘘和感叹,就连孩子们也有相同的感受。每年这个时候,孩子们便开始玩起了竹马。竹马,是神乐之后的又一桩乐事。我们总是骑着竹马,在霜化后泥泞的小路上跑来跑去。几乎每天都有人跌一身泥,挨他妈妈一顿臭骂。母亲的怒斥伴着寒风飘过大街小巷。就这样,孩子们的一年,也在一天天地走近尾声。

一到岁末,家家户户的大人们都忙得不可开交。而孩子们呢,也有孩子们要忙的。我们没事儿就凑到一处,躲在大人们看不见的地方。农家粮仓的背后啦,石墙的墙根啦,大都是避风、向阳的好去处。虽说地方不够敞亮,却躲过了大人们的视线,是真正属于我们的小小乐园,不管做什么都不用担心挨骂。吵架、和好，捉弄人、被人捉弄……属于孩子们的冬日就这样悄悄过去。

当然，我们在一起也不光只为了玩，偶尔也会干点正事。比如捕鸟。村公所的后院种了好些细叶冬青，孩子们便剥了树皮，制成黏鸟用的黐胶。细叶冬青的表皮弃而不用，只取里边一层，放在石头上细细捣碎，再拿去小河边洗掉其中的纤维，最后再放到嘴里嚼。一直到嚼得腮帮子隐隐作痛，便嚼出黏性来了。时不时还需要用指头把嘴里的东西扯出来，嚼一嚼，再扯一扯，不一会儿黐胶就做好了。

黐胶一做好，孩子们就闹腾起来了。不是你把鸟胶扔我头上，就是我把黐胶扔你头上。这黐胶，一旦粘到头上可没那么容易摘下来。往往到最后，只得用剪刀把粘上黐胶的那一撮头发齐根剪掉才算完事。

有时候，大伙儿会把各自做的黐胶凑到一起，裹在鸟儿时常光顾的光秃秃的树枝上。不过，这个法子却极少能捕到鸟。可孩子们还是会经常凑到一块，从咱们的秘密基地出发，甚至去很远的地方搜集材料制作黐胶。这么一来，就一点儿也不会觉得冷了。而且，没准儿还真能捉到鸟呢。一点点微小的期望，也能弄得孩子们心里痒痒的。

年纪尚小的我们，还总把希望寄托在黐胶上。而那些十八九岁的少年们，用的可就是捕鸟网之类货真价实的狩猎工具了。冬季荒芜的田野，正是鸭鸟、白颊鸟之类最爱逗留的地方。他们总在那里张好网，设下陷阱。这个法子不仅需要体力，因为得先砍些弹性好的树枝做工具，而且布网的技巧也很有讲究。年幼的我们多半只有在一旁看热闹的份儿。少年们之中，有几个张网捕鸟的高手。只要一听说他们中的哪个去田里捕鸟了，我们这一大帮孩子准会跟着去凑热闹。

——快去找些饵料来！

只要他一声令下，孩子们便会一窝蜂似的四散开去，分头去河对岸的山里寻找一种长在青木（桃叶珊瑚）上的红色果实。若是找不到青木的果实，便用朱砂根的果实代替。我们这群小不点儿帮不上什么忙，能做的大概也只有这些。然而，寻找红色果实这项看似简单的工作，却充满了无穷的乐趣。

一到岁末，孩子们最爱躲在土仓的后面玩。土仓北面窗下种了一棵柿子树，是美浓柿①。上面总是挂着十来个大柿子。

美浓柿只有我家才有。阿叶姥姥总想着让果子在树上挂得再久些，熟透了再摘。可是，每每总是刚刚泛红便遭了殃，不是被乌鸦啄出了大窟窿，就是因为果子自身的重量早早地从树上掉了下来。

---

①美浓柿：柿子的一种。原产于日本岐阜县美浓加茂市蜂屋町。

每当这个时候，外祖母总是格外地失望和懊恼。她大声咒骂的激烈反应，与其说是失望，倒不如说是愤怒更为贴切。

——哪里来的混账乌鸦！这些挨千刀的傻鸟！

然而，真正的罪魁祸首究竟是乌鸦还是别的什么鸟儿呢？这可没人说得清。因为无论是乌鸦也好还是别的鸟儿也好，都不曾有人亲眼见过它们偷吃柿子。可是，阿叶姥姥还是一如既往地把满腔怒火发泄在这些鸟儿身上，仿佛这些无耻的小偷就躲在不远处，正听着她的咒骂呢。

每天，总有一群不请自来的孩子，虽不是偷柿子的小偷，却随时都有变成小偷的可能。孩子们聚在土仓的屋后玩耍，时不时地就会绕到北面窗下，抬头张望张望挂在树上的柿子。一旦被阿叶姥姥瞧见了，总会招来她一顿严厉的警告：

——不行！绝对不行！蜜橘呀，柚子呀，别的啥都好，都可以给你们。独独这个不行！这是给少爷吃的，你们可吃不得！

阿叶姥姥的这番话，在年幼的我听来有点太不讲情面了。

——好了，快去那边玩儿吧！

最后她还总不忘把孩子们赶远一点，让他们别靠近柿子树。孩子们总是听话地乖乖走开，可是过不了多久就又转了回来。

——好想吃啊！

有人直言不讳。

——看起来已经红了呢。

也有人小心窥视。

换作是别的水果，阿叶姥姥总会送些去本家，或是分些给左邻右舍，就算不多也是个意思。只有这美浓柿是个例外。她固执地认为这柿子是当时的我才能吃的东西，就连阿叶姥姥自己，轻易也不肯尝上一口。说起来，那的确是我儿时的独享之物。

赶在乌鸦下手之前，阿叶姥姥就会请邻居帮忙，把树上的美浓柿全都摘下来，收进米柜里。

这以后，我就几乎每天都能吃上一颗熟透了的大红柿子。总是掰成两半，分两回吃。只是到了晚上就不给吃了，说是怕凉了肚子。

——这一半给姥姥吃。

我总这么说，外祖母却总也不肯。若是有很多，她也不会这么舍不得。统共就只有十来个柿子，她当然只肯留给我一个人吃。

到了二十八九,年关将近,在异乡打工挣钱的本村人都要赶回家过年。这样的人虽不多,可每辆进村的马车,总会送回来两三个归乡的游子。有刚从村里的小学毕业去镇上打工的年轻人,也有离乡多年拖家带口回村探亲的小夫妻。

我们只要一听到马车的喇叭声,就会立刻丢下正在玩的游戏往停车场跑。只为看一看这回从马车上下来的究竟是哪位回乡客。有时候是叫不出名字的熟悉面孔,有时候却是从未谋面的陌生人,他们都拎着大包小包,有的是土布包袱,有的是大皮包。

我们总是远远地站在一边,默默观察着这些回乡客。他们身上总有什么地方散发着某种异乡的气息。脖子上裹着的围脖,头上戴着的鸭舌帽……似乎都带着一丝异乡的气息。

——瞧,那不是俺家叔叔吗!

有时,也会有小孩嚷嚷着冲出去,多半是因为在回乡客中发现了自家的亲戚。意料之外的惊喜所光顾的这位幸运儿,总是迫不及待地朝那边飞奔而去。可没过一会儿他又会回到孩子们的队伍里来,然后朝他家亲戚脚边的大包袱努努嘴,说道:

——你们瞧,那里边啊,可装满了礼物哦!有馒头,还有羊羹呢。

其他的孩子却纷纷耷拉着脑袋不说话,用大人的话来说，简直是生无可恋了。明明是大家一起来的停车场，老天爷却偏偏只将幸运降临到一个孩子头上。再后来，这个孩子便会离开他的小伙伴们，以一个堂堂正正的胜利者的姿态，兴高采烈地回自个儿家去了。

当从马车上下来的回乡客们朝着各自的目的地继续赶路，孩子们也渐渐收了心，重新玩起了方才的游戏。骑竹马的骑竹马，看捣年糕的看捣年糕。回乡客的大皮包、布包袱里的东西虽然与我们无缘，但毕竟欢天喜地的新年离我们是越来越近了。这一点上，老天爷对每一个孩子都是公平的。

每年的这个时候，我们总会收到丰桥的母亲寄来的包裹。里面有时装着糕点，有时装着新做的和服。寄来的若是新和服，阿叶姥姥便会让我穿上试试，嘴里咕咕哝哝地念叨着什么，一边调整着和服下摆的长短。

到了大年二十九或是三十的那天，孩子们都会去村公墓扫墓，村公墓就在一座叫做熊野山的小山背后。说是扫墓，真正干活的也轮不到我们。不过是跟着扫墓的大人们去玩玩而已。

本家的墓地，每年都由一个名叫阿友的人负责打扫。这一天，墓地比平日里热闹了许多。来扫墓的大人可真不少。

本家的墓地有两处，一处是先祖的墓，一处是曾外祖父洁的墓。

受外祖母的影响，在我心里曾外祖父洁是一个很特别的人物，所以只有在阿友打扫曾外祖父的墓时，我才会上前帮忙。我们浇水清洗墓碑，拔净墓边的野草。我的玩伴阿幸、小和、阿季、小为也都陆续加入到我们的行列。

——你们几个，不去扫自家的墓地，怎么跑到别人家的墓地里来忙活了？

阿友的话并不能得到任何回应。自家的墓地也好，别家的墓地也罢，咱们小孩儿可顾不得那么多。管他是谁家的墓地呢，只要能大伙儿在一起打扫就好。

我们懵懂地知道，墓碑下长眠着已故的亲人，却并不觉得有什么好忌讳的。我们在墓碑和墓碑之间跳来跳去，或是一屁股坐在某个土馒头上，没少挨阿友的骂。

如今，阿叶姥姥、我的父亲也都长眠在了这片熊野山的墓地里。阿叶姥姥去世的时候，人们在离曾外祖父洁的墓地所在的本家墓园稍远一点的地方新建了一座墓园。想来，阿叶姥姥一定更愿意睡在曾外祖父洁的身边，可是那里已经安葬了他的正妻阿广姥姥。所以，生前能与曾外祖父洁同床共枕的阿叶姥姥，死后却只能将枕边人的位置让给阿广姥姥了。

扫完墓，就只剩下立门松之类的活儿了，这项工作也是由阿友负责的。他不知从哪座山上砍来松树，一棵立在本家大门口，一棵立在土仓前。本家门口的又高又大，土仓门前的又矮又小，这一点，我是很不服气的。

——又不是门松越大过的正月就越长。

本家的外祖母总是这样说，她还曾嘱咐阿友把土仓的门松换成大棵的。

土仓里，虽然只有两个人过年，每年三十晚上的年夜饭阿叶姥姥总要捣腾到很晚。门松是大是小她倒是不在乎，只有这顿年夜饭，说什么也马虎不得。曾经为曾外祖父精心烹制的美酒佳肴，如今全都喂进了我的肚子。

正月

大年初一,我们总是凌晨五点就被叫起来,跟着本家外祖父去神宫参拜。我们摸黑走在窄窄的田埂上,有时还会踩到路沿上结的霜柱。小河边还挂着一道道冰凌。

说是参拜神宫,其实也并没有什么特别的仪式,不过是去村里神社的正殿上作个揖。我强忍着睡意,在冷风中瑟缩着身子一步步往前挪,心里不停默念着:过年了,过年了……在去神宫的路上,不断有人与我们擦肩而过。因为太黑,也看不清对方的脸,只听见人家问:

——小少爷今年多大啦?

或是,

——小少爷,过年了,开心吧?

现在还不是恭贺新年的时候,因为天还未大亮,谁也不会把黎明前的神宫参拜算作正月里做的事。

回到家,吃了煮年糕,换上正月里出门见客的衣裳,做完这些,新的一年才算是真的开始了。

等太阳出来了，孩子们便都跑到大街上，个个都穿着出门见客的新和服，光鲜靓丽，好像换了个人似的。我们一时间竟有些难为情，不敢靠近彼此。不过，谁家的孩子不盼着过年呢？眼下正月真的到了，盼了又盼、等了又等的正月终于姗姗而来，又有哪个孩子不欢欣鼓舞呢？

很快，聚集在街头巷尾的孩子们逐渐分成了两帮人。一帮人是上了小学的孩子，另一帮人是还未上学的更小的孩子。不过，不一会儿，上了小学的一帮人又会回到方才碰头的街口来。

正月里，日子与往常也没多大不一样，不过又是寒冷的一天。在北风呼啸的街头巷尾，孩子们被寒风吹了一整日。平日里，我们追追打打、嘻嘻闹闹，没一刻能坐得住。可是这一天，因为穿了出门见客的新和服，反而被拘住了手脚。孩子们只能怀着满心期许，在寒风中静静等待，坚信这一天一定会有什么特别的趣事发生。

可是，正月的第一天却一眨眼的工夫就过去了，寒冷而静谧的傍晚如约而至。孩子们简直不敢相信这是真的。不过，常言道："正月乐三天"，这不还有两天嘛？我们安慰自己：接下来的两天，一定会有什么趣事发生的。

如今回想起儿时过的正月，只记得大伙儿守在街头的大风口喝西北风的傻样儿。一个个穿着光鲜的新和服，怀着莫名的期待，靠着一股子新鲜劲儿，在寒风中一吹就是一整天。

第二天，我们依旧会聚在街口，像木桩子似的杵上一整天，喝一肚子西北风。虽然冻得缩成了一团，心中的期待却并没被寒风吹散。并不是想再买个新玩意儿，也并不是想吃什么好吃的。只是固执地认为，正月就应该和平常的任何一天不一样。这可是正月啊！是一年之中最快乐的日子！或者，至少应该是最快乐的日子。

现在回想起来，所谓儿时过年的快乐，其实就是这份莫名却执着的期待。大人们年下不用干活，整日猫在围炉边，甚至大白天就喝起了小酒。我们小孩子可没这些乐子，只有换上新和服，同时也换上一副好心情，怀着满心期待去街口吹一天冷风。现在的孩子，虽然生活环境大不相同了，可是迎接新年的心情应该没什么不同。同样充满了懵懂的期待，同样在这种期待的驱使下蠢蠢欲动。真想发自内心地对这些孩子们说一句：

——过年了！新年快乐！

原来，只有天真无邪的孩子们是在一心一意、有声有色地度过属于他们的正月。

直到正月初二的午后，孩子们才终于恢复了孩子们该有的本来面貌。新和服穿着也不那么别扭了，虽说是正月里，也不能老这么安分守礼地待着。我们想骑竹马了，也想放风筝了，当然拍纸也是不能不玩的。

放风筝，我们总爱去田野里。地里的土都冻住了，我们在上面奔跑着，手里牵着的风筝起起落落，越飞越高。一不小心谁和谁的风筝线缠在了一起，总不免引起一场小小的战争。一转眼，原本光鲜亮丽的新和服早已沾满了尘土，罩衫的扣子也被扯得七零八落，正月的新装算是彻底玩完了。

在我关于儿时放风筝的记忆中，偏偏是自己的风筝怎么也放不上天的时候，我记得最清楚。不管我怎么努力，风筝始终飞不上天。总是在半空中打几个转，就呼啦啦地直往下坠，一头栽进地里，试了好几次都是这样。

三四年前，我偶然忆起儿时放风筝时那种绝望而无助的心情，曾作过一首诗。诗里说：年幼的我一次又一次想放飞的，并不是风筝，而是"死"；而我一次又一次在空旷的田野上拾起的，也不是风筝，同样也是"死"。

我脑海中关于风筝的记忆竟悲惨至此，令我不禁吟出了这样的诗句。为什么我的风筝就飞不起来呢？我在空旷的田野上玩命似的奔跑着，只为了手中那只注定飞不起来的风筝。那或许是我人生第一次体味到了绝望的滋味。

正月初三初四，我曾跟着阿叶姥姥去几户父亲那边的亲戚家串门，他们住在离我们稍远一点的地方。那也是上了小学之后的事了。这几家亲戚平日里与我们并没有什么来往，阿叶姥姥不过是想让他们看看，你家交到我手上的孩子，如今长得壮实着呢！

各家亲戚都有自己的名号。比如，"西平的大房"便是指住在西平字的安腾家；"持越的磨坊"则是指住在持越字的一家姓"福井"的；而"门原的崖壁"则指的是住在门原字的石渡家。其他的亲戚家，也各有各的叫法。

因为我和阿叶姥姥常年住在土仓里，便总被人称作"土仓小少爷"和"土仓婆婆"。当然，这倒算不得什么名号。

西平、长野等几个较近的字走路就能去。可月濑、门原等较远的村落，就必须得坐马车了。无论去到哪家，父亲那边的亲戚们，尤其是几个伯母婶娘，总是一副皮笑肉不笑的样子，说话的口气也怪怪的，总像在冷嘲热讽。就连年幼的我也感觉得出来。

她们有的说：

——这都几岁了？怎么还是这么一副瘦巴巴的样子？还真是个"娇少爷"呢！不好好吃饭可不行啊！

还有的说：

——人都说"长子多败儿[①]"，我看你呀，还真是个败

[①]长子多败儿：原文作"総領の甚六"，日本谚语。"総領"指第一个出生的孩子，多指长子。"甚六"是傻小子、笨蛋的意思。多指一家的长子、长女由于父母过分溺爱而不如弟妹聪明懂事。

家少爷呢!

甚至还有人说:

——不在父母身边,少爷还真是有福气呢!长在爹妈身边的孩子,哪个的脸会皱成这般模样?

听了这些话,阿叶姥姥总是带着一肚子气回家。

不过,不管她们说了什么,对父亲老家的这些伯母婶娘以及她们身上与众不同的地方,我却怎么也讨厌不起来。她们虽然心直口快、口无遮拦,却个个都是热心肠,总能让我感到血浓于水的温暖的亲情。我们回家时,她们总会送出老远。过几天,还会专门派人送些土特产来土仓。

同样是血脉相连的至亲,男人们却一贯地不爱说话,不苟言笑,令人觉得不敢亲近。不过,这些男性亲戚也一样是热心肠,只是轻易察觉不到他们对你的关怀和疼爱。

——长大了,怕是和你爹一个样!

这样的话,总是让人摸不着头脑,也不知是在夸我还是在损我。刚说完这句,对方早已把脸转到另一边,嘴里也不知在念叨些什么。

正月里走亲戚,只有去父亲老家门原村的石渡家时,无论是我还是阿叶姥姥都高兴不起来。那是继承了祖业的我父亲的大哥家,在父亲一边的亲戚中最是不能不去的。话虽这么说,我们也不是年年都去。至少在我的记忆中,我们只去过一次。除了正月之外，我还曾去他们家住过一晚。关于这件事，我在前面写洗澡的那一章里已经提到过，不过只剩下些许模糊而零碎的记忆而已。

——是时候去一趟门原了。

阿叶姥姥念叨了好几回之后，这才鼓足劲动身了。

阿叶姥姥带着我坐马车来到门原，把我送到石渡家之后便扭头回去了，说好第二天再来接我。

——就一晚，只需要忍受一晚。甭管有多难熬，过了这一晚，一觉醒来就能回土仓了。

阿叶姥姥是这么安抚我的。可是，我其实并不觉得有多难熬。当然是有些不自在，不过我也算是稀客，人家待我已算是热情周到。

大伯带着我翻过一座小山丘，去了吉奈公共浴场。一路上，大伯只顾埋头赶路，虽然偶尔停下来等我赶上他，却自始至终没有跟我说过一句话。我也只是默默地跟在大伯的后面。到了公共浴场，情况也没有太大变化。

——洗身子。

——擦干净再出来。

顶多就是嘴里蹦出这么几个字。然而，和大伯的这次吉奈之行，其实是他特意为我精心安排的。

刚从吉奈回来，大伯母就笑着露出一口亮晶晶的大黑牙，说：

——可委屈我们小少爷了。也不知倒了什么霉，要跟这么个凶神恶煞的大伯伯去泡澡呢？对吧，小少爷？

她好像看透了我的心思，把我心里想的话全都说出来了。时不时地，她甚至还会说：

——只消忍耐一个晚上，明天就能回土仓了。

简直让人怀疑她是不是从哪儿听来了阿叶姥姥说的话。虽然大伯母的每句话似乎都带着一丝嘲讽，可嘴上虽这么说，她手里却一刻也不闲着。又是给我烫甜酒，又是给我做安倍川饼①。另外还有一个叫阿忠的孩子，同我一般大，我俩却始终没有交谈过一句。到了晚上八点过，大伯突然说：

——好了，该睡了。睡前漱漱口，把脱下来的衣裳叠整齐。

我仿佛被施了魔咒，变得异常乖巧听话，按他说的一一都做好了。睡前乖乖漱了口，由大伯母领着进了早已铺好卧具的里间，又亲手把自己穿的和服叠得整整齐齐，搁在枕边。

——真是个听话的乖孩子。好了，快睡吧。

大伯母说完，拿着蜡烛离开了房间，只剩下我一个人待在一片黑暗中。我原本不怕黑，也不怕一个人睡。只不过这

---

①安倍川饼：静冈县名小吃。软糯的糯米饼蘸上黄豆面、白糖食用。

里和土仓不一样,房间要大得多,一个人睡在里面,还是有点发慌。

我在被窝里直挺挺地躺着,一动也不敢动。白天浑身不自在,到了睡觉时也丝毫没有放松。可是,我还是不一会儿就睡着了。自从来了石渡家,神经一直绷得紧紧的,我是真的累了。

半夜,我被叫起来上茅房。手拿蜡烛的大伯母看起来跟恶鬼幽灵没两样。

——快!起床小解。

大伯母一开口说话,满嘴黑牙更是让人心里发怵。"小解"这种说法,在我听来也怪稀奇的。走到廊下,看到阿忠正睡眼惺忪地站在那儿,他也是被叫起来上茅房的。我俩先后进了茅房,硬挤出几滴尿来,这才被允许回到各自的房间去睡觉。

等我再次钻进被窝,手持蜡烛的女鬼居高临下地看了看我,啪的一声拍了一下我身上的被子,说道:

——好了,睡吧。

身上的被子被她这么一拍,我仿佛感到自己被封印在了这个被窝里,一辈子也别想从里边再出来了,你说怪不怪?

第二天一觉醒来,我久久躺在被窝里,不知道该不该起床。所幸没过多久廊下的挡雨板就被人打开了,屋子里亮堂起来，大伯母的声音也随之传来：

——少爷，起床了！

我赶紧一骨碌爬起来，自己穿好衣服，去了有围炉的堂屋。刚一进门，就听见不知从哪儿传来的大伯的声音：

——快去河边洗把脸！

于是，我一把接过大伯母递过来的毛巾，穿过土间①，出了院子，来到了门前流过的小河边，看到阿忠正在那里洗脸呢。

我俩你看着我，我看着你，依然没有任何交流。既然人家对我不怀好意，我也没必要主动伸手向他示好。

回到家，我又被大人叫去神龛前行礼。

——拜神时都说了啥？

坐在围炉边的大伯一边喝茶一边问我。

——说了我想快点回家。

我回答道，这句话很自然地就从嘴里蹦了出来。

——想回家？原来求的是这个啊。

大伯依然面无表情地咕哝了一句。一旁的大伯母却露出一口黑牙，笑着说：

——要是少爷喜欢，就再住个两三天吧？

---

①土间：日式房屋中不铺木地板和榻榻米，保留泥土地板的屋子。多用作灶房、仓库或劳作间。

我可不觉得她是在开玩笑。若是真要让我再住一晚，我一定二话不说，当下就回去。

早饭之后，我也跟着去了位于后山半山腰的石渡家墓地扫墓。大伯依然一脸严肃，走在队伍的最前端，我和全名忠治的阿忠紧随其后。我拿着竹水杓，阿忠捧着盛满水的水瓶。

我们走过两三块梯田便来到了墓地，一片枯草丛中掩隐着十三四块墓碑。我和阿忠在每块墓碑前站上一会，拜一拜，我再用水杓从水瓶中舀一瓢水，浇在墓碑上。

墓碑大致排成一行，也有几座在后面另成一行，前面的墓碑比较大，后面的墓碑都偏小。墓碑大都长满了青苔，上面刻的字也都模糊不清了。也有的墓不过随意压上一块石头，算不得墓碑。我们正打算越过不拜，耳边却响起了大伯的训斥：

——别想偷懒！后面的墓也得拜！

只见大伯正站在墓地的边缘，双手抱在胸前眺望远方呢。真奇怪，我俩的一举一动，他又是怎么知道的呢？难不成是后脑勺长了眼睛吗？

现在回想起来，大伯是想让我给父亲家已故的先祖们扫一扫墓。当年的我，自然体会不到他的用心。我只是听从大伯的吩咐，在每一座长满青苔的墓碑前行个礼，再用竹水杓满满地浇上一瓢水。

如今看来，大伯当年为我所做的一切，是多么地难能可贵。当年未能引起我丝毫触动的那份良苦用心，在半个多世纪后的今天，却在我内心深处激起了万千波澜。

正月从石渡家做客回来，阿叶姥姥是这样向本家的外祖母汇报的：瘦是瘦了一点，不过也不见有什么头疼脑热的，总算平平安安地回来了。

然而在我的记忆里，关于父亲老家的一切，如今只留下了美好舒心的回忆。扫墓、打扫前院、自己整理床铺、去河边汲水……每天不得不干很多很多活儿。饭前要说"我不客气了"，饭后要说"多谢款待"……这一切与我和阿叶姥姥两人在土仓的生活是多么地不一样！就连在母亲的本家，我也不曾受过这样的待遇。本家的外祖母也同阿叶姥姥一样，从不让我动手做任何事。年复一年，我每天都生活在万千宠爱之中。唯有这短短的两天，我被扔到了这样一个截然不同的环境中，经历了前所未有的约束和历练。那种心情，就好比被送去寺里苦修的小和尚。

孩提时代，这样的经历不过只有一两次。等我去沼津上了中学，不管我情不情愿，都不得不常常去叨扰父亲老家的大伯一家了。我常常被指使着干这干那，动不动就挨训。到了暑假，他们更是取代了土仓的阿叶姥姥，管起了我功课和考试成绩。大伯和大伯母都不是好对付的，可是他们身上却有一种别的亲戚所没有的独特魅力。那时，大伯还是汤之岛小学的校长。那也是他担任的最后一个职务，之后便从教学岗位上功成身退，过起了优哉游哉的退休生活。洋堂龙骨、独醒书屋主人，都是他的笔名。他时而做几首汉诗，时而吟几支俳句。最令我头疼的，便是自己的大伯是个通今博古的读书人。我最怕他突发奇想的提问。儿时紧绷的神经长大后也并未得到放松，只是换了一种方式而已。

——你知道这个吗？

——不知道。

——真是一问三不知！

这便是我和我大伯之间最常见的对话。的确，无论大伯问我什么，我都答不上来。那副如龙骨般瘦骨嶙峋的身板，那道独醒书屋氏所特有的凌厉目光，简直可以说是我中学时代的噩梦。但是，我却从大伯身上学到了许许多多可贵的东西。

大伯于昭和二十四年（1949年）去世，享年八十三岁。昭和二十八年（1953年），大伯母也以八十七岁的高龄与世长辞了。他们没有葬在儿时曾带我去过的那座墓园里，而是长眠在离那里不远的一座新建的墓园中。

在这座新建的墓园里，还安息着另一位我所认识的人。那便是我父亲的父亲，也就是我的祖父。我与这位祖父接触不多。大正五年（1916年），也就是我九岁的时候，这位祖父就去世了，享年七十四岁。他后半生都致力于栽培香菇的研究工作，自我懂事起，每年的大部分时间他都是在一座叫做棚场山的深山中度过的。因此，我的关于祖父的所有记忆，只有一件小事。

祖父人称"香菇爷爷"，因为他在香菇的栽培和普及上的确功绩卓著，可算实至名归。年轻时，他还曾历任相邻几个村的户长（村长）。四十七岁之后，他便辞去了一切公职，全身心地投入到香菇培植的研究工作中。还自费创立了"石渡香菇培植传习所"，向全国各地推广其栽培技术，并提供研究方面的指导。祖父所建的传习所究竟吸引了多少人前来学习，我不得而知。根据现有的记录，爱知县有九名，岐阜县有二十五名，山梨县有十一名，可见其影响力遍及全国各地。传习所创立于明治二十九年（1896年），一直持续到祖父去世。不仅限于香菇栽培技术的传授和指导，甚至多少还带有一些修身养性的宗教性质。

在我的脑海中，与祖父相关的唯一一份记忆，就发生在我和阿忠，就是石渡家与我同年的那个孩子，一起去祖父的香菇传习所的时候。

祖父去世那年我才九岁。那一年，受东京府所托，传习所迁到了伊豆七岛的神津岛。所以，我们去传习所探访应该是在我八岁那年。从汤之岛到持越村，徒步要走上一个小时，从持越进山还要再走上三十来分钟。这段旅程，是仅有我们两个孩子结伴去的，还是由大人带着去的，我已经记不清了。

在大山中的独栋小屋里，在温暖的炉火边，我和阿忠与祖父相对而坐。除了祖父之外并无他人。那一晚，祖父和两个孙子之间，究竟曾有过怎样的对话呢？我记得我们吃了祖父亲手做的香菇饭，他爱整洁讲卫生的生活习惯也给我留下了很深的印象。在孩子的心中，独居深山的祖父，多少有些神秘莫测，但也让人觉得脱俗而高洁。祖父那穿着工作服的瘦小身躯，莫名让人感到沉静而踏实。大伯晚年时越来越像祖父，我父亲晚年时也颇有祖父的风范。想必，我也会越来越像我的祖父吧。

在《白婆婆》一书中，我把造访祖父的传习所的事，写在了小学五年级那一年，与事实略有出入。因为我想把祖父的形象和与他相关记忆，印刻在更加成熟的少年时期的自己的心上。

丝瓜水

附近农家有一个比我年长三四岁的孩子,名叫达达。关于他的故事发生在栗子树枝繁叶茂的时节,想来是在八月。

达达最爱爬上栗子树捉樟蚕,弄死后从虫子的体内取出蚕丝。我记得樟蚕是一种以栗子树叶为食的毛毛虫,大约拇指粗细,二寸左右长。

我到现在还害怕毛毛虫,小时候更是连碰也不敢碰,总觉得毛毛虫比蛇比癞蛤蟆都还要可怕。所以,每次达达取蚕丝时,我总是站得远远的,只敢越过其他孩子的脑袋往里瞅。我既讨厌毛毛虫,也不喜欢看人弄死它。但那黏糊糊软绵绵的身体里竟然能抽出丝来,也是挺让人好奇的。而且,抽出来的蚕丝都成了达达的战利品,也令我羡慕不已。说是蚕丝,最长的也不过一尺多,呈半透明状。好几条樟蚕的丝合在一起,用醋泡软,便能搓出更长的丝线来。这种丝线多用来做钓鱼的鱼线。村里并没有卖蚕丝的店,所以,要想获取蚕丝,直接从栗子树上的毛毛虫体内抽取是唯一的办法。

我这个山村里长大的孩子，却几乎从不钓鱼。钓鱼，只能是不怕毛毛虫的孩子们的特权。

一说到樟蚕，我眼前立马就会浮现出达达的脸。同样，说起"捕蟹笼"，我第一个想到的便是本家的五郎——比我年长五六岁的小舅舅。"捕蟹笼"是一种用竹条编成的、专用于捕蟹的大篓子，设计得极巧妙，螃蟹一旦钻进去，就再也别想出来。人称"新宅"的那家人出了一个编"捕蟹笼"的名人，就是阿友。要想捕到蟹，少不得请阿友编一只篓子。而五郎则是捕蟹的高手，他常拎着篓子去河边，将它埋伏在螃蟹时常出没的区域。

大致上，每年的七月到十月前后是捕蟹的最佳时节。一到傍晚，五郎便会出门去装设捕蟹笼，等到第二天早上再去把它取回来。捕获的战利品从来没我们的份儿，可是装笼收笼的时候，我们一准儿会跟着去。捕涨潮蟹时，需在"捕蟹笼"中放入蚕蛹作饵，再投入深水区域。而捕退潮蟹时则什么饵料也不用放，只需将篓子埋伏在浅滩便可。

待螃蟹进了笼，五郎便伸进一只手，敏捷地抓住它的蟹壳，将蟹一把拎出来。翻过来看一眼，他便能分辨出是公还是母。其实，公蟹的钳子更大，一眼就能看出来，可是五郎却总喜欢把蟹翻过来辨认。

去了本家，阿叶姥姥也不让我吃螃蟹，她说河蟹里寄生虫多。

五郎不仅是用"捕蟹笼"捕蟹的名人，张网捕鸟也是一把好手。每年的十二月到第二年的二月是张网捕鸟的季节。等到某天气温骤降，天上似乎随时会飘下雪来，五郎便拿上短镰刀出门了。河边的山崖上、田野的边角处，是他常常设网的地方。如何挑选适合的树枝砍下来备用，如何将树枝稳稳地插在地上，这些都是他要琢磨的事。而我们呢？要么在一旁看他忙活，要么按照他的吩咐去采些红色果实，放在网中作饵。

通常，自投罗网的都是白颊鸟、鹨鸟之类的小鸟。不过，自从有一次，我亲眼目睹了网中的小鸟横死的惨状，我就再也不敢吃鸟肉了。有时，邻居家或本家会送些烤鸟肉给我们，每当这时阿叶姥姥或本家的外祖母总会劝我：

——啃鸟骨头对牙齿好，你就吃点吧？

我却说什么也不肯，也不愿说出不吃鸟肉的原因。我总觉得，说什么小鸟多可怜呀，有些女孩子气，特丢面子。

至于竹马，那就要找我三舅了，他是本家的三儿子，比我也不过才大个十来岁。这位舅舅可是做竹马的高手。他心灵手巧，连用朱砂根的红色果实作子弹的竹枪，他也能做得很好。不过，一旦做了竹枪，院子里的朱砂根果便会被摘个精光，所以这种玩意儿，本家的外祖父是严令禁止的。当然，若是我死乞白赖地求三舅，他也是个经不起磨缠的，还是会偷偷摸摸地给我做一把竹枪的。同时，他也不忘叮嘱我：

——可别摘咱自家院里的朱砂根果，要摘去摘别家的。

三舅天资聪颖，仿佛没有他做不好的事。长大后更是吹得一手好尺八①，下得一手好围棋，做什么都得心应手。人都说"技多不压身"，我看他倒更像是"技多吃不消"。

这位三舅还擅长发掘黏土。他曾跟我说：

——荷包潭上面的山崖上，不是有好多大裂缝吗？崖脚下露出的大石头周围，就有黄色的黏土。下回我带你去瞧瞧。只是别告诉别人，你最是个藏不住话的。

结果，把黏土的所在之处告诉旁人的，却是三舅自己。他经不起别的孩子的再三央求，把这事也告诉了他们。

黏土就是孩子们的宝贝。当我们从三舅口中得知了黏土的秘密宝藏，仿佛自己一下子变成了腰缠万贯的大财主，甭提多高兴了。

本家搭了一个丝瓜棚。原本就是为了遮挡西晒才搭的，夏天一过，秋风渐起，丝瓜棚的使命也就终结了。

记得大约是在九月末十月初的时候，本家的外祖母就会

---

①尺八：日本传统乐器，竖笛的一种。因通常长一尺八寸而得名。

用丝瓜茎来制丝瓜水，几乎年年如此。

把丝瓜茎从高出地面一两尺的位置割断，绕几个圈，塞进啤酒瓶里。为了防止瓶子脱落，还要用油纸把瓶口包住，用绳子扎紧。这项工作总是在月夜进行，因为老人们都相信，有月亮的晚上制出来的丝瓜水会更纯。

这项在月夜里进行的工作，在儿时的我眼中，显得有些冷清和凄凉。被割了茎的丝瓜藤很快就枯萎了，一整个夏天为我们遮挡烈日的丝瓜棚，就这样完成了自己的使命，没过几天就被拾掇得干干净净。在一日比一日更浓的秋意中，就连仅存的这点夏天的痕迹也终于彻底被抹去了。

白乐天的诗里有句名句，"枫叶荻花秋索索（或秋瑟瑟）"。制丝瓜水的时节那萧瑟凋敝的秋景，恰如这句诗所描写的那样。伴随着日渐深浓的秋意，丝瓜茎的汁液也一点一滴地渗到瓶中。每回从丝瓜棚下走过，我都要往瓶子里瞧瞧，瓶里的丝瓜水好像又比上一回多一点了。

等到丝瓜茎再也渗不出一滴汁水来，外祖母便会取下瓶子，把里面的丝瓜水分装一些到另一个小瓶子里，这是给阿叶姥姥的。

这样制出来的丝瓜水本是无色无味的，涂抹在脸上和手上却格外润滑，可以送去村里唯一的一家药铺制成香料。不过，本家的外祖母和阿叶姥姥都深信，无色无味的丝瓜原汁才是最好的。严冬将近,年幼的我每回泡完澡,脸上和手上都会被涂满这种丝瓜水。会制丝瓜水的当然不止本家的外祖母,村里但凡有丝瓜棚的人家,家里的女人都会制丝瓜水。

五金店的雪儿,糖家的阿季、小为,冈田家的小四儿,酒坊家的小和,这几个算是我童年最要好的玩伴。"糖家"不过是小为他们家的名号,其实他家并不是卖糖的。不过酒坊家倒的确是酿酒造酒的。

我们这几个孩子都住在同一个字,从五六岁起一直到上了小学,几乎每天都在一起玩。不停地吵架,又不停地和好,时而结为同盟,时而又势不两立,这样的剧情每天要上演无数次。现在回想起来,我们还真是一群野孩子。什么绘本、童话统统与我们无缘,唯有漫山遍野地疯跑才是最适合我们的游戏。

现在的我偶尔回想起儿时的玩伴,眼前总会浮现出一张张嘴唇发紫的稚气面庞。穿着松松垮垮的和服,趿拉着草鞋,一个个的嘴唇都是乌紫乌紫的,那是因为吃多了野樱桃。

六七月是樱桃成熟的季节,这段时间我们几乎是在樱桃树上度过的。六七月本就是食物最为充沛的时候,每天一出家门,总有吃不完的好吃的。有山莓,有樱桃,还有桑葚……吃了桑葚，嘴唇也会变紫，不过要稍微浅一点。吃了樱桃之后，嘴唇的颜色要更深些，远远看去，孩子们的嘴唇甚至有些发黑。电影里常能看到双唇染得乌黑的原住民小孩，想来我们当时的样子就跟他们差不多，一脸的彪悍。不光是模样，我们干的事也挺彪悍的。比如去河边摸鱼，那种刚从鱼卵中孵出来的小鱼儿，我们总是捧一捧在手心，一口就吞进肚里了。这种小鱼苗我们称之为"目目杂"。大伙儿都说吃了"目目杂"，游泳就游得快，所以只要一见到水里有"目目杂"，我们就会捧起来一口喝掉。吃了那么多野樱桃，喝了那么多活鱼苗，也没见谁拉肚子，不过偶尔有人喊几声肚子疼。看来，我们真和那些原住民的小孩没什么两样。

五金店的雪儿，现在早已成了五金店的店主。冈田家的小四儿如今也当了家。酒坊的小和自然也接管了自家的酒坊。大家的模样都没怎么变，还和小时候一样。只是嘴唇再也不会动不动就发紫了。只是糖家的阿季和小为年纪轻轻的就不在了。

村里人说起别家的媳妇，只会说"某某家媳妇"，从不唤人家的本名。比如"酒坊家媳妇""五金店家媳妇""下游那家媳妇""冈田家媳妇"等等。给别人做媳妇，总的来说是件苦差事。

当然,也不是家家都对自家媳妇不好,老给媳妇苦头吃。有的人家,一家老小都对媳妇客客气气。还有的人家甚至是媳妇当家做主,一家人都得看媳妇的脸色。然而,无论是哪家媳妇,无论她在自家地位高低,出了自家门,她也不过只是某家的媳妇,仅此而已。在全村人的眼里,只把她当作人家的媳妇来看待。村里人投向她的目光里,多多少少都带着几分冷漠、几分刻薄。

村里不论谁家有葬礼、办喜事或是做法事的时候,总要置办酒席。这种情况,全村的女人都会去他家帮忙。若是碰巧谁家的小媳妇也去了,那么她立刻会成为所有人严密关注的对象,她的一举一动都逃不开女人们那一双双比刀子还尖的眼睛。就连小小年纪的我,也隐约能感觉到那个小媳妇的孤立无援。

有一回本家做法会还是别的什么,我就曾见过一个邻家来帮忙的小媳妇。她在哗哗流淌的河水中卖力地清洗着碗碟筷子,一双手冻得通红。这种最脏最累的活儿,总是轮到她头上。

她躬着身子埋头干活的身影,我看在眼里,心里充满了同情。突然,一个小碟子从这个可怜的小媳妇手里滑落,摔在河岸边的石头上,碎了。我一见,不禁失声叫道:

——小心!

那个小媳妇听见人声,猛地转过头来。看到我,她脸上的表情立刻变得不自然起来,像是在征求我的意见似的,轻声问道:

——真的碎了吗?

——碟子自己碎的,不怪你。

我回答道。小小年纪的我,也忍不住想要替她说话。没想到,她听了这话,竟然放声大笑起来,仿佛我说了什么有趣的笑话。随后,她又叫住一个刚好路过的女人,把我方才说的话也告诉了她。于是,两个女人看着我,竟笑得前仰后合。我实在不明白这两个女人究竟在笑什么,但也隐约感觉到自己似乎成了别人的笑柄,心里又气又恨。

——这个小少爷,年纪不大,还挺会来事儿呢!

我能听得出来,她们的笑声中包含着这样的意思。一气之下,我扭头就走,心里的愤怒和失望却久久不能平复——自己一番好意,对方却根本不当回事。这个小媳妇,后来成了一位能干的老板娘,在村子里人缘还挺不错。可我却一直对她没什么好感,想来定是因为这件童年往事留下了难以愈合的伤疤。

爸爸妈妈

正如我前文所说,我的童年是在伊豆的小山村里和阿叶姥姥一同度过的。所以,那个时候我几乎没有多少与父母有关的记忆。无论是关于父亲还是关于母亲,印象比较深刻的事大都发生在小学六年级以后。

阿叶姥姥是在大正九年(1920年)的一月去世的,那时我正在念六年级,而且还有三个月就要从小学毕业了。按计划,学校一毕业我就要搬去父亲当时的任地滨松,到那里去念中学。这个安排我早已知晓,阿叶姥姥也是清楚的。也就是说,就在我和阿叶姥姥在土仓中共同生活的漫长岁月接近尾声的时候,就在我俩朝夕相处的日子只剩最后三个月的时候,阿叶姥姥突然患上了白喉,在病床上苦熬了十来天便撒手人寰了。与此同时,我也得了感冒,发着高烧,被送去了本家的二楼上养病。

阿叶姥姥的葬礼那天,我只能在本家二楼的窗前,目送着送葬的队伍渐行渐远。我的高烧还没完全退,一下床便像踩在棉花上一样浑身无力。所以，我既未见过阿叶姥姥病中的模样，也未见过她的遗容。我简直无法相信，送葬队伍最前端那几个人抬着的灵柩里，就躺着阿叶姥姥的遗体。本是一月下旬，正是最冷的时候。那一天却没有一丝风，冬日的阳光静静地洒在每一个人身上。

虽然事先知道我父母的安排，但是真的要我离开土仓，从此和阿叶姥姥分隔两地各过各的，无论是对我还是对她来说都不是件容易的事。也许正是因为不想面对这个难题，阿叶姥姥选择在我俩即将分离之前永远地离开了这个世界。

我远远地朝着阿叶姥姥的灵柩低下了头，虽然没有哭出声，却早已泪流满面。后来离开窗边回到了床上，我也仍然任由泪水流个不停。阿叶姥姥的死，就发生在我俩即将不得不分离的时候，一想到这一点，我更是悲痛难忍。十三岁的我，已经完全能体会出这意味着什么。就在前一年，年轻的小姨妈阿町刚刚去世。也就是说，我在两年之内接连失去了两位亲人。阿町要么是在她的婆家，要么是在她丈夫的任地去世的。收到讣告时，我始终半信半疑，反而并没有感到特别悲伤。阿叶姥姥下葬的这天，是我第一次为别人的死而流泪。

阿叶姥姥去世后不久，我便转去了滨松的元城小学念书。中学的入学考试近在眼前，我的父母觉得，哪怕只有几天，多少感受一下大城市的小学的氛围也是好的。只可惜，我那一年却没能考上浜松的中学，只得去师范学校的附属小学再读一年。

我从小就不擅长考试，考高中也考了好几年。中学第四年没能考上山形高中，第五年又没考上静冈高中，又复读了一年这才考上了四高。四高毕业后考大学，又没能如愿考上九州大学的医学部，没办法只好去法学部跟读混了两年，最后才好不容易考入了京都大学的文学部。并且，别人念三年就能毕业，我却花了整整四年。这么算起来，我在考学上足足比别人多费了五年的时间，其中的第一年，就是在小学升初中时浪费掉的。或许是因为和阿叶姥姥在土仓度过的那八年，也就是我从五岁到十三岁的那八年，日子实在是过得太悠闲了吧。不过嘛，这也是没办法的事。

总之后来，我上了师范学校的附属小学的高年级。为了升初中而做了复读生的那一年，我是和家人一起生活的。所以，我关于父母的所有记忆，大致都是从再次备考初中的这一年开始的。

只可惜，第二年我刚考上浜松中学，父亲就随部队开赴西伯利亚去了内陆，一年后才回来。回来没多久，又被调去了台北出任卫戍医院院长。因为这个原因，我又再次与家人分离，被送到离老家更近的沼津去上中学了。父母认为，今后父亲的职务和任地定会经常变动，与其跟着他走南闯北不停转学，还不如直接转去沼津中学稳定下来，也多少离老家近一些。这也正合我的心意。这样一来，我在浜松中学统共只读了两年，这两年是和家人一起生活的。不过，其中一年父亲不在身边，家里只有我和妈妈及弟妹。

此后的中学生活，我就一直与家人聚少离多，大都是自己照顾自己。总的来说，我的整个童年及青少年时期，似乎都与其乐融融的家庭生活无缘。而且，青少年时期多少还能搜寻到几段关于父母的记忆，至于幼年时期，这样的记忆就更是微乎其微，而且不知何时早已变得模糊不清了。

记得儿时，我曾趴在故乡老屋的古井边上往里瞧。后来回想起当时奇妙而难以言喻的感受，我还曾赋诗一首。记得当我趴在古井边往里看时，在背后扶住我的应该是母亲，不过也不敢肯定。我问了母亲，她当然已经不记得还有这么回事，自然也给不了我答案。说起童年时期关于父母的回忆，大多是这样的情况。

关于父亲，我的记忆中还有这样一个片段：在不停晃动的夜班列车的车厢里，我和父亲相对而坐。这是哪一年的事，那是开往何方的列车，我都已经不记得了。只记得年幼的我曾跟着一身戎装的父亲乘坐过一次夜行的火车。父亲还健在的时候，我曾问过他这件事，父亲却说：

——是吗？还有这样的事？真是一点也不记得了。

我也问过母亲，她也没能给我一个确切的答案。然而，我敢肯定的是，记忆中的这个片段绝不是梦境与现实的错乱。在儿时的众多记忆中，这个片段是极具真实感的。

一身戎装的父亲在我对面的椅子上和衣而卧。父亲当时身着军装，我们定然坐的是二等车厢。我也曾怀疑是卧铺车厢，不过那时候是否已经有卧铺还是个问题。

列车不知停在了哪个站，为了给我买盒饭，父亲下车去了站台。我留在车上，透过车窗看到了父亲的身影。深夜的月台冷冷清清，一个人影也见不着，只有远处有两三个列车员的身影在晃来晃去。我和父亲所在的那节车厢好像停得离站台较远，隔着空荡荡的站台能看到对面有一幢像座仓库似的大房子。

借着月台上几盏裸露的灯泡的微弱光线，父亲沿着月台朝列车的尾部走去。等待父亲回来的这段时间里，我一直坐立不安。过了一会儿，父亲终于回来了。他递给我一盒饭和一瓶茶水就回到方才的座位上躺下了。父亲还把一块浸湿的手绢搭在额头上，可能有点发烧。

仅有的这一点残存的记忆，令我每每回想起来，只感到一阵难以言状地哀愁，更能体会出一种父与子之间所特有的无声而深沉的爱。不过，这也许并不仅仅是多年后的我对遥远记忆中的一幅画面所产生的感受，而更像是独自行走在月台上的父亲的身影在当年年幼的我心中所引发的触动。在关于那一夜的遥远记忆被唤醒的同时，那颗深受触动的幼小心灵也幡然苏醒了。

父亲从东京军医学校毕业后，第一份工作是去静冈。这次旅行也许就发生在我们正准备从东京搬去静冈的时候。这样的话，那天晚上只有两种可能：恐怕因为什么缘故，要么是父亲带着我先行一步，要么是母亲他们先去了静冈，父亲和我赶着去同他们会合。若真是那时候的事，当时的我也不过四五岁。《海军主计大尉小泉信吉》这部作品，是小泉信三博士所写，是一个父亲缅怀自己身为海军军人而战死疆场的儿子的文章。其中有一段涤荡人心的优美文字，描写了作者同五六岁的儿子在节日里外出闲游时的情景。

父亲小泉走在前头，当时不过五六岁的儿子跋拉着一双大大的草鞋，"啪嗒啪嗒"地追着父亲一路小跑。好不容易赶上了，两人还没说上两句话，儿子又落在了后面。小泉先生记录下这份多年前某个黄昏的遥远回忆，又在文章结尾这样写道：

——此时，我比任何时候都更确信：他是我的儿子，我是他的父亲。这份踏实的感觉，我至今仍难以忘怀。

这番话，写尽了为人父者的一颗赤诚之心。父亲，比任何人都更珍惜这种"他是我的孩子，我是他的父亲"的确信。当他拥有了这份确信，他就不再有别的身份，而只是一个父亲。这便是所谓的为父之心最应该有的样子，也是唯一正确的方式。

不过反过来说，为人子者也许也是一样。身为人子，也会时常产生一种"我是这位父亲的孩子，他也只是我的父亲"的确信。确切地说，这份身为人子的确信，也正是孩子对父亲的爱的最佳诠释。

儿时同父亲一起搭乘夜班列车的经历永远地留在了我的记忆里，如今每每想起，总会勾起一丝难以言喻的哀愁。借小泉博士的话来说，这正是因为年幼的我对自己的父亲产生了无法动摇的确信，坚信他就是且只是我的父亲。身为人父的确信，身为人子的确信，都会令人产生一种悲壮的情怀，这种情怀，或许最终只能化为一丝"难以言喻的哀愁"。

在我为数不多的与父亲有关的记忆中，这次搭乘夜班列车的经历是我最为珍视的。那是我第一次如此确切地感受到父亲是我的父亲，想必当时的父亲也确切地感受到了我是他的儿子。那一夜，对我和父亲来说，在彼此的人生中，都是无可替代的珍贵的一夜。

大约四年前，我曾远游俄罗斯，曾在深夜的新西伯利亚车站，等待过一辆西伯利亚铁道局的列车。月台上几乎见不到什么乘客，只有我们一行人站在冷冷清清的月台角落，身后是一座大仓库似的建筑。那个时候，我突然忆起了儿时的那晚所看到的，身着军装走在深夜的月台上的父亲。深夜的新西伯利亚火车站也是那么的清冷和落寞，很容易令人联想起日本大正时代的昏暗的站台。

还有另一个与父亲有关的童年的回忆，大约发生在我四岁的时候，具体几岁我已经记不清了。那时候，我还和父母生活在一起。

那是一间六席大的不算宽敞的屋子，屋子中间放了一张桌子。我和父亲，还有一个女人，正围着桌子坐着。父亲正在和那个女人说着话，而我呢，面前放着一碟冰激凌，正用小勺子一口一口地挖着吃。我一边感叹着冰激凌的美味，一边寻思着：这个跟父亲说话的女人到底是谁呀？这两个念头塞满了我的小脑袋。

除了这些，别的我都记不清了。我和父亲以及那个陌生女人所在的屋子，好像是一家西餐厅的二楼，时间倒是能确定是在晚上。我记得父亲穿着和服，想必是晚饭后带我出去散步，为了给我吃冰激凌才走进了那家店。记忆里的画面很容易令人产生这样的联想。

问题出在那个女人身上。她既不像是店里的女招待，也不像是那家店的老板娘。看不出她究竟多大，却也还算年轻。父亲当时不过三十二三岁，那个女人看上去明显比他小。或许是名艺妓，不过穿了寻常的衣服和父亲见个面，一起相约吃个冰激凌什么的。说到底，一个四岁的孩子看一个女人，凭他怎么绞尽脑汁地猜来猜去，也很难猜出个所以然来。

可是，不管怎么说，这样一幅画面至今仍保留在我的记忆中，足见当时在我幼小的心里引起了相当大的好奇，以至于我吃着冰激凌还不忘打量和观察对方。

在父亲永远一身戎装的黑白色的一生中，难得有这样一幅充满色彩的画面。除此之外，我从不记得曾跟父亲去过什么餐厅、饭店。单从这一点来说，这份记忆已经足够特别。再加上旁边还有一个陌生的神秘女子，怎能不让我充满好奇并且印象深刻呢？

坐夜班列车的记忆、吃冰激凌的记忆，这便是我童年时期仅有的两个关于父亲的记忆。除此之外便全是少年时期之后才发生的事，印象中的父亲不是穿着军装就是骑着马。

坐夜班列车的事我曾向父亲确认过，但吃冰激凌那件事我却从未对他提起过。似乎我还未来得及开口，父亲就走了。现在想来，多少有些惋惜。

——父亲，那个女人究竟是谁啊？

我真该向父亲问个清楚。也许父亲已经忘了，可我却从四岁一直记到现在。

坐夜班列车和吃冰激凌的记忆里，只出现了父亲一人。此外，还有一份回忆，同时与父亲和母亲两个人有关。当然，具体的时间和地点我同样已经记不清了，只记得仍然是在我四岁前后发生的事。关于这件事，我曾写过一篇名为《记忆》的散文诗。

不知身在何处，仿佛临近车站。耳边不时传来蒸汽机的轰鸣。木栅栏一眼望不到头，电线杆上的灯泡发着惨淡昏暗的光。人迹罕至，也许是因为人们早已忘了世间还有这样一片空地。我蹲在空无一人的路边，睡意不断袭来，却又总在睡着前的一瞬间猛然惊醒。每一次睁开眼，我都能看到高远的夜空中撒满了星斗，闪烁着冰冷而绝美的光。孩子，别睡！背着一个大包袱的母亲不似平日般温柔，不断冷冷地抛出这么几个字。父亲不知何时突然出现。孩子，别睡！母亲拍了拍我的后脑勺再一次说。然后，她好像突然想起来似的一把抱起我来，随即又把我放下。而此时，父亲已走到前面去了。

——后来，我们究竟是回家了，还是去坐火车了？我全都不记得了。唯一记得的是，那一夜，是父母一生中最悲伤的一夜，那一夜，父母的心仿佛跌进了万丈深渊。年复一年，我越来越不可动摇地确定，那一夜，父母所遭遇的不幸，比天上的星星还要多。

　　写下这篇散文诗时，我还是个学生。它最终得以在诗刊上发表时，已是战后了。在二十多年后的今天，当我再一次回想儿时的那段经历，心中仍然会涌出相同的情感。

　　这首诗中所写的那个夜晚所发生的一切，我也曾向父亲和母亲求证过，可是他俩都毫无印象。那个父母都早已遗忘的夜晚，独独在我心中留下了难以磨灭的记忆。同样的，如今被我忽略和淡忘的某些生活的片段，也许也会以不同的形式烙印在我的儿孙的记忆中。父子间以及祖孙间的这种微妙的传承，实在是有意思。从某种意义上说，甚至比血脉的传承和延续还要更加纯粹。

　　在我上了大学之后，父亲当上了弘前师团的军医部部长。这也是他出任的最后一项职务，之后便以将军的军衔从陆军退役了。父亲退役那天，我们全家一起走上了弘前的街头。父亲戴着将军的肩章走在盛开的樱花树下，其他人紧随其后。街上到处是赏花的游人，很是热闹。这一天对父亲来说,既是开心的一天,也是失落的一天。已是大学生的我,自然能体会父亲的心境。就连当时才十来岁的最小的妹妹,似乎也能凭借着小孩子独有的直觉隐约地感觉到,那一天对父亲来说是一个特别的日子。

儿时记忆中的每一幅画面,母亲似乎都从不曾单独出现。在我幼小的心灵中,父亲的形象是清晰而生动的,然而母亲,却几乎没有留下什么痕迹。即便是进入了青少年时期,关于母亲,也很难搜寻到什么特别印象深刻的记忆。

不过,这种情况恐怕不只发生在我一人身上。父与子之间,多多少少会有一种与生俱来的逆反心。然而,当这种逆反心受到某件事的冲击而产生了动摇,孩子对父亲那种身为人子的信念,父亲对孩子那种身为人父的信念,反而会比任何情感都更加强烈、更加坚定。毫无例外,这种悲壮的情怀,会成为父子之情的最坚实的支撑,也使天下为人子者能够更清楚地看清自己对父亲的一片深情。

相反,母亲却永远都是母亲。无论有没有逆反心,孩子都是母亲身上掉下来的一块肉,甚至可以说是母亲的分身,这是无可辩驳的事实。母子关系与生俱来,无需证明。常言道"母子连心",这种情感更是自然流露,无需刻意去追求、去求证。母亲永远是母亲。若硬要说出什么印象深刻的事来证明，那或许就是对母亲的喜悦和悲伤感同身受的时候。又或许是母亲表现得不像母亲的时候，也就是自己作为孩子的地位受到威胁，对母亲的依恋遭到背叛的时候。总而言之，只有当理所当然的事变得不那么理所当然的时候，那种反常和不自然所带来震惊与伤痛才会异常深刻地留在一个人的记忆里。

我的记忆里虽然没有母亲单独出现的画面，但却有不少关于她的零碎的片段，虽然无法构成一幅完整的画。比如，在母亲那里受了委屈之后的伤心，忍不住顶撞了母亲之后的懊恼，等等。不过，这样的事，是任何一对母子之间都会经常发生的小插曲，并不会给人留下多么刻骨铭心的记忆。

母亲今年八十八岁了，住在乡下老家，在妹妹妹夫的照顾下，身体还挺硬朗。母亲不挑食，但从我少年时期开始，她就不怎么吃肉了。我考初中时，为了我能顺利考上，母亲立誓茹素，一两年都没碰过肉。等考试结束，她竟真的变得不爱吃肉了。这事我从未听母亲提起过，旁人也不曾告诉过我，我却记得特别清楚，对事情的缘由也有自己的理解。

准确地说，这是关于母亲我印象最深的一件事。其实，决心茹素的时候，母亲究竟说了什么做了什么，我都不记得了。也就是说，在我毫不知情的情况下，母亲为我做了这件事，却从此在我身上烙下了终身无法抹去的印记——我永远是母亲的孩子。

啰啰唆唆讲了许多童年的往事，一句话概括，我自幼离开父母，在一个毫无血缘关系的外祖母的溺爱下长大，多少有些不正常。然而，现在想来，这也不失为一种最佳的成长方式。养育我的虽然是一个毫无血缘关系的外祖母，但母亲的娘家就在附近，亲生的外祖父母也还健在。父亲的老家虽说离得远一点，却也在同一个村子里。父母虽然不在身边，我也并不是孤儿，父母都活得好好的。而且，也多亏了他们的资助，我的日子过得还挺自在。

我跟阿叶姥姥住在一起时，村里人就总说我是她的俘虏。即便在多年以后，他们还是爱这么说。不过，就算真是俘虏，也是个颇受优待的俘虏吧。若硬要说谁是谁的俘虏，阿叶姥姥倒更像是曾外祖父洁的俘虏。这名俘虏在曾外祖父亡故之后，又俘虏了他的曾孙子，以报当年之仇。

在曾外祖父亡故之后，阿叶姥姥一个外乡人，又入不了井上家的户籍，几乎陷入了孤苦伶仃、无依无靠的境地。我这个小俘虏，既是她唯一的依靠，也是她曾经倾注了全部的爱的曾外祖父的替代品。年轻时，她身为俘虏爱过她的占有者——洁；老了，她自己成了占有者，又将所有的爱给了她的俘虏——我。她在伊豆的小山村走完了自己六十四年的一生，也不知是幸还是不幸。如今，阿叶姥姥作为我家的祖辈，长眠在家族的墓园里。

阿叶姥姥给了儿时的我全部的爱，儿时的我也同样无私地爱着她。我明白她处境艰难，所以总是事事维护她，生怕她受外人一丁点委屈。正月里去大伯家过了极不舒服极不自在的一夜，也是为了让阿叶姥姥在老家好做人。由此看来，我俩在土仓中相依为命的生活，更像是一种紧密的合作。因为从小长在阿叶姥姥身边，我似乎比旁的孩子更能敏锐地察觉到周围人的心思。并且，我虽然任性、淘气，却不像在家人身边长大的孩子那般娇气、矫情。阿叶姥姥对我虽然百般溺爱，却也总是说一不二，不像有血缘关系的家人那样拖泥带水、优柔寡断。我和阿叶姥姥之间，也许并不是纯粹的祖孙关系，似乎还夹杂着类似男女之爱的那种微妙情愫。

直到今天，当我站在阿叶姥姥的墓前，心中也不全然是外孙祭拜外祖母的心情，倒更像是来看望已逝的昔日恋人。既感念对方的一片痴情，也感叹自己爱得并不轻松。

回忆童年，我感到能在老家伊豆的小山村里长大，真是一件好事。在气候宜人的伊豆，无需与大自然抗争，也无需忍耐严酷的自然环境。可以全身心地投入到大自然的怀抱中，在大自然温柔的抚摸下野蛮生长，真是莫大的幸福。

每天，我都能看到北方小小的富士山。我喜欢富士山。特别是在故乡看到的小小的富士山。现在每次回乡，第一件事就是去自家院子里,看看当天能不能看见富士山。

我也喜欢故乡的云。南面,天空被高高的天城山所遮蔽,北面却天高云阔。傍晚有大片大片的火烧云,天晴时有层层叠叠的小卷云,在北方遥远的富士山的映衬下,格外美丽。南面的天城山山巅也终年云雾缭绕。连绵起伏的山峰上云海翻涌,不断变幻出各种形状,好似突然冒出一幢幢造型各异的建筑。还有夏天的积雨云,秋天如仙女的天衣般的薄云……云卷云舒,静静俯瞰着山谷间的小小村落。

这里冬天不冷,夏天不热,初春和晚秋才是最美的季节。三月的山峦长满杂木林,好似瓷器上的水墨画一般清新淡雅。深秋十月的空气则静谧如夜,紧紧包裹着人的肌肤,仿佛能感到有无数细小的微粒在暗暗涌动。

我在故乡长大,对"故乡"一词也情有独钟。并且觉得,无论是哪个国家的语言,"故乡"一词听起来、看起来都是最美的。比如德语中的"Heimat"一词,就可以说是最能体现德语的美感的词汇。

在日语中,"故乡"一词有"古里""故里"等多种写法,都极富美感。翻翻汉字辞典,能找到很多与"故乡"含义相近的词汇,比如故园、故丘、故山、乡邑、乡关、乡园、乡井、乡陌、乡间、乡里等等。它们都是"故乡"的意思,却各有各的意蕴。

"乡关"营造出乌云低垂、万籁俱寂的氛围,"故园"一词则让人联想到微风徐徐、阳光静好的画面。这两种意境的故乡,我都不感到陌生。阿叶姥姥死后不久,当我即将搬去浜松时,故乡是"乡关"。而高中时代,当我穿着厚厚的朴木鞋底的木屐回乡探亲时,故乡则是"故园"。

不仅在这两个时候,还有很多不同的场合,让我多次体会到什么是"乡关",什么是"故园"。

学生时代,我曾两次被乡亲们召回老家,又在乡亲们的护送下,匆忙离乡赶回静冈的连队或是名古屋的师团。那个时候,故乡无疑是"乡关"。

为了参加温柔慈爱的本家外祖母的法事而回乡的那次,故乡则成了"故园"。那时,土仓没人住了,早已被封。曾外祖父的老屋住着外乡来的医生一家。而本家呢,却只剩下外祖父一人独自过活。

尾巴上飘着小旗回到故乡
故乡却已在茫茫白色沙尘中昏昏欲睡

多年以后,我将当时的感受写成了一首短诗。那个时候的故乡,无疑是"故园"。

等我大学毕业进了社会,父母就回故乡去了,此后就一直住在老家。从那以后，故乡对我来说，不再是"乡关"，也不再是"故园"，而仅仅只是"故乡"。每次回乡，我总能发现父母比上一次又更老了一些，家里的房子比上一次又更破旧了一些。确切地说，故乡就是"父母所在的地方"，就是"有爸爸妈妈的地方"，这么形容也许最为贴切。

两三天前，我刚回了一趟"有爸爸妈妈的地方"。父亲已故去十三年了，老家只剩下八十八岁的母亲，和妹妹妹夫一家住在曾外祖父的老屋里。时隔多年，故乡当然也发生了很大的变化。土仓在父母刚回乡隐居时就被拆了，原址上建了一个花坛。几年前水车磨坊也没了。儿时我每天透过土仓小窗眺望的那片田野，如今成了我家庭院的一部分。那条小河也改了道，正好从我家庭院穿流而过。

一月末的伊豆比东京暖和得多，院里的红梅全开了，白梅也开了十之有三。这些白梅，在我小时候本是纯白色，如今也许是因为树龄太长，已有些微微泛黄。

去年夏天之前，母亲都还算好动。每回我去院里走走，她也一准儿会跟着出来。可现在，她却整日待在房间里不出门了，只剩我一人站在院中远眺富士山。富士山的下半部被云层覆盖，只露出白雪皑皑的山尖，在早春湛蓝的天空下看得格外清晰。也许，从小到大不曾发生过任何改变的，唯有远方这座小巧秀美的富士山了吧。

青春放浪
<small>せいしゅんほうろう</small>

我的中学时代是在静冈县的沼津度过的。沼津毗邻骏河湾，气候温暖、阳光充足。夏季，海滨浴场游人如织；冬季，只要不刮风便是绝佳的避寒之地。北方，富士山近在咫尺；城外，狩野川穿流而过。算得上是气候宜人，风光明媚。前几年，狩野川曾因台风而河水暴涨，一度泛滥成灾，变得面目全非。不过，在那之前却一直是出了名的风平浪静。以修善寺附近为界，上游溪流潺潺，股股清泉奔流石上；下游则河面开阔，水势平缓，特别是初春时节，河水温润，波澜不兴。

我的中学时代就是在这座小城度过的。冬季，北风呼啸的大风天是这里的"特产"，最是难熬。不过不吹风的日子却几乎不觉得冷。而夏天就更是凉爽舒适。游玩度假，这里是不错的选择。当时，身为军医的父亲正在台北任职，家里其他人也全都跟着他去了台北居住。我没有家人的陪伴，只得住进学校的宿舍，或是去寺庙里借宿，身边也没个正经八百的监护人，我的少年时光过得十分自由自在。除了在学校上上课，成日里便是和几个气味相投的朋友厮混。去爬爬山，去狩野川上划划船，或是去千本浜散散步，去街上无所事事地闲逛一番。仿佛怎么玩都玩不够似的。

现在想来，我能够这样度过自己的少年时代，何其有幸。当然，也不是完全不用考虑升学的事。只不过，总觉得初中毕业那年我是无论如何也考不上高中的，升学考试什么的总归是初中毕业之后才需要操心的事，所以也就暂时抛诸脑后了。

前几天，当年沼津中学的同届同学刚在长岗温泉聚了一次。我们是大正十五年（1926年）毕业的，到今天已有三十七年了。所以，我们之中好多人都是三十七年未见了。久别重逢，自然是其乐融融，相谈甚欢。八十七名毕业生中，已有二十余人不在人世了，那次参加聚会的只有二十八人。故去的人大部分是战死的。

大家都是中学时代的朋友，聊起过去的事来自然是滔滔不绝。不过，聊天的内容多是些单纯幼稚甚至有点冒傻气的事。既没有一起饮酒作乐的回忆，也没有一起追过的女孩。翻来覆去不过都是些被某个老师骂过，和某人打过架，或是一起去吃中华荞麦面，一起逃课之类的话题。

我也见到了自己曾经很要好的几个哥们儿，深感自己今天有幸能搞文学，这几个昔日好友也功不可没。他们之中，有的教过我俳句，有的教过我汉诗和和歌，也有的教给了我偷懒摸鱼所带来的奢侈的快感，更有的向我聊起他的初恋故事，令我初次领会到了种种青春的情愫。

话说回来，这次聚会上，我几次想提起某件特别在意的往事来聊聊，可话到嘴边却什么也想不起来。只记得有一个少年被遗弃在沼津市。有好几个人说，当时就我一个人老穿着军靴。没准儿我当时真是这样。据说上衣的扣子也掉了两三颗，这一点也有好几个人提起，恐怕他们说的也没错。大伙儿还提到有一次修学旅行去关西时，我在藤枝站自个儿下了车，说什么好朋友就住在藤枝，要去他家玩两天。被他们这么一说，我也觉得好像真有这么回事，但到底是怎么回事我也记不清了。

这些朋友当中，对我影响最大的要数那三四个文学爱好者。他们都是上一届的落榜生，念四年级的时候，我便和他们成了朋友。在和他们的交往过程中，我不仅得到了文学的洗礼，也享受了一个中学生该有的放纵和恣意。

咔嚓
石英碎裂之声
秋已至

创作了这样一首诗并与我分享的朋友，是沼津最大的纸铺的老板的独生子，在我们一帮人中也算是个带头大哥。当我第一次看到这首诗时，才明白原来所谓诗就是这么回事。的确，秋风乍起时，似乎真的能听到石英碰撞的声音呢。

中学时代的朋友，除了与我分享自己的诗作并告诉我什么是诗的藤井寿雄之外，还有同样爱作诗的金井广，以及写短歌的岐部豪治、松本一三等人。岐部、松本二人比我高一级。岐部堪称作短歌的天才少年，可中学毕业后不久就英年早逝了。松本在中学毕业后很快参加了《改造》①杂志的有奖征文，发表了戏剧作品《天理教本部》，也由此加入了左翼运动。金井也从中学毕业那年就开始在中央的杂志上发表诗作，本以为会成为一名著名的诗人。没想到后来却当了医生，也成了一名左翼人士，至今仍信仰坚定。至于我的诗歌启蒙者藤井，受朋友们的影响也曾一度走上左倾路线，不过现在早已继承了家业，过着安分守己的日子。

就这样，我中学时代的朋友们在升学之后都陆续受到了左倾思想的影响。其实，在中学念书时，他们一个个就已经是疏于学业却酷爱读书，早熟而叛逆的少年。他们又爱逃学又爱抽烟，啄木②的诗之类的革命诗歌却总是张口就来。他们身材纤瘦却总是把腰板挺得笔直，拥有少年时期所特有的豪放不羁和纵情纵意。

---

①《改造》：日本二战前开始发行的综合杂志，多刊登社会主义评论。
②啄木：石川啄木（1886—1912），歌人、诗人、评论家。擅长写传统的短歌，其歌集开创了日本短歌的新时代。

当时，若山牧水①还住在沼津，我们对他的诗歌却不过尔尔。也时时能见到牧水悠哉悠哉地漫步在沼津的街头巷尾，我们却也漠不关心。

我在这些朋友们之中算是个醒事较晚的，在那之前几乎从未接触过文学。是他们教会了我如何品读小说和诗歌，也是他们时常借给我仓田百三②、武者小路实笃③等大家的作品。

五年级的夏天，我曾去过伊豆西海岸的重寺村，在一个朋友的亲戚家里住了一阵。每天游泳、吃西瓜、睡午觉，过得无忧无虑。就在那段时间，我读了一个朋友借给我的查尔斯·路易斯·菲利普④的《蒙帕纳斯的布

---

①若山牧水：(1885—1928)，日本和歌作家。他作为一名长于描写自然景色的和歌家而闻名，对后世日本的诗歌创作产生了深远的影响。作品有《海之声》等。

②仓田百三：(1891—1943)，日本佛教剧作家，广岛人。

③武者小路实笃：(1885—1976)，日本小说家，剧作家、画家。年轻时，醉心于托尔斯泰。提倡人道主义。1910年与有岛武郎、志贺直哉等创办《白桦》杂志，成为白桦派的代表作家之一。前期写有小说《没见过世面的人》《幸福者》《友情》，剧本《他的妹妹》《爱欲》《人类万岁》等，塑造了一些追求新的生活理想的人物形象。1918年在宫崎县山区建设"新村"，创办《新村》杂志，宣扬乌托邦思想和人类之爱。昭和初年多写传记小说和有关美术的著作。并写有小说《爱和死》《幸福的家族》《真理先生》等。

④查尔斯·路易斯·菲利普：Charles Louis Philippe(1874—1909)，法国小说家，生于奥弗涅省，逝于巴黎。

布》①,深受震撼。没想到小说能如此生动而真实地描写出同我们一样的年轻人的情感和生活,书中所描写的夏夜歌舞场上的闷热和躁动似乎也渐渐将我包围。

初中四年级那年我曾去山形考过高中。刚考了一天我就放弃了,第二天连考场都没进,直接去了电影院。那家电影院更像是普通的小剧院,观众席划分了数个小格子②。我进去的时候,街上还飘着雪花。那是我第一次独自旅行,在山形玩得特别开心。最后,我背了满满一包樱桃果酱搭上了回家的长途汽车。

五年级时,我又和朋友一起去考了静冈高中。当然,我和朋友都没能考上。那一回,我们第二天也早早地出了考场,去吃炸肉排了。朋友中的一人还买了冈田嘉子③的写真集,捧在手里亲了好几口。现在一提到考试,我还会立马就想起当时那一幕。

---

①《蒙帕纳斯的布布》:Bubu de Montparnasse,查尔斯·路易斯·菲利普的代表作,作于1901年。一个在巴黎当小职员的心地纯洁的外省青年偶然认识了一个意气相投的姑娘,不幸她是个娼妓。两人互诉童年坎坷和巴黎生活的艰辛,产生了感情,并愿意将爱情建立在勤劳、清苦、诚实、正派的生活上。结果,一个流氓恶棍却迫使做着纯洁的爱情美梦的少女重新跳入火坑。

②小格子:在日本的传统剧场、相扑场,观众席通常分隔成数个方形小格子,每一格一般坐4—7个人。

③冈田嘉子:(1902—1992),日本战前电影明星,有荷兰血统。在事业巅峰期与情人私奔到苏联,生活了34年后才在日本前首相佐藤的要求下回国,重现影坛。后最终归老俄罗斯。

中学时代，我在和几个哥们儿瞎混的同时，不知为啥竟对器械体操产生了浓厚的兴趣。多亏练了器械体操，我原本瘦巴巴的小身板也渐渐地长些肉了。四年级的时候，我们学校和静冈中学举办了一场校际柔道对抗赛。因为缺人，高年级的人就来找我救场。我也是事到临头才知道有这么一场柔道比赛，赶鸭子上架一般上了场。本以为自己连一次训练都没参加过，一定不堪一击。没想到真比起来，竟出人意料地强悍，多次把对手摔翻在地。到最后，我竟然从候补队员变成了四五个正式选手中的一名。不过，我却从未想过要在柔道上有什么长进。

中学时代，我几乎哪个老师的话都不听。只有一个老师吸引了我的注意，也唯有见到这个老师我不会觉得反感。不只是我，我们那帮人也都一样。这位老师就是教美术和国文的前田千寸老师。国文课上，他会带着大家一起朗读芥川龙之介的短篇小说。美术课上，他总是让我们自由发挥，自己却低着头在教室里、校园中踱来踱去。我们觉得这位老师身上有一种说不清的魅力，还给他起了个外号叫"独行侠"。

二战结束后的某天，我自中学毕业以来第一次见到了这位老师，才得知他正专注于编写《日本色彩文化史研究》这部大作。在我们还是中学生的那几年，前田老师其实就已经开始着手这项他耗尽了毕生心血的工作了。我曾在小说《暗潮》①中详细介绍过这位旧时恩师的研究工作。后来，前田老师将自己的研究成果写成了《紫草》一书，由何出书房出版，并获得了每日出版文化奖②。再后来，老师更是将其所有研究成果汇集于由岩波书店出版的《日本色彩文化史研究》这部大作中。前年，在我去欧洲旅游期间，前田老师溘然长逝，这个消息我到了美国之后才得知。回想起中学时代所认识的前田老师，我不觉感慨：一个为自己热爱的事业而呕心沥血的人，即便在玩世不恭、目中无人的叛逆少年们眼中，他的背影也是那么地高大伟岸，那么地与众不同。

我在中学时代无疑交到了一群最好的朋友。现在再见他们，发现他们几乎每一个人都依然保留着少年时代的所有特质。高中或大学时代结识的热爱文学的同道中人，一旦进入社会，大都不知不觉地离少年时代的梦想越来越远了。相反，倒是中学时代的这帮朋友还在以各自不同的方式，让文学之梦不断融入自己的血肉和生命之中。

我又复读了一年之后才考上了金泽的高中。父亲从台北调回了金泽任职，所以我才选择了金泽的学校，这样就可以

---

①《暗潮》：于1951年文艺春秋新社出版，以下山事件为背景创作的小说，后改编成电影。

②每日出版文化奖：每日新闻主办的以优秀出版物为对象的文学文化奖项。

每天都回家了。我家世代行医，我也认为自己将来肯定会成为一名医生，身边的亲友也都是这么想的，所以理所当然地选择了理科。

父亲大约一年之后又调去了弘前，我和家人一起生活的时间其实很短。在金泽生活的后来几年我仍旧住进了宿舍，过起了一个人的逍遥日子。我的小学和中学时代，大部分时间都没和家人在一起，早已习惯了没有监护人的生活。所以到了高中，也还是觉得离开家独自生活挺好的。

在金泽的三年，我成了理科生，又是柔道部的一员。自然，什么文学、美术、音乐，似乎都与我无缘了。

中学时代生活在气候温暖、阳光充足的沼津，对我来说，三年的金泽生活是截然不同的。这里的气候和地理环境都与沼津迥异，北国的天空一年大半时间都阴沉沉的。在这座安静而略显阴郁的古城里，我过着和中学时代截然不同的几近禁欲的生活，在各方面对自己要求极其严苛。柔道部的训练十分辛苦，为了尽量减少身体的负担，烟和酒都一点也沾不得，也没有多余的时间像其他学生那样去街上闲逛。从早到晚都必须在名为"无声堂"的柔道馆里训练。这样度过自己的青春也许会受到诸多非议。不过，这也不失为一种度过青春的方式，对我来说这种方式自有它不寻常的意义。

前一阵子，我曾有幸和富士制铁公司的永野重雄社长，以及群马大学的长谷川秀治校长一起聊了聊各自与柔道相关的经历。我们回忆起当时所练习的所谓"高专柔道①"，都纷纷感叹，也不知当时为何会对柔道那般执着和痴迷。现在想来，当时的我们一心以为，训练强度是决定柔道水平的唯一标准。体格并不算强壮也并不占优势的少年们，为了能赢得比赛，唯有坚持高强度的训练。这就是我们这帮高中生所理解的高专柔道，这就是我们自创出来的一项特别的寝技②。

高中毕业之后进了大学，我们不约而同地纷纷放弃了柔道。那种高强度的训练只有十八九岁到二十二三岁的高中生能承受得了。再说，谁也没想过要成个柔道家或是高段选手之类的。所以，高中的最后一场比赛结束后，我们便干干脆脆地同柔道说再见了。从这一点看来，柔道不过是我们青春时期的一种生活方式。我们用了三年的时间，验证了所谓的训练，最高可以达到怎样的强度。

柔道部的生活、北国的气候，对我这个人的形成有着决定性的意义。

我想，如果我进的是高知或是鹿儿岛的高中，我一定会

---

①高专柔道：一种强调寝技的柔道分支,保留了大量古柔道的技法。
②寝技：柔道专用名词。泛指一切在地面进行的柔道、柔术技术。对应的技术是"立技"。

成为和现在完全不同的另外一个我。当然，我并非生在北国长在北国的地地道道的北国人。不过是青年时期的某一段时间在北国生活过而已。但是，无论是思维方式还是感受事物的方式，应该说都受到了相当大的影响。

金泽生活的最后一段日子里，我爱上了写诗。那段日子，我终于从柔道部的生活中解放出来，开始复习功课准备考大学。并非受到别人的启发和影响，我只是开始下意识地在笔记本上写一些近似于诗句的文字。我又把其中的几篇给当时还在高岗中学当老师的诗人大村正次看了，并被他登载在由他主编的诗歌杂志《日本海诗人》上。这也是第一次，我自己写的东西变成了铅字。

高中毕业后的第二年，我曾去石动拜访过大村正次。那是个大雪纷飞的日子，我在他家吃了晚饭，还结识了好几个北国的诗人。其中宫崎健三、方等美雪等几个人之后多年与我仍有来往，直到前几年去世。

我手上一直没有当时那本杂志，也不记得自己写的是怎样的作品。直到去年，源氏鸡太①先生拿来了当时那期《日

---

①源氏鸡太：(1912—1985)，日本现代著名小说家。1912年出生，毕业于日本富士县立富山商业学校。1950年发表的《随行员》获直木奖候补作奖。1951年发表的《英语通》获25届直木奖。以后也发表了不少言情小说，如《蓝天少女》《爱的重荷》等。他的作品亲切感人，通过细致入微的描写，展示了他人道主义的理想精神。

本海诗人》,还说什么记得上面有我的名字,让我也吃了一惊。我后来还曾在北海道见过大村正次老师,直到现在还偶有书信来往。

当时四高的文艺部所办的杂志上,还曾出现过现在在东京新闻做文化部部长的宫川让一和负责教育出版工作的乙村修的大名。那时,宫川长于小说和短歌,乙村则擅长写诗,颇受瞩目。我常在校园里见到宫川和乙村的身影,总在心里暗想,文艺部的家伙走路还真是安静呢。身子微微前倾,一路低头沉思,这种独特的走路姿势似乎带着某种北国高中生所特有的魅力。

念高中时,我虽是个理科生,却清楚自己并不适合学习自然科学方面的东西。我不仅不爱学习,也缺乏能够理解物理、化学、数学等知识的最基本的能力。身边的人都指望我能进大学的医学部,我却告诉他们,我从未想过进医学部,甚至其他与自然科学相关的专业,再怎么乐观地估计,我也是考不上的。不仅如此,就连我自己想进的人文学科方面,也被告知只有在文科出身的学生报考人数不足的情况下我才有可能被录取。也就是说,只要报考人数达到标准并顺利举行了入学考试,那么从一开始我就已经被淘汰出局了。东大、京大都有入学考试,我从一开始就没啥希望。只有九大和东北大的法学部也招收我这样的高中理科毕业生。

于是,我在九大念了两年书,并在福冈唐人街的一户普通人家的二楼住了三个月。得知只要最后参加考试就能毕业,我便离开福冈去了东京。在东京,我同样借住在一户普通人家的二楼,过着无所事事的日子。那是昭和六七年前后,就算大学毕了业也没什么就业机会,就这一点来看所谓大学其实毫无吸引力。在东京,我接触到了福田正夫①主办的同人杂志《焰》,在上面发表了几篇作品,但也并没打算正经八百地做个诗人。

我寄宿那家的年轻男主人是个文学青年,还与辻润②相识,常请他来家里玩。一来二去我也和他认识了。在我看来,他是一个完全无法理解且并无特别之处的人,不过,这个总是拖着孤独的影子踽踽而行的男人,作为《一个鸦片吸食者的自白》③的译者应该自有他的魅力吧。当时,他刚完成了《绝望的书》,总是穿得很寒酸。我还和福田正夫一起

---

①福田正夫:(1893—1952),日本诗人,出生于神奈川县。是被称为"民众诗人"一派的中心人物。从东京高等师范学校中途退学后曾在川崎任小学教员。1916年出版《农民的语言》。

②辻润:(1884—1944),生于东京逝于东京,评论家。曾在国民群英会学习。在上野高等学校任职期间,因与学生伊藤野枝的恋爱事件而被辞退。有译作、评论集等。

③《一个鸦片吸食者的自白》:英国散文家托马斯·彭森德·昆西(1785—1859)的代表作。

去拜访过诗人真田喜七的家,在那里遇见了萩原朔太郎①。朔太郎是我最尊敬的诗人,我那时难免有些放不开,在摆满酒瓶的餐桌前十分拘谨地坐着。他和我只聊了两三句话,说了些什么我现在也已经完全不记得了。那时他的《虚妄的正义》正备受瞩目,而《冰岛》尚未出版。

在九大读到大三时,突然从京大哲学系的朋友那里得到消息,说那一年京大哲学系的报考名额似乎还有剩余。我于是写了一封申请书寄去,得到回复说高中理科出身的学生应该也可以报考。我立刻决定转去京大念书。这回要改进哲学系,我其实对哲学并没有什么特别感兴趣的地方。只是觉得京都这片土地充满了魅力,而且又可以再多啃两年老,再晚两年进入社会,这一点也十分令我动心。

到了京都,我决定专攻美学,并在吉田山找到了住处。在东京时的懒毛病仍没改,大学的门我只进过两三次,之后

---

① 萩原朔太郎:(1886—1942),早期象征主义诗人。日本诗人。生于群马县前桥市一个医生家庭。中学时代开始诗歌创作。1914年和犀星等组织了"以研究诗歌、宗教、音乐为目的"的人鱼诗社,并于1916年创办诗歌杂志《感情》。1917年第一部诗集《吠月》出版,以其白话自由诗体和率直地吐露爱情的风格,引起很大反响。1923年出版的诗集《黑猫》是他中期的代表作,情调颓废,反映了尼采等人对他的影响。1925年移居东京。此时出版的诗集《纯情小曲集》,表达了作者对人生的感伤和失望情绪。诗集《冰岛》(1934)、《回归日本》(1938)均系晚期作品。收在《冰岛》里的诗作,一方面悲叹痛苦的人生,同时也交织着一定程度的愤怒。

除了去食堂我几乎从不踏入校园半步。同样攻读美学专业的，还有后来的音乐指挥家朝比奈隆，每日新闻评论员古谷纲正等。但我直到毕业之前都从未见过他们。这两位好像也很少去学校。

我当时和高中时代的朋友，就读于农学部的几个人走得很近。学校虽然很少去，可是每天晚上去神乐坂的什锦炖汤店喝酒却是雷打不动。

我虽然人不去学校，却还是和两三个哲学系的学生保持着往来。到京都的第二年，我和他们一起创办了名为《圣餐》的同人杂志。封面是拜托当时正在开美术史讲座的须田国太郎来设计的。然后几个主创人员各自分担了几页内容，凑成了一本薄薄的杂志。我觉得之前写的几首诗作勉强也能用，便拿出来发表在了这本杂志上。也多亏那次把这些诗发表出来，前几年出版的诗集《北国》中才能收录到我那个年代为数不多的几篇诗作。

几位主创人员中有个"秀才"，高安敬义君。他专攻纯哲学，比我低一届。他刚从水户高中毕业考入京大的时候，我曾对他多有照顾，不知不觉竟成了他的大哥。他一开始就住在我租住的吉田山的民居，后来我搬去了等持院，他便也跟着我搬了过去。

在和这位比我年纪小的朋友的交往中，我其实学到了很多。无论是写诗还是读小说，还是鉴赏佛像或庭院，最初都是我教会他的。然而，这位非凡的青年才子却在极短的时间内就通读了与此相关的很多书籍，还反过来向我阐述他的心得体会和所知所学，并以其卓越的见识让我对以上各个领域的知识有了全新的理解。

高安敬义是田边元①博士的学生，他的毕业论文《伦论》曾刊登在哲学杂志上，作为一个年轻的学者早已声名鹊起。只可惜在二战快结束时战死在了内陆。对这位友人的死，我至今仍痛心不已。他是目前为止我认识的朋友中最聪慧、最单纯的人。

昭和七年（1932年）到十一年（1936年）我都是在京都度过的。我比别人晚一年毕业，本来入学时就比旁的同学要大，到后来更是读成"老学生"了。说是学生，也不过是在大学里占了一个学籍，至于最终能不能毕业我其实完全无所谓。直到向中国开战的那一年之前，我都一直在京都过着无所事事的生活。其间，我与现在的妻子结了婚，有了自己

---

①田边元：(1885—1962)，日本哲学家。东京帝国大学毕业。曾任东京帝国大学教授。最初追随西田哲学。1930年以后逐渐从西田哲学中独立出来，创立田边哲学，企图建立超越唯物主义和唯心主义的"绝对辩证法"，其实质是把辩证法看成在绝对主观中存在的客观与主观的矛盾。提出种的逻辑，强调"种"（民族、阶级、国家）在世界与个人之间的优先性，借以论证其国家主义观点。主要著作有《黑格尔哲学与辩证法》《种的逻辑的世界图式——到绝对媒介的哲学之路》《作为忏悔道的哲学》等。

的家。如今回想起来，我在京都度过的那段日子，仿佛被什么看不见的力量沉沉压迫着，真是一段灰暗而压抑的学生生活。不仅是我，几乎所有的学生都对毕业之后的工作和前途不报任何希望。那真是一段名副其实的"无望的黑色岁月"。

我靠着自己父母和妻子家的资助勉强支撑起一个家庭，却常常不够开销，必须想个法子挣点钱。换作是现在，满大街都是打工的机会，但在那个年代，一个学生是很难有什么手段挣到钱的。

在此之前，一个偶然的机会，我参加了《每日星期天》①的有偿征稿，给他们写了一篇小说，得了三百日元的奖金。尝到甜头之后，我便连续三次用了不同的名字去投稿，次次都被选上了。其中以泽木这个名字来写的现代小说比较受好评，我甚至凭借这篇作品得到新兴电影公司②剧本部的青睐。于是，从进大学之前的三年到毕业之后的三年，我每月都能拿到五十日元的报酬。新兴电影公司在东京的大泉。我每个月都要上京，去摄影所露个脸，却不知为何连一

---

①《每日星期天》：每日新闻出版社发行的周刊。1922年和《周刊朝日》一同开始发行，发行量11万部，排业界第11位。

②新兴电影公司：二战前曾经存在的日本电影公司。1931年由"帝国电影演艺"改组而成。1935年设东京摄影所。后因战时整合，于1942年与日活、大都映画合并为大日本映画制作株式会社，简称"大映"。

个剧本也没写出来。听剧本部部长的意思，毕业之后再写也行，我也就信以为真了。

只有一次，我受当时在新兴电影公司做导演的野渊旭先生所托，在池袋的旅馆里将尾上和伊太八①的故事写成了一个剧本。这个本子是我和野渊旭先生二人合作，用一个晚上的时间完成的。那也是我生平第一次熬通宵写剧本。天亮了，我才发现外面下起了雪。吃早饭时，就有女招待冲了进来。那是二·二六事件②的早上。这个剧本不知道为何并没有拍成电影。就在这个时候，我得知《每日星期天》正在征集长篇小说，便不再去东京写剧本，而写了《流转》这部时代小说拿去投稿，于是得了千叶龟雄奖③。

得了千叶奖之后，立刻就有两三家出版社来向我约稿。

---

①尾上和伊太八：日本传统戏剧中的角色名，亦为其剧名。以1747年元津轻岩松家的武士伊太八和吉原的游女尾上殉情未遂，被拖到日本桥游街示众的真实事件改编而成。

②二·二六事件：又名"帝都不祥事件"或"不祥事件"，是指1936年2月26日发生于日本帝国的一次失败兵变。日本帝国陆军的部分"皇道派"青年军官率领千余名士兵对政府及军方高级成员中的"统制派"意识形态对手与反对者进行刺杀，最终政变遭到扑灭，直接参与者多被处以死刑,间接相关人物亦被调离中央职务，皇道派因此在军中影响力削减，而同时增加了日本帝国军队主流派领导人对日本政府的政治影响力。二·二六事件是日本近代史上最大的一次叛乱行动，也是1930年代日本法西斯主义发展的重要事件。

③千叶龟雄奖：由日本评论家、媒体人、《每日星期天》的主编千叶龟雄设立的日本大众文学奖项，又名"每日星期天新人奖"。

可是我丝毫没有继续写时代小说的打算，便一一拒绝了。但也全靠得了这个奖，我大学毕业的那一年才能够进每日新闻工作。推荐我的是当时每日新闻的京都分局局长岩井武俊先生。

我原本既不打算写剧本，也不打算写小说，所以能进报社已经十分知足了。后来没多久，和内陆的战争就爆发了，我也应征去了内陆。

在我的一生中，京都的大学时代无疑是最暗淡、最看不到希望的一段时期。大学毕业的前一年，我的大女儿出生了。生活中全是糟心事，我一度打算放弃拿这个毕业证。没想到妻子竟给身在东京的我发来了电报，提醒我毕业论文的截止日期。还写了一封信，叮嘱我今年无论如何得毕业，就算是为了孩子。没办法我只得回了京都，勉强炮制了一篇论文，还起了个题目叫《纯粹诗论》，其实通篇胡诌一气，不知所云。

植田寿藏博士、九鬼周造老师和中井正一老师是我的论文评审老师。答辩时，九鬼博士针对论文逐字逐句地提了许多问题。而一旁的中井正一老师却说，这虽是今年最短的一篇论文，他个人却觉得蛮有意思。他的这番话无疑对我能顺利毕业有很大帮助。如今，九鬼、中井二位老师都已作古。

我的导师是植田寿藏博士，当学生时我也没见过他几次。倒是后来做了新闻记者，因为工作关系反而不厌其烦地去叨扰他。了解了植田博士的为人之后，我深为念书时没去听博士的讲义课而感到遗憾，甚至成了我痛悔一生的憾事，但却为时已晚。

当了新闻记者之后，我频繁去老师府上拜访，聆听他的教诲，并拜读他的著作。进了报社之后，我征得社里领导的同意，又考取了京大的研究生。本想着，这一次可要好好用心研读研读美学，却因为战争还是未能实现。年轻时的我，似乎注定与勤学无缘。

我的自我形成史
わたしのじこけいせいし

冷眼看父母

昭和三十四年（1959年）的五月，我永远失去了我的父亲。父亲八十一岁高龄才离世，也算是寿终正寝。在东京的家中收到父亲离世的讣告的那个凌晨，甚至通宵守灵的当天夜里，我都没有感到特别的震惊和悲痛。父亲卧床已近半年，我明白这一天迟早会来，所以早已有了心理准备。

然而，在父亲故去八个月后的今天，我反而开始强烈地思念起父亲，频繁地回想起他临终时的种种。偶尔还会感慨，要是父亲还活着该多好。同时更加深切地感受到，我的一切都与父亲这个人有着根深蒂固的因缘。

今宵细思量，
恍然方自知。
誓言深似海，
此身与君盟。

——这是西行①的歌,是他在悼念与自己关系匪浅的鸟羽院②的死时所吟唱的和歌。用来形容父与子的关系也许不太合适,但奇怪的是每每想起父亲我却总会联想到这首和歌。总之,本该在父亲离世的当晚所产生的情感和领悟,我当时竟毫无察觉,直到八个月之后才幡然醒悟。

　　不过我想,不光是我,每个人应该都会有这样的反应。如若不是自己的父亲,而是朋友或者熟人去世,在得知死讯的同时,悲伤便会袭上心头,这悲伤又会随着岁月的流逝而由浓转淡。但是,若换做是自己的父亲,那么,多半当时并不觉得怎样,但随着往事渐行渐远,心里的悲伤却会越来越深。最终会在某个不经意的瞬间给人重重一击,仿佛肆虐的狂风在满目的荒野茂林间划过一道长长的伤痕一般,令做儿子的心生生碎成两半。

---

①西行:(1118—1190),俗名佐藤义清,生于官宦之家,自己也很早就进入官场,1140年22岁时辞去鸟羽天皇的守卫之职,出家修行,和藤原定家是当时并称的两大歌人。其后,他多次游历在外,尤其以本州北国之旅而对后人产生影响,如日本俳句大师松尾芭蕉(1644—1694)的《奥州细道》即是受他的启发。著有私家集《山家集》。

②鸟羽院:(1103—1156),日本第74代天皇在位(1107—1123)。讳宗仁。出生后不久母亲藤原苡子逝世,由祖父白河法皇养育。出生7个月后就被立为太子。父堀河天皇死后,5岁的鸟羽天皇即位,政务全部由白河法皇管理。保安四年(1123年),禅位给长子崇德天皇,实权仍由白河法皇掌握。白河法皇死后,大治四年(1129年)开设院政。鸟羽院掌控崇德、近卫、后白河三代天皇的实权共计28年。

世间为人子者或多或少都一样。对于我的父亲，我也是一个严苛至极的批判者。一直以来，我对父亲的要求近乎完美。不仅是我，对所有孩子来说，父亲都必须是绝对完美的，这也许正是无数父与子的悲剧的根源。

从少年时代到四十岁左右，我永远用批判的眼光看自己的父亲。无论是针对好的方面还是不好的方面，我都是一个义正辞严的批判者。嘴上虽然不说，心里却总是对父亲的所作所为冷眼相看，就连对父亲的本性也多有不满。在我看来，父亲必须是完美的。可是仔细一想，这个世上除了神以外，根本就不存在完美的人。道理心里都明白，可是我仍然要求我的父亲必须是完美的。

孩子之所以会对父亲产生这种情感，正是因为知道自己与生俱来的一切都是由父亲决定的。有个说法叫做"骨子里的叛逆心"，这也恰恰是因为知道自己继承了父亲的一切，知道自己一辈子都无法从父亲赋予的一切之中解脱出来。

我从青春期开始，每每和父亲产生相同的感受和想法时，都会感到不满和不服。这种心理一直持续到四十岁左右。直到四十岁以后，我才慢慢可以真诚而坦然地拥抱父亲了，尽管偶尔还是会有小小的抵触。

这么说也许有些奇怪，不过，我从父亲身上得到的最宝贵的东西，并不是父亲遗传给我的一切，反而是通过对父亲的叛逆和抵触而逐渐塑造出自我的过程，这个自我当然与父亲有所不同。过了四十岁，我对父亲的态度和看法发生了转变，恐怕正是因为自己在继承了父亲的一切的同时，从另一个意义上说，也开始具备了与父亲截然不同的自己的特质。

对于母亲，其实也和对父亲是一样的。只是因为母亲是母亲，所以更容易得到孩子的宽容。同样也有"骨子里的叛逆"，但相比于对父亲，孩子对母亲的批判多少少了些恶意。不过，尽管在这一点上略有不同，但从根本上来说，孩子对母亲同样也是要求绝对完美的。

现在想来，我作为一个人，既继承了父亲和母亲二人所有的优点和缺点，与此同时，又努力地想要塑造出与父母二人中的任何一个都截然不同的另一个自己。为人子者，原来一直都在做着如此徒劳而可悲的努力。我的孩子也许也会像我对父亲一样对我做出同样的事情吧。

父亲死后八个月，我才开始为他的死而感到悲伤，也许正是因为直到这个时候我才清楚地意识到，自己永远失去了批判和苛求的对象，也永远失去了这个世上能够和我有相同的看法、相同的感受的人。意识到这一点之后，我时时感到前所未有的强烈的孤独。无论遇到什么事我都忍不住想，要是父亲还活着该多好，只有他能够懂得我的心情。渐渐地，我发觉自己毕生反抗的父亲，如今竟成了这个地球上唯一能够理解自己的人。

父亲虽然不在了，我还有七十六岁的老母亲。等到母亲去世的那一天，父亲的死所带来的情感的转变，也许又会在我和母亲之间重演。

我写的这些话，恐怕会令某些读者皱起眉头，更有人会说：世上哪有如此冷漠无情的亲子关系？然而我却认为，所谓的父母与儿女，从本质上讲无一例外皆是如此。或许程度的强弱会有差别，但归根结底都逃不过这场宿命的操控。

我一直在努力塑造既不像父亲也不像母亲的自己。不过，我又不同于旁人，自幼就离开父母由外祖母一手带大，长大后又上了中学、高中和大学，其间和父母生活在一起的日子屈指可数。所以，比起那些一直养在父母身边的人，我的自我形成的过程，或许多了几分清醒的认识和自觉。换言之，比起旁人，我似乎更加有意识地将这样的目标加诸于自己身上，似乎也更清楚该怎样做这个目标才能实现。

麻将、围棋、象棋、台球……但凡能分出胜负的事，父亲总是游刃有余。我却对父亲这一点嗤之以鼻。于是乎，我现在对麻将、围棋、象棋、台球之类全都一窍不通。父亲是一名军医，自然对所谓文学漠不关心。我之所以会醉心于文学，多半也是因为父亲对文学丝毫不感冒的缘故。若是父亲时常流连于文山书海，说不定我反倒会对他不屑一顾，转而去追求更为实用更为功利的东西吧。

我家在伊豆的山村中世代行医，父母自然希望我也进大学的医学部。然而我却早已下定了决心，这辈子做什么也不做医生。结果，我进了父亲最瞧不上的大学哲学系（美学）。当然，我也并不打算将我走过的漫漫人生路，全都解释为对父亲的反叛。

比如，父亲的懦弱和圆滑就原原本本地遗传给了我，而我的自私自利和多愁善感则显然来自我的母亲。特别是后者。我向来对母亲的性格极为反感，没承想，母亲性格中最典型的自私和敏感这两大要素却都被我完美继承了。

所以，更准确地说，我作为一个人，既继承了父亲的懦弱和圆滑，又继承了母亲的自私和敏感。同时，就应对人生的态度和方式而言，我又将自己塑造得与父母双方都背道而驰。

在失去了父亲的今天，我才痛感自己除了是父母共同打造的生命之外什么也不是。但同时，我又在自己身上发现了另一个与父母似像非像的自己。

从学生时代起，我就养成了花钱大手大脚的毛病，直到现在仍改不掉，这一点就既不像父亲也不像母亲。此外，凡事都想碰碰运气的侥幸心理，也在父母二人身上都找不到相似的基因。我做事不爱钻牛角尖，而且生性乐观，就算遇到再大的挫折也从不放在心上,这一点也和父母完全不同。

写到这里我才发现,自己和父母的关系我竟不知从何写起。似乎无论怎么写都写不到点子上,真令人心焦。

我想,在这一章中我最应该用大量的篇幅来讲述的,或许只有这一件事。然而,要将这件事写清楚又是何其艰难。

我的父亲五十岁时便早早地从陆军退役,随后便幽居在伊豆老家的山中。直到去年离世,整整三十年几乎没有离开过家。父亲就是这样一个人。他的俸禄不多,但也能勉强维持生活。本人对功名利禄更是清心寡欲。既不向往多么奢侈的生活,也没打算混个一官半职,甚至还有点不善交际。虽说是个医生,回乡之后,也不曾见他替谁诊过脉。

母亲也一样,素来与父亲步调一致,四十多岁就随父亲告老还乡,后来便一直待在乡下。也从未有过为了能过上更优渥的生活而抛头露面进入社会的念头。

对于父母的这一点,我的反抗情绪尤为强烈。为了否定父母的这种生活态度,我选择了不断将自己的大名变成铅字的谋生手段。然而却常常有人指出,我在自己的作品中经常会提到自己的父亲和母亲。

对于父母"避世无为"的人生态度,我向来是充满敌意的,并一直在与之抗争。但却在自己的作品中以各种形式反复提到自己的父母,究竟又是为什么呢?

我最近时常想，为了反抗父母，我一直勉强自己过着与父母截然不同的人生，然而，说不定对父母的生活方式最能感同身受、最能给予理解的，正是我自己。在我悟出这一点的一瞬间，我感到从未有过的失落和怅惘。

不过无论如何，父亲是走了。随着去年父亲的离世，我和他之间这出演了几十年的大戏也该落幕了。我究竟从父亲身上得到了什么？父亲究竟给了我怎样的影响？这些问题自然会在不久的将来得到解答。我从父亲和母亲身上所得到的一切，那些决定我人生的关键因素，也许现在的我尚未有清醒的认识。

我的脸的上半部长得像父亲，下半部长得像母亲。若是整张脸都像父亲，也许我的面相要更为温和、敦厚。但若是全都继承了母亲的容貌，则会长得更加纯真、明朗。我就长着这么一张一半像父亲一半像母亲的奇特的脸。此外，我走路的姿势像父亲，说话的语气像母亲。所以我对自己走路、说话的样子都极其不满意。最近这几年倒好些了，二三十岁的时候简直厌恶透顶。

前几天有个亲戚说，当有撒欢儿的狗向我扑来时，我伸手阻挡的姿势像极了我的父亲。听了这话，我不由得一惊。心里嘀咕，说不准往后还会被人说我哪里像他呢。

启迪人生的人和事

每个人的一生中,除了自己的父母以外,总有那么几个人给过自己决定性的影响。如果没有遇见他们,自己的人生或好或坏都会与现在有所不同。这样的人,在你我的生命里都有过几个吧?事实上正是他们的影响,逐步决定了一个人应对人生的态度和方式。

我在上一章写我的父母时就提到过,我儿时其实是由外祖母抚养长大的。我虽然叫她外祖母,其实和她并无半点血缘关系。这个女人不过是我的曾外祖父的一个小妾。曾外祖父使了些手段,让她入了我们井上家的户籍,又认了曾外祖父的孙女,也就是我的母亲做养女,并自立了门户。

至于我为什么会被交给毫无血缘关系的外祖母来抚养,个中缘由我并不是太清楚。左不过是父母当时还年轻,又刚生了妹妹忙不过来,便找个由头把我交给外祖母照看几天。没承想,说好的只照看几天,我却在外祖母身边一待就待了好多年。也许是因为外祖母已将一腔痴情都转移到了我身上，自然越来越离不开我。又或许，我也越来越依恋外祖母，早已不愿回到父母的身边。

无论是因为什么原因，总之，从上小学的前两年，也就是我虚岁六岁的时候，一直到小学六年级，我都远离住在大城市里的父母，一直在伊豆山村的小小土仓里和外祖母两人相依为命。在那个封建思想根深蒂固的小山村，外祖母年轻时不过只是一个医生的小妾，身份尴尬而又低贱。后来竟能如愿以偿地入了户籍，想必也是个有个性有头脑的女人。我现在还保存着一两张她的照片，照片上的她一脸矜持和坚毅，而且的确是个不折不扣的大美人。

然而，村里的大部分人都没说过她一句好话。在咱家亲戚们眼中，她更是一个厚颜无耻的闯入者，一个破坏了家族安宁的罪人，自然不会给她什么好脸色。这一点，就连年幼的我都能隐约感觉得到。

村子里，母亲家和父亲家的亲戚各有好几家，而我对这些亲戚都充满了敌意。我就这样和孤立无援的外祖母一起度过了我的童年。外祖母对我自是疼爱有加，而我呢，作为她唯一的同盟军，也在用我自己的方式努力做到尽忠职守。

我有时会想，我从这位外祖母身上究竟得到了什么呢？恐怕外祖母给予我的最大的财富便是——当时的我肯定是意识不到的——如何与毫无血缘关系的外人共同生活并自然而然地滋生出感情,同时当置身于这份外祖母与小外孙、老女人与小男孩之间的特殊的感情之中时,又如何用一颗真心去尽可能地淡化彼此利用、彼此索取的痕迹。外祖母把我留在身边,多少可以使自己原本不确定的身份和地位稍微稳固一点。同样,我也因为与外祖母结成了同盟,所以可以理所当然地享受她倾注在我身上的无尽的宠爱。

说起来,我和外祖母的同盟关系的确相当坚固,面对村里人和那些亲戚,我们从来都团结一致、同仇敌忾。与外祖母的联盟,直到她去世四十多年后的今天,在我心里仍然是牢不可破的。如果换成是血肉至亲之间所谓的无私且无偿的爱,那么我想,这场联盟一定会有本质的不同。

如今已活了大半辈子的我,早已不太相信这个世上还有所谓的不求回报的爱。夫妇之间的爱、父母与儿女之间的爱、朋友之间的爱……每当看到那种温情感人的场面,我总是会产生一种强烈的冲动,想要把眼前的一幕替换成更真实更纯粹的东西。这种想法,也许就是在儿时与外祖母共同生活的日子里,在我心里不知不觉地逐渐形成的。

在所有人与人的关系之中,我最喜欢的是师徒关系。老师,因为教给人某些东西而被称为"师";学生,因为学到了某些东西而被称为"徒"。老师在学生眼中永远是高大威严的;学生在老师看来必须是毕恭毕敬的。这或许也是一种互惠互利的利益关系。正因为彼此有利可图，师徒间的联盟才可以长久地维系下去。所以，所谓的"师徒情"是我最厌恶的词之一，每每听到这个词我都觉得恶心。老老实实地承认是利益关系有何不可？没有利益又何谈师徒？

至于友情，在我看来也是一样。仅凭一夜的欢饮达旦就想和我成为百年之交，这样的朋友我是拒绝的。同样，我也决不允许自己有这样的想法。所谓友情，应该始终建立在彼此对对方的尊敬和欣赏之上，而要永远维持这种尊敬和欣赏，则必须默契地达成互不干扰互不侵犯的盟约。当然，为了不破坏这份盟约，也需要彼此不断的努力。

总之，外祖母对我的爱，很大程度上就是建立在这种利益关系之上的。但也正因为如此，直到今天我对外祖母的爱也从未减少分毫。

我和外祖母生活在一起的那段日子，相邻的村落住着父亲家的大伯。此人继承了父亲老家的家业，后来我上了小学，他又正好是那间小学的校长。现在我也差不多到了这位大伯当年的岁数，竟常常会无限怀念地想起他。因为这位大伯曾在我幼小的心灵里播下一粒小小的种子。

这位大伯对当年尚年幼的我恰到好处地行使着自己身为伯父的权利，既不过分，也不客气。大伯严厉、寡言、不苟言笑，他的学生都对这位校长又敬又怕。对我，他自然也不会讲半点情面。一年中总有那么几次，遇到他心情不错，竟会在学校里主动跟我说话，永远只有这么一句：

"学得怎么样了？"

说话时，他两眼狠狠地瞪着我，一副凶巴巴的样子。不过，他从不跟旁的学生说话，单单只来盘问我，可见是我的亲伯父没错了。而且，对父母不在身边而独自生活的小外甥，时不时地关心一下他的学习，这也是只有亲伯父才会干的事。

我的这位大伯活到了战争结束。即便在我长大成人之后，他对我的态度也和我小时候没两样。总是一脸严肃地告诫我：

"工作可别马虎啊！"

除此之外就什么话也没有了。

尽管采取的方式有所不同，但可以肯定地说，大伯带给我的影响绝不比外祖母小。父亲家和母亲家都有十多位伯伯伯母，可是在我看来，他们之中再没有谁比这位不苟言笑的大伯更像真正的伯伯了，即使到现在我仍这样认为。大伯也正是按照他那一辈人的方式在一丝不苟地恪守着伯伯与侄儿之间的盟约，丝毫也不肯有所违背。

在我的青少年时期，几乎没有人给我造成过太大的影响。细想起来，倒是有几位亦师亦友的人物，留给我的印象也不能说不深。但遇见他们，也并没有使我这个人产生多大改变。

可是，有一个人我却不能不提到他，那便是我妻子的父亲，解剖学学者足立文太郎。此人本是我母亲那边的亲戚，因为某些原因早年便离开了自己的父母，由我的曾外祖父一手带大并成为了一名学者。所以，我儿时便曾听到过一些有关母亲和她这位表兄的风言风语。不过真正见到此人，却是在上了高中之后。

后来，我和她的女儿结了婚，也把他称为父亲。我这位岳父从我俩第一次见面那时起一直到他八十一岁去世，都一直全身心地埋首于将他的毕生心血《日本人静脉系统研究》一书译成德文这项工作之中。他仿佛一直在与时间赛跑，生怕自己的研究工作还未完成就大限将至似的，简直是争分夺秒、惜时如金地在工作。那种工作状态，除了"着魔"之外，似乎找不到更好的词来形容。

战争期间，岳父把自己的研究成果分编成册，陆续寄给了多所国外的大学和图书馆。不过，在那个战乱的年代，这些书到底能不能寄到，谁也说不好。即便是在我这个旁观者看来，一个人耗尽了毕生心血才浇铸而成的成果，最后竟以这样不靠谱的方式来收尾，也实在有些不值得。然而，岳父的研究工作却没有因此而中断。家里人多次劝他疏散去后方，他都坚决不肯。理由就是这样一来就得花好几天打点行李，肯定会耽误手头的工作。在岳父心里，除了工作，其他一切都不重要。自己的安危也好，国家的命运也罢，他都全然没工夫顾及。这一点也挺叫人佩服的。

每当我看到这样的岳父，都被他的精神所深深震撼，原来这才是一个学者该有的样子。

同样是在那个时期，除了岳父之外我还认识一个人，在那样一个看不到未来的年代，他所选择的活法也同样令人钦佩不已。此人便是画师荒井宽方[①]。当然，日本了不起的人物绝不仅仅只有荒井画师和我的岳父，但现实中我所认识和了解的就只有他二人。

当时，荒井画师接手了法隆寺[②]金堂壁画的临摹工作，共同参与的还有另外几位画家。我作为一名新闻记者，时常去法隆寺做采访，有幸能得到机会与大师亲切交谈。

---

①荒井宽方：(1878—1945)，日本近代画家。曾师从水野年方学习历史画，先后活跃于"文展""院展"，长年致力于印度阿旃陀壁画、法隆寺金堂壁画的修复和临摹工作。

②法隆寺：又称为斑鸠寺，位于日本奈良，是圣德太子于飞鸟时代建造的佛教木结构寺庙，据传始建于607年，但是已无从考证。寺内保存有自飞鸟时代以来的各种建筑及文物珍宝。法隆寺分为东西两院，西院保存了金堂、五重塔；东院建有梦殿等，西院伽蓝是世界上最古老的木构建筑群。法隆寺建筑物群和法起寺共同在1993年以"法隆寺地区佛教建造物"之名义被列选为世界文化遗产。

有一次，我在荒井画师的临时宿舍阿弥陀院里见到了他。那是一座很小的寺院，又正是空袭频繁的时期。大师不顾年迈的身体，一边自己烧火做饭，过着极不方便的生活，一边还要每日去冷得如冰窖一般的金堂正殿，在专为临摹工作搭建的脚手架上一坐就是一整天，忘我地投入到那份吃力又不讨好的，几乎没有报酬的临摹工作中去。

"有形之物终将毁灭。要么就是毁于战火，就算躲过了战火也到底敌不过岁月的侵蚀。"

荒井宽方画师那时曾说过这样的话。原话我记不清了，大致意思却不会错。

"能全都临摹下来吗？"

"谁知道呢？"

"全都临摹下来了就能长久地保存下去吧？"

"谁知道呢？"

对于我的问题，大师全都不置可否。确实，在那样一个年代，任谁都给不出答案。然而，就算是看不到未来，也仍然要画下去。就算有一天原画和摹本都会灰飞烟灭，若从不曾有人为临摹壁画而努力过，金堂壁画是会哭泣的——这番话是他时常挂在嘴边的。我最后一次见到荒井宽方画师的那一天，身心都受到了极大的震撼和感动，那种心情我至今仍记忆犹新。

学者和美术家本有不同，但是，在那些暗无天日、败局已定的战争岁月里，岳父和画师同样都是坚守信念，认真对待每一天的了不起的人。

和我相识一年半之后，荒井画师在一次从枥木县盐谷郡的自己家去法隆寺的途中，突发脑溢血倒在了火车上。他精心描摹的金堂壁画，后来也和金堂一起在战火中化为灰烬。正如画师所说，有形之物终究是毁灭了。

前面所写的这两个人物，给我带来了巨大的感动。然而认识了这两个人，却并没有使我的人生轨迹和思维方式产生多大改变。认识他们时我已经三十好几了，这么大岁数要想产生什么改变已经不容易了。然而，就算没有造成什么实质性的改变和影响，而今一提到学者或是艺术家的工作，我还是不由得就会立刻想起这两个人来。我并不是学者，不敢妄言岳父的研究工作是否得到了应有的回报。同样的，荒井画师的付出和努力是否得到了公允的评价和应有的回报，我也不得而知。所谓的回报，也要看各人的运气。这个世上，贡献卓越却寂寂无名的人肯定不少。可是一个人如何度过这一生，与他的付出能不能有所回报又有什么关系呢？

一个人应该全力以赴地投入到自己认为有意义的工作中去，人生的价值也许仅在于此。对于所谓的终生事业，现在的我正是这样理解的。这么说或许多少带点虚无主义的色彩，这与我认识前面二位人物时正是战火纷飞的年代也许不无关系。

同样是在战争年代，岩波书店出了一本题为《太田队长的军中手记》①的书，我记得书名就是这个没错。此书以一个在内陆战死的知识分子出身的小队长的口吻写成，放在今天也算是本畅销书了。这本书我也看过，记得里面有一段留给儿子的遗言，表达了一个父亲的叮咛和期望。具体怎么写的我现在已经记不清了，只记得其中有一两行，大致的意思是：要让孩子有一颗敬畏知识、热爱艺术的心。

我与这位太田队长并无一面之缘，却被这短短的两句话深深打动。这才是一个知识分子留给自己妻儿的最宝贵的遗言。我读了这本书，知道我们的队伍里有这样一位不起眼的战士，在战争阴影下艰难求生的自己，也多少感到了一丝慰藉和安心。

同岳父和荒井画师一样，太田队长的名字也深深印在了我的心上。

---

①《太田队长的军中手记》：太田算之助著。记录了1938年2月25日至9月29日间在北京、南京、瑞金等地的行军扫荡和日常生活，也对当地的风土人情等进行了记录，附带简笔绘画。

他人所造就的自己

在这里写一位我从未谋面的先人，也许有些突兀。但这个人在我的人生中也起到了很重要的作用，所以我还是决定要把他的事写下来。

我中学时代读过大伴家持①的和歌："益砺尔剑，益砺尔刀，传来悠古，盛名清操"②，曾深受感动。家持是在激励自己的子孙：大伴家乃武将世家、满门忠烈，可谓功勋卓著、万古流芳。尔等更要磨砺宝剑、励精图治，不负家族威名。在我看来，唱出这首和歌的家持，以及被这首歌所激励和鼓舞的他的子孙们，是何等幸运。我出身伊豆的小山村，家里世代行医，不过是寒门小户，我自幼从未听说祖上有过

---

①大伴家持：(718—785)，奈良时代政治家、诗人。大纳言大伴旅人之子，三十六歌仙之一。因仕途不遇，其诗作哀婉动人，流露出孤独心情。被认为是日本最早和歌集《万叶集》的主要编者，也是该歌集收录作品最多的诗人。死时因涉嫌参与暗杀桓武天皇的心腹藤原种继，其尸骨竟被处流刑。直至二十一年后，冤案才获昭雪。

②《万叶集》第20卷第4467首和歌。译文取自钱稻孙译本。

什么光耀门楣的人和事。因此，当我读到这首和歌时，便不由得发自内心地渴望自己的先人中也能出那么一两个名扬四海的人物。同时，像每一个人的少年时代几乎都经历过的那样，我也曾有很长一段时间，对自家的族谱和家族史特别上心。

再说说家持的这首和歌，齐藤茂吉①从中读出了大伴家鼎盛时期的豪气干云，而土屋文明②则看到了一丝繁华落尽之后家势衰颓的征兆。孰是孰非我无法判断，还是个初中生的我对其中深意也并不关心。我只是单纯地为"盛名清操"这样豪情万丈的文字而感到热血沸腾。

对于生我养我的伊豆那个小小的杏林之家，对于我那个没有什么值得夸耀的平凡家族，我向来不愿多谈，关于家族史我也知之甚少。只知道上溯到五六代之前的某位先人从四国一路漂泊来到伊豆，在天城山脚下的某户农家脱了草鞋，从此便在这个村里定居下来，干起了行医治病的营生。祖先来自四国也不过是传言，并不能完全当真。只知道这位先人

---

①齐藤茂吉：(1882—1953)，日本短歌诗人。著有歌集《璞玉》《白桃》《赤光》等。其创作被认为是近代短歌的高峰，有人称他为"歌圣"。

②土屋文明：(1890—1990)，大正、昭和时期歌人，日本国文学家。毕业于东京帝国大学文科大学哲学科心理学专业。明治四十二年(1909年)加入短歌杂志《紫杉》同人，与齐藤茂吉等一同参与编辑。同时奋斗在教育岗位上。出版有歌集《冬草》《山谷集》《韭菁集》《山下水》《青南集》《续青南集》《续续青南集》等，歌论有《短歌入门》《万叶私注》等。

当时不过二十来岁，同行的只有他的母亲。

此外，根据墓碑上刻的碑文可知，几位名字里带"玄"字的先人，似乎是叫"玄春""玄达""玄俊"什么的，都还算有点医术。从江户末期一直到明治，他们在老家的小山村里当了一辈子医生。

即便是乡村医生，在少年时代的我看来也算是一份体面的家业。可是家族中的老人们却说，最早从四国漂泊而来的那个先人，不是为了女人就是为了钱财，总之定然是逃难来的。这种话是我最不愿听到的。还说什么"盛名清操"？原来我的祖先竟然只跟"好色""落魄""狼狈出逃"之类的词扯得上关系。

那之后的几代人都各自经历了几次小小的沉浮。据说，第三代还算殷实，也曾有过两座粮仓。可是到了第四代却突遭横祸，所有家底被一场大火给烧得精光，穷困潦倒了一辈子。

在这个平平无奇的乡村医生的家谱中，我的曾外祖父，一个叫做洁的人，是唯一一个可以勉强支撑起我的自尊心的人物。曾外祖父投在第一代军医总监兰畴松本顺的门下学医，历任静冈藩挂川医院院长、静冈县韭山医药局局长等职，后半生告老还乡，又在老家挂牌行医。半岛主要的三个岛屿乃至半岛最前端的下田，都留下了他出诊的脚印。在当时的乡里也算是个颇负盛名的人物。

我的这位曾外祖父是如何才华出众、奋发图强,如何一掷千金、穷奢极欲,又是如何深得其师松本顺的信任和重用……这一切,都是一个我称作外祖母的女人不断灌输给我的。关于我和这个老太婆共同生活的那段不寻常的日子,我之前已经写过了。而这段日子留给我的最重要的回忆之一便是,我一直活在她对当时早已故去的曾外祖父洁的尊敬与痴爱之中。

我将曾外祖父洁与他的爱人——我的外祖母的故事写进了《古道尔先生的手套》这部作品里。

作为曾外祖父的情人,外祖母对他总是无条件地肯定,极尽所能地赞美。甚至对曾外祖父的老师松本顺,她也爱屋及乌地予以无条件地尊崇,并把他视为日本最伟大的人。当时我年纪尚小,却无端端地喜爱和佩服这样的外祖母。外祖母的态度,不仅令我更加尊敬曾外祖父和他的恩师松本顺,也让更加喜欢外祖母这个人。外祖母为曾外祖父奉献了自己的一切,一辈子为他遮风挡雨,对他嘘寒问暖。这样的人生,要是放在现在我一定会颇有微词,但那个时候我却认为无可指摘。不管别人怎么说,比起亲生的曾外祖母,我还是更喜欢这个抚育过我的做过小老婆的外祖母,认为她是一个值得褒扬的了不起的女性。

现在想来，曾外祖父洁这个人一定有很多面。那个从年轻时起一直到晚年都坚持每天凌晨四点起床抄读医书的拼命三郎是真实的他，那个刚一挂牌行医便很快名震四方且与松本顺私交甚密的杰出人才也是真实的他。直到今天，乡下老家仍保留着松本顺的亲笔题字，亲手雕刻的书几、笔架等等，还有大量二人的来往信函。

可是，平日里花钱大手大脚，以至于晚年中风倒地后不久便难以维持生计的人是他；让大小老婆住在同一村，且堂而皇之地和小老婆一起开诊所建病房的人也是他。如此任性妄为的生活态度在当时那个年代是很难想象的。总之，作为一个医生，曾外祖父的确是兢兢业业、妙手仁心。但作为一个男人，他却玩世不恭、行事荒唐，既是家族和谐的破坏者，也是挥霍无度的败家子。

在他的小老婆的言传身教下，无论是曾外祖父好的一面还是他不好的一面，我都认为自己应该全盘接受并顶礼膜拜。在他的情人的循循善诱下，与其说我是从她的立场考虑才不得不认可了曾外祖父洁的一切行为，倒不如说我是怀着一种赞叹之意发自肺腑地对其予以肯定和认同。

当然，我只有在童年时期是由曾外祖父的小老婆抚养的。只不过，儿时她在我心中投下的曾外祖父洁的影子，在我上了中学之后，作为整个家谱中的种子选手又重新清晰地浮现了出来。

我认为，自家的家谱中若有什么值得夸耀的地方，那便只能是这位曾外祖父了。挥霍无度也好，罔顾伦常也罢，在我看来都和他身上其他的长处和闪光点一样，理所当然应该得到肯定和赞许。

这件事，使少年时代的我学会了自由选择自己的好恶和立场。虽然我上了高中之后曾有一段时间执着于禁欲式的生活，用各种清规戒律来强行约束自己。但总体来讲，从少年时代直到今天，我从未因为被道德的十字架所捆绑而感到痛苦。我年轻时，虽不曾像我身边的朋友那样过着纵情恣意、放荡不羁的生活，但那是因为我自己不愿意放纵自己，对旁人的这种行为我却是丝毫也不反感的。岂止是不反感，简直可以说是特别爱交这样的朋友。整个中学时代，我身边的朋友几乎都带点不良少年的习气。很明显，在择友这件事情上，家族中的佼佼者——我引以为傲的曾外祖父洁起到了一定的作用。

到目前为止，我写了自己和父母的关系，又写了抚养过自己的外祖母，以及大伯、岳父等几个对我的人生造成过不同程度的影响的人。然后，我又写了这个虽未曾谋面，但却给童年的我留下了深刻印象的曾外祖父。

对我思考问题、看待问题的方式产生过或多或少的影响的人，大致就是这些了。我所欣赏、喜爱和崇敬的人固然还有很多，但令我因之而发生改变的却没几个。

从中学时代一直到今天，曾有过这么几个人，在不同时期为我在文学世界打开了一扇扇新的窗口。但关于这几个人，我就不打算在这里多说了。一是在去年的《群像》①杂志上我曾发表过一篇专写这几个人的文章，实在没必要重复。再者，虽然他们在文学创作上给过我很大的刺激，但若要说到在我人格的形成上所起的作用，那又另当别论了。

但是，若一定还要再写一个人的话，那倒更应该讲讲下面这位少年——一个我在小学时代结识的，敢于同校园暴力正面较量的人。

我在老家的小学上到二三年级的时候，有一天放学后，在校园里遭到了高年级学生的欺负，当时我害怕得缩成了一团。这时，和我同样遭到欺负的一个同年级学生，突然举起一块比他的头还要大的石块，奋力朝那帮高年级的家伙扔了过去。

大石块落到了那帮大我们几岁的小混混们的脚边，被砸中的人立刻尖叫着逃走了，就连在一旁观战的人也大惊失

---

①《群像》：1946年创刊的文艺杂志。讲谈社发刊。坚持不偏向任何一党任何一派的编辑方针，以创作栏为中心启用了众多执笔者，因其纯文艺杂志的中坚作用而备受瞩目。刊登了以吉行淳之介、安冈章太郎等为代表的"第三新人"的大量作品，长篇连载小说佳作尤多。

色。这样的行为要说鲁莽也的确太鲁莽，但在我眼中，那位少年的身影却是如此高大挺秀。我为自己的怯懦和柔弱而倍感羞愧，简直觉得在他面前抬不起头来。我为什么就不能像他那样勇敢呢？

这位少年的侠义之举，想必一定给我留下了极深的印象，以至于我到现在仍历历在目。甚至可以说，那天的一幕几乎成了我整个少年乃至青年时代的精神支柱。我听说这位少年后来从工业学校毕了业，现在在东北还是北海道的矿区做了一名技师。我真想再见见这位儿时曾令我无颜以对的昔日好友。

融入大自然，自由而奔放的生活

我于明治四十五年（1912年）出生于北海道的旭川。旭川是我新官上任的父亲的第一个任地。我出生在五月，第二年春天就被母亲带回了位于伊豆半岛的老家的山村。因此，旭川虽然是我的出生地，却没有给我留下什么印象。前段时间去北海道旅行时，新闻记者要求我说几句地道的"道产子方言"，竟令我一时不知所措，虽然我的确是个如假包换的"道产子"。

然而，从少年时代直到今天，入学、入职，或是服兵役，每每遇到这种需要填写各种相关表格的情况，我都得在履历表第一栏的"出生地"这一栏上填上一长串字：北海道石狩国上川郡旭川町第二区大条大道十六番地二号。到目前为止这个地名我已经写过好多遍，上次去国外旅行办手续时又不得不整整写了两遍。

报刊等的调查表上的籍贯一栏，我通常会填"静冈县"。但是出生地又有所不同，要求准确填写自己出生的地方，这种情况我就填"北海道旭川"。而有的调查表又在出生地后面郑重其事地打了括号，补充说明指的是籍贯，这种时候我就还是填"静冈县"。

不管怎么说，我出生在旭川，但也仅仅只是出生在那里而已。那片土地，不曾给儿时的我留下任何零星的记忆。但是，北海道的五月，这个我从妈妈肚子里来到人间的时节，这个经过了漫长冬季迎来春暖花开的一年中最美的时节，我却时常听人提起。所以，自幼在我的印象中，我的出生地旭川就是一个晴朗宜人的地方。在积雪冰封的漫长寒冬，我住进了妈妈的肚子里。待到冬去春来万物复苏之时，我就从妈妈的肚子里蹦了出来。这，便是我人生的第一步。每每想到这里，我就感到心满意足。

自出生以来，我第一次踏上自己的出生地旭川这片土地，已经是战后了。在这之前的漫长岁月里，关于旭川这座位于北海道上川盆地的中央的城池，我兀自在心中描绘着一幅似乎与真实的北海道毫无关系的独特的画面。真正的北海道之春，若不曾用自己的眼睛、自己的肌肤切身感受过，自然是无从知晓的。然而，我却在对这片土地一无所知的情况下，在心中肆意想象着那里的五月。

冬天刚刚过去，空气依旧寒冷。可是，樱花、李花却已悄悄吐出花蕾。十字街头冒出一个个卖皮毛的小摊，和煦的阳光洒在大街小巷，街上的行人也渐渐多了起来。清新的空气里裹袭着淡淡清香，一个大腹便便的年轻母亲带着她的女佣匆匆走来。这幅画面，既有几分像北欧某个安静的小城，又与沙漠中美丽的小镇，比如撒马尔罕①那样的地方，有几分相似。这便是我想象中的，我出生的城市。

  从五岁到十三岁，我的少年时代大半是在故乡伊豆的小山村里度过的。我的家乡，是天城山北麓的汤之岛。一听说我的家乡在伊豆，别人大都会羡慕不已。那里多温泉，气候温暖，离东京不太远，却又恰到好处地保留着原有的田园风光，旖旎迷人。不过，除了这些之外，那片土地似乎也没有什么特别值得夸耀的地方。在那里，既没有上演过什么轰轰烈烈的历史事件，又不曾发现过什么值得一提的名胜古迹。战国时代，北条氏灭亡之际的韭山②还算是个举足轻重的地方。再后来就要等到维新前后，以建造反射炉而闻名的代官江川太郎左卫门③的事迹，或许也还值得一提。

---

  ①撒马尔罕：乌兹别克斯坦第二大城市，是中亚最古老的城市之一，丝绸之路上重要的枢纽城市。为古代帖木儿帝国的首都。

  ②韭山：日本静冈县东部，伊豆的国市北部的古城。15世纪末，北条早云平定伊豆国之后，曾在此建韭山城作为军事据点。

  ③江川太郎左卫门：(1801—1855)，江户时代末期幕臣，军事家。奉命负责伊豆沿岸海防之后，师从高岛秋帆学习炮术，成功锻造各种大小枪支。建造了品川炮台、韭山反射炉等，被称为一流的炮兵学家。在外交、战略战术方面也建树颇多。

唯有说到风景，自古以来"伊豆"这个名字就曾频繁地出现在各种诗词文章中。最早可追溯到《万叶集》中的"伊豆海上白浪翻，相继不绝勿使乱"①，之后便更是多不胜数了。其中最著名的便是实朝②的"翻越箱根路，行至伊豆海。遥遥水中岛，波涛滚滚来"。

这些诗歌中所提到的伊豆海，有东西两条海岸线，古来称为东浦和西浦，与其说是因为捕鱼业毋宁说是作为海盗的根据地而逐渐繁荣起来的。半岛中部是出了名的流放罪人、处决死囚的地方。位于天城山北麓的我们那个村，据说祖先就是一群被流放的犯人和逃亡者。所以，伊豆虽然自然环境优越，那里的人却天生一张苦瓜脸，与别处的人都不一样。当然，这其中或许也并没有任何因果关系。

我的小学时代就是在家乡伊豆的大山中度过的。现在，家乡的村村落落作为伊豆的温泉乡也算是小有名气了，可在我年少时，那里还不过是大山深处的穷乡僻壤。从村里出来，要在马车上颠簸两个多小时，先到轻便铁路线的终点站大仁村，再换乘轻便列车，又坐一个小时之后才能到达东海

---

① 《万叶集》第14卷第3360首和歌。
② 实朝：源实朝（1192—1219），日本镰仓幕府第三大征夷大将军。初代将军源赖朝和北条政子所生的次子。其妻为西八条禅尼。

道①线上的三岛町。

小时候，我很少有机会能坐马车。但一年中总还是有个两三回能坐上大马车去大仁村。大仁村通了火车，光凭这一点，就足以令我对这个小小山村肃然起敬。每当马车驶进大仁村，我就不由得紧张起来。这个村的小孩儿个个活泼伶俐，在路上碰见他们，我总有几分气短，连走路都不敢抬头。

去大仁尚且如此，到了三岛町，我就更不自在了。三岛町的亲戚家有个和我年龄相仿的少年。我在这位孩子面前那可真是彻头彻尾地抬不起头来。他嘴里说的每个字都带着城里人的味儿，听上去那么洋气，光是这一点就让我觉得自己矮了三分。在我们眼中，城里孩子全都高我们一等，与我们压根不是一个级别的。城里孩子都穿着精致的和服，脚上不是木屐就是厚底鞋。可我们乡下孩子，清一色都穿的都是素色条纹的和服，脚上趿拉着一双草鞋。

每年一到夏天，就会有城里的少男少女们三三两两地跟着父母到咱们乡下来。我们总会躲在某处，看他们从马车上下来。然后又偷偷地尾随着他们，一路跟他们到温泉旅馆。直到弄清他们住的是哪家旅馆、进的是哪个房间才肯罢休。

---

①东海道：日本江户时代的行政划分——五畿七道之一，位于本州近太平洋一侧的中部，是联接江户（东京）和京都的重要道路。

城里的少男少女们待在咱们村的这些时日，我们会一直暗中观察他们的一举一动，并为之而感到新奇和亢奋。凑在一块儿时谈论的争执的也全都是有关他们的事。

因为长在伊豆的山村，我自幼便对城市以及城里的男孩女孩有一种莫名的自卑感，这种心理也许是城里孩子完全无法想象的。而这种自卑感，多年以来仍一直以不同的形式影响着我这个人。我自幼不在父母身边，但要说因此而产生了诸如恋母情结之类的心理，在我自己看来，在我身上这一点倒表现得并不明显。

再有就是，因为生长在一个气候温暖、平凡无奇的地方，所谓的大自然带给我的冲击，恐惧也好憧憬也好陶醉也罢，似乎都并不那么强烈。既不常见辽阔无垠的大海，也没有什么气势磅礴的名山大川；既未经历过暴风雪的侵袭，也从未品尝过大雪封山、与世隔绝的滋味。

我在优越的自然环境中长大，身边也没有严厉的监护人，整个童年都是在一天天的尽情玩耍中稀里糊涂地过的。桑葚、樱桃、杜鹃花、尖头蓼、虎杖、茅花……只要是田间树林里能找到的，只要是吃了不会被毒死的，我全都塞进了自己的肚子。一年四季，除了去学校，其余的时间我不是在漫山遍野肆意地奔跑，就是在河边跳水嬉戏，几乎每天都要玩到天黑才算尽兴，简直是个地地道道的野孩子。

我就这样在伊豆度过了我的童年和少年时代。伊豆是我的原籍，也是我真正的故乡。可以说，我作为一个人的根基就是在这里形成的。直到今天我仍喜爱农村，时不时就会忍不住想去乡下静静地待上几天。不过，也正是因为我在乡下长大，对于农村生活的繁琐，对于乡下人的倔脾气和小心眼，我也是再了解不过的。

中学时代，我先后在静冈县的两个城市生活过。只在第一年，我和父母生活在一起，念的是浜松中学。从二年级开始，因为全家搬去了台湾，我便离开家人，转去了位于故乡伊豆半岛核心区域的沼津的中学。在那里上学期间，我有时借宿在寺院，有时住宿舍。

现在想来，沼津的生活，因为同样没有正经八百的监护人，我仍然过得随心所欲、无拘无束。那四年，我几乎从没把学习当回事，每一天都是和朋友们玩过去的。

与老家的山村不同，这里大小是个城市，离海又近。于是，和朋友一起去海滨的松林转悠几乎成了我每日的必修课。

一到夏天，就会有很多人从东京来这里避暑，小小的城市便会挤满来自大都会的人们。这下，我们又会对大都会来的学生产生一种莫名的自卑感，总会不断和他们发生摩擦，甚至争吵、斗殴。现在想来，我们真像是一帮黑社会的小混混。我们之所以没有变成真正的小混混，恐怕仅仅是因为我和我的哥们儿都胆小怕事，骨子里还带着几分文学青年的清高孤傲吧。

在沼津的日子里，我彻底把学业抛诸脑后，全身心地投入到每日尽情的玩乐中，是彻底放松、彻底自由的。无论好与坏，这便是我在那段时间最大的收获。无论是在精神上还是在肉体上，我都从未承受过哪怕一丁点儿痛苦。也不用依照当地习俗，在数九寒天或是炎炎夏日锻炼身体。每日去千本浜朝大海里扔石子儿、大声唱歌，心情不好时就可以不去上学。也不知道该叫懒散还是自由，总之，这段少年时光就这样无拘无束地过去了。

学校放假时，我便邀上三五好友，去老家或是西海岸的某个亲戚家叨扰几天。修学旅行之类的集体活动我一次也没参加过，校运动会我也从不参加，作为一名学生简直自由散漫到了极点。

初中四年级升五年级的那个暑假，我去了一趟台北，当时我的家人都住在那里，这也算是我那段少年时光里发生的最大的一件事了。那是我第一次见识到神户这样的大都会，也是我第一次乘大轮船横渡大洋。在台湾，我和家人一起生活了两三个星期。也是在那个时候，我第一次清楚地意识到自己所面临的升学问题。虽然在那之前也曾懵懂地觉得自己总归是要念高中的，但那却是我第一次看清自己眼前必须要努力跨越的屏障。

然而最终，直到初中毕业，我都没有为准备升学考试复习过哪怕一天功课。初中毕业后，我又去了台北的家，在那里无所事事地混了一年，这才老老实实地坐到书桌前开始学习。

后来，父亲从台北调回金泽，我也随家人一起去了金泽，并考上了那里的高中。家和学校两点一线的生活过了差不多一年，父亲又被调去了弘前，我只得再一次住进宿舍。

在四高的这段生活，令我初次体验了北国阴霾的天气、漫长的雪季，也初次体验了在这样的天气下沉思的感觉。高中时代，我加入了柔道部，过了几年刻苦训练、青春热血的社团生活。长久以来自由散漫的我也终于开始用某种外力来约束自己。这段在金泽度过的岁月使我学会了沉思，也使我体验了按部就班、井井有条的生活。在伊豆山村和沼津过了这么多年懒散的生活，我终于有了自我约束的能力。

现在回想起来，伊豆的山村固然是我的故乡，沼津也同样是我的故乡，甚至我在那里生活了三年的金泽，也可以说是我的故乡。因为这两个地方都在我人格形成的过程中起到了举足轻重的作用。尤其是在北陆的城下町①度过的那段多愁善感的青春岁月，无论从何种意义上来说，在我的人生中都是一段无可替代的经历。

若我一直没有离开出生地旭川就这样长大，又或者我并非出生在旭川而是生在北国长在北国，那么现在的我一定会是另一个人，或许骨子里就透着北国特有的阴冷气息。

然而，实际情况却并不是这样。我的童年和少年时期大半在气候温暖的伊豆山村和沼津度过，青年时期却有整整三年生活在气候环境迥然不同的北国。

我的体格、我的相貌都不是北国的气候环境所造就。但一颗敏感而鲜活的青春的心，尽管时间短暂，却在北陆特有的空气中捕捉和吸收了许许多多东西。我的性格与北国人既有相似又有不同，而感知事物的方式，总体来说还是更接近北方人。

---

①城下町：日本以城郭为中心，所成立的都市。中世时代，领主居所的周边所成立的聚落、町场(市集)，称为堀之内、根小屋、山下。近世之后，则普遍称之为城下。十六世纪，战国大名配合其领国的统一，伴随着兵农分离政策的推行，领主下面的直属武士团与商工业者被强制集中于城下，乃形成城下町，并逐渐发展成领国政治、经济、交通的中心。

用青春赌一把的热情

我的整个高中时代,都在金泽阴郁的天气中过着禁欲式的生活。因为加入了柔道部,我没有多余的时间像别的学生那样尽情享乐、挥霍青春。当时的金泽高中(四高)柔道部素以训练严苛著称,与冈山高中(六高)齐名。当时的高中校际联赛,第一场到第七场通常是四高获胜,而第八场到第十三场获胜者便换成了六高。我们念书那会儿,除了四高和六高,还有一个松山高中的实力也突然增强。这三所学校一时形成三足鼎立之势,个个对总冠军志在必得。

我们执着地以为,所谓的柔道,就是训练强度决定一切。我们坚信,哪怕多训练一小时,也就一定能多一分把握打到对手。现在想来,我们这些和体专的专业学生比起来毫无身体优势的普通高中生,要想在比赛中获胜,这是唯一可以想到的办法。不管它是不是真的,我们都必须相信。

此外,比起立技,我们更重视寝技。因为若用立技,成败就全凭体能说话,且天分也占了很大比重。我们这些进了高中才第一次穿上柔道服的家伙，要想战胜那些体格强健又有天分的专业选手，就只能避开立技，将训练的重心放在凭训练强度说话的寝技上。对日本柔道的寝技进行了深入透彻的研究，并将其发扬光大的，并非是什么专家，而是我们这些高中生。

我考入四高的那年夏天，在武德殿①举行的高中校际联赛上，我靠一招立技放倒了松江高中三位选手，之后便被学长严令禁止使用立技了。

——你不过是运气好，恰巧碰到了比你还要瘦弱无力的对手，所以才能把他们摔出去。若是碰上比你强壮的，那么，被摔出去的就该是你了！这种危险的比赛技巧趁早放弃，以后绝不能再用了。记住！每次都要压低重心，专攻对方下盘，靠寝技克敌制胜。寝技这种技巧，训练强度决定一切！

我那时对这番话也深以为然，此后便严格按照他说的来做。我们的训练时间比京都武专还要长，精心制定的时刻表比他们的还要严格。无论酷暑还是寒冬，无论清晨还是深夜，道馆都能见到我们刻苦训练的身影。就连暑假，也只有

---

①武德殿：武德殿本是隋唐太极宫宫殿名，日本人举办演武大会的场所也冠以此名。日本人为了宣扬武士道精神，并维持日本固有武技，因此在本国各地都建立了这样的武道馆。

几天假期可以回家一趟，剩下的时间便全用来训练。那时候，我们甚至常常互相激励：别想着我们是来学知识的，我们是来练柔道的。

现在想来，那时候的高中柔道还真是令人匪夷所思。通常情况下，大部分人高中一毕业便会放弃柔道。似乎学习柔道的唯一目的就仅仅是为了在高中校际联赛上取胜。

就这样，一年、两年，我们当真是夜以继日、不分昼夜地在练习柔道。到了第三年，我们又面临着一个新问题——不再有新生愿意加入柔道部了。我们甚至不得不暂停训练，全体出动去招新，却仍然没能招来新人。显然，新生们都不是来练柔道的，而是来学习的。

为了能为柔道部招来新成员，我们认为有必要缩短训练时间，并适当修改部里的规章制度。当然，这并不是什么大规模的改革。不过是考试前减少训练时间，或者缩短春假时的集训时间之类的修改方案。谁知，此事却惹怒了部里的前辈们，他们认为这破坏了四高柔道部的优良传统。事情一闹大，作为主谋的我首当其冲被退了部。到最后，甚至发展到所有三年级的柔道部成员都得跟着我一起退部的地步。而逼我们退部的，则是当时已经毕业进入社会的柔道部的前辈们。

我和这些前辈们至今仍常有来往，每每聊起这些往事，还会彼此感叹一番。可是当时，我和他们却彼此横眉竖眼，好似不共戴天的仇敌。这件事是四高柔道部的一件大事，最后还是以我们这帮人背着恶名，被迫退部而告终。

不过，也多亏了这件事，高中生活的最后半年，我终于不用再穿那套散发着浓浓汗臭味的柔道服了。仿佛被开除了军籍的士兵，我们整日浑浑噩噩地度过了毕业前的最后几个月。退了部的一帮人每日凑在一块儿，在镇上、郊外闲逛。我们从没有坐在书桌前学习的习惯，不去道馆训练的时候，就只能四处走走。我们仿佛在遥远的孤岛上得知战败消息的士兵，失去了生存的意义，痴痴傻傻、呆若木鸡，毫无目的地消磨着时间和体力。因为除了沉思之外无事可做，所以只能选择沉思。就是从这个时候开始，放弃柔道的我爱上了作诗。毕业前的每一天，我都会在笔记本上写下一些看起来像诗的文字。

那几年四高柔道部的生活，或好或坏，都对我这个人产生了深远的影响。那时我烟酒不沾，只因抽烟喝酒都对训练无益。长久以来我极度压抑着自己的欲望，而之所以能做到这一点，也是因为每日高强度的柔道训练早已把我累得半死，哪里还有力气想别的？

除了宿舍的大妈，我们不认识任何异性。看着别的学生和异性朋友肩并肩走在街头，我们也并不觉得有多羡慕，仿佛那是另一个世界的人，另一个世界发生的事，自己只是冷眼看着。我跟他们可不一样，我现在活着，就是为了在道馆刻苦训练——这便是我们当时的想法。

能让二十一二岁的年轻小伙子产生这样的想法，柔道部的生活还真是不简单。我在训练中曾被打断了两根肋骨，又因内出血损伤了耳膜，最后是被人用门板当担架抬回家的。可是对于这种事，我却不以为意。我们把自己的青春岁月消耗在了与别的学生截然不同的事情上。若要论及校园体育社团的存在形式、体育活动的开展方式之类的问题，那么我在四高柔道部的经历，或许可以作为一个反面教材，有诸多方面值得批判。但在我看来，也不可全盘否定。我们练习柔道，并不是为了在技术上有多精进，也不是为了成为顶尖的选手。那完全是我们自己强加给自己的一种度过青春的特殊方式，也是高度自律的一个时期。后来所经历的部队生活当然更为残酷，但却与之有本质的不同。后者完全是迫于强权，而前者则是自己对自己的要求。从这一点来看，我们所进的柔道部就好比是一座修道院。

四高毕业之后，我考进九大的法学部做了两年学生，不过这两年我几乎都待在东京。我借住在驹込一家盆栽植物店的二楼，平日里去驹込中学打打网球，随便读几本喜欢的书，或是写写诗，悠悠闲闲地过了两年。我和高中时代相比发生了180度的大转变，又重新过上了无拘无束、自由自在的生活。那个年代，就算大学毕业也多半找不到工作，所以根本不用考虑就业问题。在大学里完全无需为自己的前程忧心，可以随心所欲地想干吗就干吗，这样的人远不止我一个，而是当时大学生的普遍想法。那真是一个精神上无比奢侈的年代。我甚至打算毕业的前一年再回福冈写论文。对于我如此放纵的生活，父母却从未指责过一句。对他们，我只能心怀感激。

后来，我又进了京大。原本我的志愿就是京都大学哲学系，只是因为高中读的是理科，除非招生人数不足并无入学资格，所以我才勉为其难选择了九大的法学部。可是，大学念到第三年，我突然获知当年的京都大学哲学系报考人数不足，就算是学理科出身的学生只需写一份申请书也同样能报考，于是便萌生了转学去京大的念头。也因为这个原因，我的大学生活又延长了三年。

在京都的生活，仍然与高中时代截然不同。我极少去学校，成日只和三五好友尽情玩乐，足足虚耗了三年甚至四年。虽读了大量的书籍，却种类庞杂、毫无章法，除此之外便只剩一个"懒"字。在此期间，我娶了妻，成了家，还有了一个女儿。毕业之后，我进了每日新闻报社，直到昭和二十三年（1948年）底都一直生活在大阪。

幼年时，我在家乡伊豆生活了七八年，后来又在沼津念了四年初中，金泽念了三年高中，再后来又先后在东京和京都度过六年大学生活，最后去大阪当了十二年新闻记者。这其中，伊豆、沼津和金泽这三个地方于我有着不同寻常的特殊意义，是别的地方所无法比拟的。若是把这三个之中的任意一个换成别的什么地方，就绝不会有今天的我。从这个意义上说，伊豆、沼津和金泽，都是我的故乡。

我在京都、大阪生活的时间也不算短，但对这两个地方却始终熟悉不起来，也没有因为在那里生活过而发生什么改变。京都腔、大阪腔，我都一点也没染上，所谓的关西方言我一句也不会说。其实也并不是我故意不学，可不知为何，在关西待了这么些年，竟从未从我嘴里听到过一句关西话。

沉默中孕育的热情

我在学生时代也曾设想过自己将来会选择的职业，什么都好，唯独新闻记者我自认为是难以胜任的。我认识的人里也没有在报社工作的，对于报社是个怎样的地方，新闻记者过的是怎样的生活，我实在一无所知。在我的印象里，所谓新闻记者，不过是哪里发生了大事件就往哪里跑，然后不阴不阳地写篇报道就行了。这样的工作，我生来就注定不适合。

事实上，即便是现在回想起来，我也丝毫不觉得自己已经适应了新闻记者的生活。在报社干了近十五年，作为一名新闻记者我却没干过一件像样的工作。我终日待在学术文艺部的一角，只知道本本分分、按部就班地完成别人交给我的任务。

我既没想过发什么独家报道，也没打算干出什么引人瞩目的业绩。战争期间我也没报名去当随军记者，报社方面其实也没打算送我去大陆。当然，关于随军的事，上头还是象征性地找我谈过一次话。想到自己难以胜任，我便果断拒绝了。就这样，我参加了好多次同事的壮行会，嘴上说着羡慕他们的话。其实心里哪里有半点羡慕之意？甚至还觉得有些对不住他们呢。

尽管如此，做新闻记者的经历，还是在很大程度上改变了我。首先，我原本性格内向，若不是特别亲近的人，我绝对无法与对方说说笑笑。这个性格进了职场之后得到了一定程度的改善。这个毛病现在偶尔还会犯一犯，在进报社之前更是严重到几近病态的程度。结婚之后，我有时会去妻子的娘家，和自己不太熟的人一起吃个饭，那简直是一场悲剧。我既不会说漂亮话，附和、应答也极不自然。因为我自幼便离开家人，一直过着独来独往、我行我素的生活，应酬交际压根与我无缘。

这样的我，在当了新闻记者之后，无可避免地，每日要和许多陌生人打交道，和其他部门的同事也肯定会有工作上的往来。我始终认为自己是个不太容易让人产生好感的人，所以每当有求于人时，往往在开口之前我就已经预测到了自己的失败。

直到二战结束，这样的性格才终于有所改变。我能与其他部门的同事从容交谈了，也能把报社完完全全地视为自己的工作范围，在社内心安理得地走动了。也就是说，我是个自卑怯懦到几乎病态的人，要改变这一点，竟用了近十年的时间。不过，出人意料的是，在报社这样的单位，像我这样的人其实还不少。我说这样的人不少，意思是这种人需要一个小小的空间，让一时半会儿改不了自己性格的他们能够苟延残喘，而这样的空间，报社或许会比其他的单位稍微更多一点。像报社这种单位，通常有两种人共生共存：一种是野心勃勃的实力派，一种是毫无上进心，用麻将术语来说就是所谓的"不跟了"的，混日子的人。从我进报社的那天起，不管我愿不愿意，我都已经注定"不跟了"。

其次，新闻记者工作还让我有了另一项收获，那便是养成了写文章时喜欢查资料的习惯。我一直在学术文艺部任职，只有极少数的情况下，会接手一点严格按照时间表办事的社会部的工作。所以大多数时候我都有充足的时间从容地查阅资料，撰写新闻报道。一开始我负责宗教栏目，后来又负责美术版，再后来，但凡是和学术文艺相关的，无论哪个领域的报道都难不倒我了。我每日在资料库进进出出，借阅的书籍之类也不少。

我进社时，学艺部的部长正是井上吉次郎[①]先生。现在

[①]井上吉次郎：日本明治、大正、昭和时代的哲学家。少年时代就学于汉学塾，后精通汉学。试图用西洋哲学的方法论解释以儒学为中心的东洋哲学。在思想界、教育界有较大影响。

想来，这于我是多么的幸运。先生博学多识，我等大学刚毕业的新人简直无法望其项背。副部长则是创元社出版的《茶道全集》的编撰者，在茶道和古典美学上都造诣颇深的高原庆三①先生。另外还有一位副部长，是前两年自杀的渡边均先生。关于渡边均先生这个人，我在《楼门》这部小说里有非常详细的介绍。

有这样一群人做自己的顶头上司，自然不敢随随便便写几篇报道来糊弄。这对于我来说无疑是一件好事。此外，保举我进每日新闻报社的正是当时的京都分局局长岩井武俊先生。他同时也是《京郊居民家谱》的作者，与其说是记者更像是一名学者。有这么几个人在身边，我在工作中总感到无形的压力，甚至背上了思想包袱。

进报社不过一年，部长井上吉次郎先生就让我负责宗教栏目，命我写一些介绍和讲解宗教经典的文章。此话一出，于我简直是晴天霹雳。当时的我，对井上吉次郎先生简直恨得咬牙切齿。可是事实上，原本对宗教漠不关心、一无所知的我，能有机会翻阅和品读宗教方面的书籍，这都要感谢先生的安排。那时，我每周都要读一篇经文，再对照着读一篇与之相关的解说类文章，再把它们写进宗教版。从《般若心

---

①高原庆三：茶道师、俳人。

经》到《华严经》,再到《碧岩录》①《瑞岩录》、"净土三经②",甚至还囫囵吞枣地读了些《叹异抄》③《教行信证》④之类。宗教经典有的像草台戏,有的像传说怪谈,有的又像散文随笔,这一点我也是那时才知道的。

一周只出一次的宗教版,虽然只是在完成学术版、文艺版等其他栏目之余的附加工作,为了写好它,我却已殚精竭虑。宗教版写了一年左右,我又兼任了美术记者,这同样也是井上吉次郎先生的意思。

"写写美术评论吧。既然是评论,最好还是署个名吧。"

先生似乎不经意的一句话,在我听来同样有如晴天霹雳。我大学所学专业虽是美学,却一直觉得美术评论这玩意儿纯属胡说八道。

我真的开始写美术评论,已是两年之后的事了。石川欣一⑤先生,就是去年去世的那位石川先生,已经接替井上吉

---

①《碧岩录》:《碧岩录》全称《佛果圆悟禅师碧岩录》,亦称《碧岩集》,是宋代著名禅僧圆悟克勤大师所著,共十卷。向来被认为是禅文学的典范之作。

②净土三经:《佛说无量寿经》《佛说观无量寿佛经》《佛说阿弥陀经》,是有关阿弥陀佛及其极乐净土的三部佛经,为汉传净土宗的根本经典。

③《叹异抄》:日本镰仓时代法语集。作者一般认为是亲鸾的弟子唯圆。亲鸾逝后成书。

④《教行信证》:亲鸾所著,由"教""行""信""证""真佛土""化真土"共6卷组成。全称《显净土真实教行信证文类》。成书年代不详。

⑤石川欣一:(1895—1959),日本新闻工作者、散文家、翻译家。

次郎先生做了新一任的部长。在那之前，为了避免自己动笔写美术评论，我尝试了各种办法，要么请画家自己来介绍一下他的作品，要么将几位评论家的不同观点同时刊登出来。后来，我特意托石川欣一和下田将美两位先生帮忙，给了我一个进京大大学院继续深造的机会。这段读研的日子，我不过只去图书馆借了几本书，纯粹只是浪费生活费。但在植田寿藏博士的建议下，我竟产生了翻译德沃夏克①（Doborshack）、李格尔②（Riegl）等人的著作的想法。只有在这段时间，我几乎每晚都在孜孜不倦地翻查着词典。一边又在写着美术评论，署上自己的名字发表在报纸上。俨然真的要当一名美术评论家了。

最终，宗教也好美术也罢，我都只学了个半吊子，便没有再继续接手这两项工作了。但是，如果当初井上吉次郎先生没有当部长，那么无论对宗教还是对美术，恐怕直到现在我仍是一窍不通。就像我从未接触过音乐所以现在对音乐永远一问三不知一样，若没有半点宗教或美术的相关知识，我

---

①德沃夏克：(1874—1921)，奥地利艺术史学者。著有《哥特式雕刻与绘画中的理想主义与自然主义》《作为精神史的美术史》《意大利文艺复兴美术史》等等。

②李格尔：(1858—1905)，奥地利艺术史学家。维也纳学派代表人物。致力于艺术科学的理论探索，著有《风格问题》《罗马晚期的工艺美术》《荷兰团体肖像画》。

也不能够在这些方面提取创作小说的素材。

古典美学方面,给我启蒙的也是井上吉次郎先生。春秋两季的周日,我曾多次和先生结伴去奈良。在奈良的山野间寻找和品鉴石佛的时候,我一度真的非常怨恨先生。

——您当真觉得它们美吗?

我终于忍不住说了心里话。

——谁说它们美了?只是没准儿过不了多久就会被毁掉,所以赶紧来看上几眼。

先生这样回答。奇怪的是,他的这番话我竟然现在还记得。后来,也多亏先生和岩井武俊先生引荐,我又有得到了河井宽次郎①先生的垂青。在河井宽次郎先生的启发下,我打破了对所谓杰作、名作的固有观念,在先生的引导下领悟了什么才是真正有格调的作品。

还有一件事我必须要感谢井上吉次郎先生。他曾着了魔一般无数次带我去法隆寺,终于令我也由衷地爱上了它。我们去法隆寺,也只去五重塔和金堂。其他的建筑都是后来重建的,只有这两个建筑,当时仍保留了原来的风貌。法隆寺的全部魅力,它的古色古香、美轮美奂,都体现在这两个建筑上。要问我为什么对法隆寺如此着迷,其实我也说不清。

---

①河井宽次郎:(1890—1966),日本明治到昭和时代最重要的陶瓷民间艺术家之一。

它的魅力，去过多次的人必然无法抗拒。啊，又来到法隆寺了——那一刻那一种不可言喻的感怀，而今在我心灵深处，又一次被对往事的回忆所唤醒。

感谢井上吉次郎先生，让我有机会涉足宗教和美术方面的工作，无论我喜欢与否。但这却并不属于新闻记者的本职工作。在埋首于本职之外的工作的同时，我在报社也彻底被边缘化了。我完全按照自己的方式和节奏去工作，连自己都觉得自己太过特立独行。每天，不到下午我是不会出现在报社的，即便是下午到社的时间也越来越晚，两点、三点，有时候甚至是四点。当然，压根不上班的时候也不少，却从未有人因此责备过我。

对于报社的薪酬，我从未有过半点不满。若按我的工作时间来算，这报酬已经算是相当可观了，没什么理由抱怨。所幸，随着战事吃紧，渐渐地，除我之外的其他社员也不能按时出勤了，我自然就显得没那么特别了。可是战争一结束，我又成了那唯一的一个异类。

战后，我开始回顾和审视自己——这个长久以来一直沉湎于"不跟了"的状态的新闻记者。我突然意识到，是时候做出抉择了：要继续做新闻记者，那就正正经经地好好做；如若不然，就该另谋出路。

我突然产生了很强的自我表现欲。像我这样长期躲在报社的角落里生存的人,迟早会有这么一次头脑发热似的改变。这也许是在新闻机构中长期压抑着不表达自己的小角色们对自我的一种反抗吧。战后,我开始写起了诗和小说,尽管我既不想做诗人也不想当作家,这不过是我的一种自我表现的方式而已。

用心凝视自己

写了这么多，无非是想告诉大家，某些人、某些地方对于我这个人的人格的形成起到过多么巨大的作用。如果不涉及前面我所写过的那几个人，如果不考虑我所居住过的那几个地方，要想讲清楚我是怎样一个人几乎是不可能的。除了我前面用专门的篇幅写过的几个人以外，还有几个中学和大学时代的朋友曾为我打开了文学世界的大门。若没有这几个朋友，我也许不会对文学产生兴趣，更不会成为一名作家。

从这个层面上来说，这几个朋友对我有着非常重要的意义。但更准确地说，在我这个人的人格的形成上起到了更本质的作用的，与其说是这几个朋友，不如说是通过他们我所接触和了解到的几本书。当然，我不能忽略这些朋友的作用，因为正是他们带我走进了书中的世界。但是，真正在我这个人的内在引起某种变化的，真正在我的精神上留下某种永不磨灭的印记的，却是这些朋友所介绍的，我在青春年少时所邂逅的这几本书。

现在我身在罗马，手上既没有这几本书，也没有相关的参考文献。所以关于这些书，我在此并不能做多么详尽的介绍。那么，我就仅凭自己的记忆大致说说其中的几本吧。

我所读的第一本真正意义上的，并带给我极大震撼的小说，是查理斯·路易斯·菲利普的《蒙帕纳斯的布布》。还记得那是初中四年级的暑假，我和几个朋友一起去西海岸的朋友的亲戚家玩，其中一人就带着这本小说。

读了这本小说，我第一次想要探究自己正在经历的青春的意义，第一次想要追问何为人生。海面不断吹来潮湿的风，我趴在地板上，一边吃着西瓜或是啃着玉米棒子，一边读着这本小说。常常读着读着便放下书，随手把它倒扣着搁在地板上，就去屋前不远处的入海口游泳了。

读了这本小说，我才开始思考年轻对自己来说究竟意味着什么。洒遍周身的灿烂阳光、眼前碧波万顷的无垠大海，都被我视作了青春的一部分。我突然感到自己的人生充满了鲜活的力量，充满了无数的可能性。也许，它蕴藏了无尽的欢谑和享乐；也许，它是由无穷个戏剧性的片段所组成。

那时候，我们那帮人俨然个个是文学青年的好苗子。什么仓田百三的《出家与弟子》，什么托尔斯泰，什么武者小路实笃，都读了个遍。在那个"人道主义"一词特别流行的时代，我们这些不谙世事的中学生究竟是如何理解这些作品的呢？这一点我也不得而知。不过，大家似乎都各有各的感动，各有各的激奋。唯有《蒙帕纳斯的布布》这本小说，与方才说的这些作品都不一样。它出乎意料地在我眼前展开了一幅异常真实而生动的人生画卷。

然而，从那以后，直到今天我都没有再打开过这部小说。那是一部怎样的作品，现在的我已经回忆不起来了。就算现在再看，恐怕也不会再有当年的感触了，说不定压根找不到可以打动我的地方。但是，它对我来说，仍然是一部意义非凡的作品。多年后读司汤达或福楼拜，也曾给过我前所未有的强烈震撼。但这两种感动是完全不同的。《红与黑》或《包法利夫人》之类的作品，告诉了我什么才是真正的文学作品。也让我懂得了什么是人性，什么是生存，什么是人与人之间的感情，但我自身却没有因此发生多大改变。同时，我的文学鉴赏能力，对人性和人生的感悟力也得到了拓展，但我自己的人生态度同样也没有因此而发生丝毫变化。菲利普的小说却不一样，是它告诉我，一个少年，只要他愿意，他就可以感受到他想要的人生。而我，就成为了那样的少年。

高中时，我读了室生犀星①的作品，懂得了什么是诗。

---

①室生犀星：(1889—1962)，日本诗人、小说家。本名室生照道，别号"鱼眠洞"。

到了大学时代，我又对萩原朔太郎的诗无比痴迷。诗中的每一个字每一个词都令我耳目一新。后来，我也想模仿朔太郎的风格试着自己作几首，于是买来了人生中的第一张稿纸。不知为何，高村光太郎①的诗我始终无法产生共鸣，却对朔太郎的诗爱不释手。在我看来，他的每一首作品都恰如其分地诠释了什么是"诗的魅力"。《乡土望景诗》《冰岛》《虚妄的正义》……这些诗集和散文集曾令我如痴如醉许多年。然而，奇怪的是，现在我要举出一篇特别喜欢的，或是要我说出哪篇作品最好、好在哪里，我却答不上来，尽管我曾那样痴狂地喜爱过它们。

朔太郎的诗究竟给过我怎样的影响？似乎我也并没有从中学到什么。只是每次读到它们，总有一股无比强大的力量剧烈地撼动着我的心。比如"断绝思维"，又比如"既非仇敌，亦非讨债鬼/看啊，我是你的妻/至死也不分离"……这些文字是何等的出神入化、铿锵有力？它们所激起的心弦的强烈共振，至今仍时时回响在我耳边。

但是在现实中，无论是之前还是之后，我的精神世界却从未像朔太郎的诗中所描写的那样经历过巨大的动荡。不过，诗的魅力也许就在于此。朔太郎的诗作为青春的诗章，

---

①高村光太郎：(1883—1956)，日本诗人、雕刻家，日本近代美术开拓者之一。

就是这样吸引和俘获了当时的年轻人的心。若要剖开朔太郎的精神世界,探究他的绝望的本质,其实无非是感伤之类观念性思维的外化。但在其深处,的确有青黑色的生命力在流淌。

也许连我自己都没意识到,朔太郎的诗还是以某种形式给我造成了影响。在朔太郎之前或之后,我还爱读佐藤春夫①、室生犀星等人的作品,但也仅仅是爱读,与对朔太郎的喜欢有着本质的不同。那是一种带着理性分析和辩证思维的喜欢,换言之就是更加高级的喜欢。后来读伊藤静雄②的诗,也曾让我找到了几分当年读朔太郎时的感觉。但接触到伊藤静雄的作品时,我已经人到中年,就算再怎么痴迷,也不可能像当年那般神魂颠倒了。

这段痴迷于朔太郎诗作的经历,对我来说究竟是好事还是坏事,我至今无从判断。但是,他所赠予我的"潘多拉宝盒",至今仍系着美丽的丝带,完好地保存在我的心灵深处。那里面装满了反抗、猜忌、嫉妒等等无数的宝石的碎片。

大学时代,我读了冈仓天心③的《茶之书》,这对我来说也绝对不是一本可以一笔带过的书。其中对茶道的讲解和

---

①佐藤春夫:(1892—1964),日本小说家、诗人。
②伊藤静雄:(1906—1953),日本诗人。
③冈仓天心:(1863—1913),日本明治时期著名的美术家、美术评论家、美术教育家、思想家。是日本近代文明启蒙期最重要的人物之一。

剖析可谓全面而精准，直到现在我还常常向初学茶道的人推荐这本书。不过，若要进一步品味个中深意，则另有玄妙之处。

不仅如此，通过这本书，我还了解了茶道、禅宗、绘画等传统文化各个领域的相关知识和品鉴技巧，学到了很多之前不知道的东西。这对我来说至关重要。当然，这部《茶之书》带有很强的天心的个人色彩，不无观点独断、逻辑跳跃之处，但书中却蕴藏着欣赏和理解日本文化艺术所必不可缺的东西。

虽不是书籍，却也和冈仓天心的《茶之书》一样，对我的"日本理解"（多么怪异的一个词）产生了巨大影响的，是法隆寺的金堂和里面的壁画。

而今，两者都已毁于战火，金堂虽然得以复原和重建，但原本那种古色古香的美，那些精妙绝伦的壁画却再也不复当年，三十多岁时的我所感受到的那种无与伦比的吸引力也已经荡然无存。那时我还是个新闻记者，因为工作关系，一年要去好几次法隆寺。但就算不是为了工作，我也经常会去。走进法隆寺，踩在寺内洁白如雪的土地上，总会抑制不住内心的激动，发自肺腑地感慨：啊，又来到法隆寺了……

这次来欧洲旅行，我去了罗马、佛罗伦萨、雅典，看了无数的古建筑、古代绘画和雕塑。但若要说日本有什么与之截然不同，却绝不比之逊色，甚至可以说美过千倍万倍的作品，我现在可以更加肯定地说，那便只能是法隆寺了。在阿西尼、在佛罗伦萨，我见识了许多世界闻名的教堂和壁画，却每每想到的是法隆寺金堂的壁画，总忍不住感慨金堂壁画的美是多么的不可动摇。

总之，无论从何种意义上来说，把我塑造成真正的日本人，并让我对其有清醒的自觉，同时赋予我自信和力量的，正是法隆寺金堂及其壁画的美。

译后记

作为一个以日本文学为研究方向的人，日本近现代的纯文学作品我自是读过不少。但翻译纯文学作品，且是井上靖这样的大家之作，于我却是第一次。接手这项工作时，我内心既忐忑不安又跃跃欲试。

不同于井上靖最为著称于世的历史题材小说，我翻译的这本书相当于是他的自传或回忆录。全书由《幼年时光》《青春放浪》和《我的自我形成史》三个作品组成，分别记述了作者的幼年生活、青年求学及工作经历，以及回顾了自己的人生中与父母的关系、生活过的地方、结识的几个重要的人、看过的几部重要的文学艺术作品等对自己人格的形成所产生的影响。虽然出自同一作者之手，记述的也是同一个人的人生，重复出现的情节和人物也不少，但三部作品在文风上却有微妙的差异。《幼年时光》充满了童真童趣和孩子天马行空的想象力，同时又处处流露出孩子特有的异于成年人的纤细和敏感；以一个孩子的视角为读者展现了一幅真实而生动的伊豆乡村自然风光和生活图景，同时又穿插着来自成人视角的审视和思索。《青春放浪》则带着几分落拓不羁的诙谐，几分玩世不恭的戏谑。相较之下，《我的自我形成史》则最为客观和理性，有着对人生深刻的思考和发人深省、意味隽永的哲理。

翻译时，我在译文的文风上也采取了不同的处理。比如在翻译《幼年时光》时，我尽量使用短句，巧妙运用生活化的语言和儿童用语，并查阅了包括方言词典在内的大量的工具书，以期能更加精准而形象地译出文中所描写的伊豆乡村的风土人情。在这个部分的翻译上，以前翻译儿童文学作品时所积累的经验和语感给了我很大帮助。而《青春放浪》的翻译，我则尽量采用白描的手法，避免过多地使用华丽的辞藻和四字成语，并在原文所运用的暗喻、隐喻等修辞手法的翻译上下了一番工夫，力求能再现那种看似漫不经心的幽默感。

文学作品尤其是纯文学作品，似乎总有言外之意、弦外之音，每句话似乎在字面之下都还蕴含着多重的深层的意义。如何在准确翻译字面意思的同时又能适度而准确地传达其深层含义呢？在翻译这本书时，尤其在翻译《幼年时光》的最后部分和《我的自我形成史》的开头部分，记述和解析"我"和父母的关系的相关内容时，这个问题曾深深困扰了我。为了能更加深刻而准确地理解井上靖对其父母的特殊感情并由此延伸出的对世间亲子关系的普遍性的反思和领悟，我参考了《井上靖研究》[1]等针对作家作品的研究类书籍。只有在充分理解和把握原文的深意和内涵的基础上，才能在译文中准确地传达它，同时又不会显得过于直白，能留给译文读者同等的玩味和思索的空间。

作为纯文学作品翻译的新手，我深知在措辞的精准、文风的协调统一、文本深意的理解和传达等很多方面我的译文还存在一些问题，有待在今后的翻译实践中不断改进和提高。感谢编辑对我的信任，以及在翻译过程中不断的肯定、鼓励和帮助。希望拙译能将存在于这部作品中的"《白婆婆》《夏草冬涛》《北海》等自传体小说名作群的美丽真相"[2]为读者展现一二。

蔡春晓

2019年4月12日于广岛

---

[1] 长谷川泉编，南窗社，1974年。
[2] 摘自日本新潮社出版此书时的简介。

附录　井上靖年谱

1907年（明治四十年）
5月6日，出生于北海道上川郡旭川町，父亲井上隼雄，母亲八重，井上靖为二人的长子。
祖父井上洁。井上家是伊豆汤岛的医生世家。母亲八重是家中的长女。父亲隼雄为井上家赘婿。

1908年（明治四十一年）　1岁
父亲井上隼雄出征前往韩国，井上靖同母亲搬至伊豆汤岛。

1909年（明治四十二年）　2岁
因父亲调动工作，迁居至静冈市。

1910年（明治四十三年）　3岁
9月，妹妹出生，和母亲一起搬至汤岛。

1912年(明治四十五年) 5岁
父母离开汤岛,将井上靖交由其户籍上的祖母加乃抚养。加乃是已故的祖父井上洁的小妾,此时已入籍井上家,在法律上是井上靖的祖母,平时独居于仓库中。井上靖与加乃的感情十分深厚。

1914年(大正三年) 7岁
4月,入读汤岛寻常高等小学。

1915年(大正四年) 8岁
9月,曾祖母阿弘去世。

1920年(大正九年) 13岁
1月,祖母加乃去世。2月,来到父亲的任地浜松,和父母一起生活。转学至浜松寻常高等小学。4月,入读浜松师范附属小学高等科。

1921年(大正十年) 14岁
4月,以第一名的成绩考入静冈县立浜松中学,担任班长。同年,父亲前往中国东北工作。

1922年(大正十一年) 15岁
3月,因为父亲被内定为台湾卫戍医院院长,因此寄居于三岛町的姨妈家中。4月,转学至静冈县立沼津中学。

1924年(大正十三年) 17岁
4月,因家人全都去了台湾的父亲身边,所以被托付给三岛的亲戚照顾。夏天,旅行去台北看望父母亲。此时,受老师和友人的影响,开始对诗歌、小说等产生兴趣。

1925年(大正十四年) 18岁
学校发生了学生闹事事件,被认为是带头闹事者之一,被强制搬入了附近的农家,处于老师的监视之下。

1926年(大正十五年·昭和元年) 19岁
2月,在沼津中学《学友会会报》上发表短歌《湿衣》九首。3月,从沼津中学毕业。前往台北的家人身边,但因父亲调任,又搬家至金泽,为高中入学考试做准备。

1927年(昭和二年) 20岁
4月,入读金泽第四高中理科甲类。加入柔道部。同年,征兵检查甲种合格。

1928年(昭和三年) 21岁
5月,应召加入静冈第三四联队,但因为在柔道活动中肋骨骨折,退伍回家。7月,参加在京都举行的柔道高中校际比赛,进入半决赛。8月,拜访住在京都的远亲足立文太郎,初见其长女足立文。从这一时期开始创作诗歌。

1929年(昭和四年) 22岁
2月,在诗歌杂志《日本海诗人》上发表《冬天来临之日》。此后,到1930年年底为止,一直在该杂志上发表诗歌。4月,担任柔道部的队长,但不久便退出了柔道部。5月,加入由福田正夫主办的诗歌杂志《焰》,到1933年5月左右为止,一直在该杂志上发表诗歌。同时还活跃于《高冈新报》、《宣言》(内野健儿主办的无产阶级诗歌杂志)、《北冠》等刊物上。

1930年（昭和五年） 23岁
3月,从四高毕业。4月,入读九州帝国大学法文学部英文科,搬至福冈,但是不久就对大学生活失去了兴趣,前往东京,醉心于文学。从9月开始,放弃使用笔名井上泰,改为自己的本名。10月,从九州帝国大学退学。12月,在弘前,与白户郁之助等人一起创刊同人杂志《文学abc》。

1931年（昭和六年） 24岁
3月,父亲在军医监(少将)的职位上退休,在金泽住了一段时间之后,退隐于伊豆汤岛。

1932年（昭和七年） 25岁
1月,杂志《新青年》上征集平林初之辅的未完遗作——侦探小说《谜一般的女人》的续集,以冬木荒之介的笔名参加征集并入选。此后,不断参加《侦探趣味》《SUNDAY每日》等主办的有奖小说征集活动并入选。2月,应召入伍,半个月后退伍。4月,入读京都帝国大学文学部哲学科,但是基本不去听课。从同年夏天开始,诗风发生改变,从分行诗转向散文诗。

1933年（昭和八年） 26岁
9月,以泽木信乃为笔名,小说《三原山晴夫》参加《SUNDAY每日》的"大众文艺"征集活动,被选为优秀作品。11月,《三原山晴夫》被大阪的剧团"享乐列车"改编成剧目并上演。

1934年（昭和九年） 27岁
3月，以泽木信乃为笔名，参与《SUNDAY每日》的"大众文艺"征集活动，小说《初恋物语》当选。4月，以大学在读的身份加入新成立的电影社脚本部，往返于京都和东京之间。

1935年（昭和十年） 28岁
6月，在《新剧坛》创刊号上发表首部戏曲创作《明治之月》。8月，与友人创刊诗歌杂志《圣餐》。10月，以本名参加《SUNDAY每日》的"大众文艺"征集活动，侦探小说《红庄的恶魔们》当选。《明治之月》在新桥舞剧场上演。11月，与足立文结婚。

1936年（昭和十一年） 29岁
3月，从京都帝国大学哲学科毕业。7月，参加《SUNDAY每日》的"长篇大众文艺"征集活动，《流转》当选为历史小说第一名，并获第一届千叶龟雄奖。以此获奖为契机，8月就职于每日新闻大阪总部。在《SUNDAY每日》编辑部工作。10月，长女几世出生。

1937年（昭和十二年） 30岁
6月，成为学艺部直属职员。9月，应召为中日战争候补人员。《流转》被松竹公司拍成电影。被编入名古屋第三师团派往中国北部，11月，患上脚气病，被送进野战预备医院。

1938年（昭和十三年） 31岁
3月，因病提前退伍。4月，回到每日新闻大阪总部学艺部工作。负责宗教栏目。10月，次女加代出生，但不久就夭折了。

1939年（昭和十四年） 32岁
除宗教栏目外，开始同时负责美术栏目。专注于对佛典、佛教美术等相关内容的取材。

1940年（昭和十五年） 33岁
与安西东卫、竹中郁、小野十三郎、伊东静雄、杉山平一等诗人交往。9月，因职务调整，转至文化部工作。12月，长子修一出生。

1942年（昭和十七年） 35岁
在出版社工作的同时，还在京都帝国大学研究生院进行研究活动。

1943年（昭和十八年） 36岁
1月，《大阪每日新闻》与《东京日日新闻》合并，成立《每日新闻》。4月，与浦上五六合著的《现代先觉者传》发行，所用笔名为浦井靖六。10月，次子卓也出生。

1945年（昭和二十年） 38岁
1月，成为每日新闻社参事。因为学艺栏被裁掉，4月，调动到社会部工作。岳父足立文太郎去世。5月，三女佳子出生。6月，家人被疏散到鸟取县。每天从大阪茨木出发去上班。8月15日，撰写终战文章《听完玉音广播之后》。12月，将家人托付给妻子娘家足立家照顾。

1946年（昭和二十一年） 39岁
1月，就任大阪总社文化部副部长。再次开始诗歌创作。

1947年（昭和二十二年） 40岁
以井上承也为笔名，参加《人间》第一届新人小说征集活动，9月，小说《斗牛》在当选作品空缺的情况下，入选优秀作品。4月，兼任大阪总社评论员。8月，家人迁居至汤岛。

1948年（昭和二十三年） 41岁
1月，完成小说《猎枪》的创作，参加了《人间》第二届新人小说征集活动，但没有入选。2月，协助竹中郁等人创刊诗歌童话杂志《麒麟》，负责挑选诗歌。4月，任东京总社出版局书籍部副部长，独自一人前往东京，暂居于葛饰区奥户新町妙法寺。

1949年（昭和二十四年） 42岁
10月、12月，接连在《文学界》上发表《猎枪》《斗牛》。

1950年（昭和二十五年） 43岁
2月，《斗牛》获第22届芥川文学奖。3月，就任东京总社出版局代理负责人，专注于创作。4月，在《新潮》上发表短篇小说《漆胡樽》。5月开始在《夕刊新大阪》上连载第一部报刊小说《那个人的名字无法说出》。7月，长篇小说《黯潮》开始在《文艺春秋》上连载。8月，《井上靖诗抄》发表于《日本未来派》。

1951年（昭和二十六年） 44岁
1月，开始在《新潮》上连载长篇小说《白牙》（至5月）。5月，从每日新闻社辞职，成为社友。专心从事文学创作。8月，开始在《SUNDAY每日》上连载《战国无赖》，在《文艺春秋》上发表《玉碗记》。10月，在《新潮》上发表《某伪作家的一生》。

1952年（昭和二十七年） 45岁
1月,开始在《妇人画报》上连载《青衣人》(至同年12月),7月,开始在《新潮》上连载《黑暗平原》。

1953年（昭和二十八年） 46岁
1月,开始在《ALL读物》上连载《罗汉柏物语》,5月,开始在《周刊朝日》上连载《昨天和明天之间》。7月,在《群像》上发表《异域之人》。10月,开始在《小说新潮》上连载《风林火山》。12月,在《别册文艺春秋》上发表《古德鲁先生的手套》。

1954年（昭和二十九年） 47岁
3月,开始在《朝日新闻》上连载《明日将至之人》,在《群像》上发表《信松尼记》,在《中央公论》上发表《僧行贺之泪》。

1955年（昭和三十年） 48岁
1月,在《文艺春秋》上发表《弃媪》。从昭和29年度下半期(第32届)开始担任芥川奖的选考委员。8月,开始在《别册文艺春秋》上连载《淀殿日记》(后改名为《淀君日记》),开始在《小说新潮》上连载《真田军记》。9月,开始在《每日新闻》上连载《涨潮》。10月,由新潮社出版新著长篇小说《黑蝶》。

1956年（昭和三十一年） 49岁
1月,开始在《新潮》上连载长篇小说《射程》,11月,开始在《朝日新闻》上连载《冰壁》。

1957年（昭和三十二年） 50岁
3月,开始在《中央公论》上连载《天平之甍》。10月,开始在《周刊读卖》上连载《海峡》。正在连载的《冰壁》引起了社会热议,成为畅销书。10月末,开始了首次中国之旅,为期近一个月时间。

1958年（昭和三十三年） 51岁
2月,凭借《天平之甍》获艺术选奖文部大臣奖。3月,在《中央公论》上发表《满月》。5月,在《世界》上发表《幽鬼》。7月,在《文艺春秋》上发表《楼兰》。10月,在《群像》上发表《平蜘蛛釜》。

1959年（昭和三十四年） 52岁
1月,开始在《群像》上连载《敦煌》。2月,凭借《冰壁》等作品获日本艺术院奖。5月,父亲井上隼雄去世。7月,在《声》上发表《洪水》。10月,开始在《文艺春秋》上连载《苍狼》,在《朝日新闻》上连载《漩涡》。

1960年（昭和三十五年） 53岁
1月,开始在《主妇之友》上连载《雪虫》。7月,受每日新闻社派遣前往罗马奥运会采风,周游欧美各国,11月末回国。《敦煌》《楼兰》获每日艺术大奖。

1961年（昭和三十六年） 54岁
1月,与大冈升平就《苍狼》产生论争。在《东京新闻》晚报等连载《悬崖》。6月末开始进行为期约半个月的访华。10月开始在《周刊朝日》上连载《忧愁平野》。12月,《淀君日记》获野间文艺奖。

1962年（昭和三十七年） 55岁
7月,开始在《每日新闻》上连载《城砦》。

1963年（昭和三十八年） 56岁
2月，开始在《妇人公论》上连载《杨贵妃传》，在《ALL读物》上发表《明妃曲》。4月，为创作《风涛》，前往韩国进行为期约一周的采风。6月，在《文艺》上发表《宦者中行说》。8月，开始在《群像》上连载《风涛》。9月末开始，进行为期约一个月的访华。

1964年（昭和三十九年） 57岁
1月，成为日本艺术院会员。2月，《风涛》获读卖文学奖。5月，为创作《海神》，前往美国进行为期约两个月的旅行采风。9月，开始在《产经新闻》上连载《夏草冬涛》。10月，开始在《展望》上连载《后白河院》。

1965年（昭和四十年） 58岁
5月，在苏联境内的中亚地区进行了为期约一个月的旅行。11月，开始在《朝日新闻》上连载《化石》。

1966年（昭和四十一年） 59岁
1月，分别开始在《文艺春秋》上连载《俄罗斯国醉梦谭》，在《世界》上连载《海神（第一部）》，在《太阳》上连载《西域之旅》。

1967年（昭和四十二年） 60岁
6月，开始在《每日新闻》晚报上连载《夜之声》。夏，受夏威夷大学邀请担任夏季研究班讲师，前往夏威夷旅行。诗集《运河》刊行。

1968年（昭和四十三年） 61岁
1月，开始在《SUNDAY每日》上连载《额田女王》。5月，前往苏联进行为期约一个半月的旅行,为《俄罗斯国醉梦谭》采风。10月,《西域物语》开始在《朝日新闻》周日版连载。12月,《北之海》开始在《东京新闻》等刊物连载。

1969年（昭和四十四年） 62岁
1月,分别开始在《世界》上连载《海神(第二部)》,在《太阳》上连载《西域纪行》。4月,就任日本文艺家协会理事长。《俄罗斯国醉梦谭》获新潮日本文学大奖。7月,在《海》上发表《圣者》。8月,在《群像》上发表《月之光》。

1970年（昭和四十五年） 63岁
1月,开始在《日本经济新闻》上连载《榉木》。9月,开始在《读卖新闻》上连载《方形船》。

1971年（昭和四十六年） 64岁
1月,开始在《文艺春秋》上连载美术游记《与美丽邂逅》。3月,前往美国进行约两周的旅行,为《海神》采风。5月,开始在《朝日新闻》上连载《星与祭》。诗集《季节》刊行。

1972年（昭和四十七年） 65岁
9月,开始在《每日新闻》晚报上连载《年幼时光》。由每日新闻社主办的"井上靖文学展"举行。10月,开始在《世界》上连载《海神(第三部)》。新潮社版《井上靖小说全集》(共32卷)开始出版发行。

1973年（昭和四十八年） 66岁
5月,前往阿富汗、伊朗等地进行为期约一个月的旅行。11月,母亲八重去世。沼津骏河平开设井上文学馆。

1974年（昭和四十九年） 67岁
1月，开始在《文艺春秋》上连载游记《亚历山大之道》。开始在《每日新闻》周日版上连载随笔《一期一会》。9月末开始为期约两周的访华。

1975年（昭和五十年） 68岁
5月，作为访华作家代表团团长，在中国进行了为期约20天的旅行。

1976年（昭和五十一年） 69岁
2月，前往欧洲进行为期约一周的旅行。6月，前往韩国进行为期约10天的旅行。11月，获文化勋章。进行为期约两周的访华。诗集《远征路》刊行。

1977年（昭和五十二年） 70岁
3月，用约10天的时间历访埃及、伊拉克等地。8月，进行为期约20天的访华，前往新疆维吾尔自治区。11月，开始在《每日新闻》上连载《流沙》。

1978年（昭和五十三年） 71岁
1月，开始在《文艺春秋》上连载《我的西域纪行》。5月至6月间访华，首次到访敦煌。

1979年（昭和五十四年） 72岁
3月，每日新闻社主办的"敦煌——壁画艺术与井上靖的诗情展"在大丸东京店等地举行。从夏到秋，跟随电影《天平之甍》摄影组、NHK丝绸之路采访组等多次前往中国、西域等地旅行。

1980年（昭和五十五年） 73岁
3月,和平山郁夫一起参观印度尼西亚婆罗浮屠遗址。4月末开始,和NHK丝绸之路采访组一起行走于西域各地。6月,任日中文化交流协会会长。8月,访华。10月,和NHK丝绸之路采访组一起获菊池宽奖。获佛教传道文化奖。

1981年（昭和五十六年） 74岁
1月,开始在《群像》上连载《本觉坊遗文》。4月,开始在《太阳》上连载随笔《站在河岸边》。5月,任日本笔会会长。9月末,在夫人的陪伴下前往中国旅行,为创作《孔子》采风。10月,就任日本近代文学馆名誉馆长。获放送文化奖。

1982年（昭和五十七年） 75岁
5月,《本觉坊遗文》获新潮日本文学大奖。同月末、11月末、12月末到次年初,三次前往中国旅行。出席巴黎日法文化会议。

1983年（昭和五十八年） 76岁
6月(两次)和12月访华。

1984年（昭和五十九年） 77岁
1月至5月,由每日新闻社主办的展览"与美丽邂逅 井上靖 无法忘却的艺术家们"在横滨高岛屋等地举行。5月,作为运营委员长主持国际笔会东京大会。11月,访华。

1985年（昭和六十年） 78岁
1月,获朝日奖。6月,在夫人的陪伴下,和《俄罗斯国醉梦谭》摄影组一起访问苏联。10月,访华。

1986年（昭和六十一年） 79岁
4月,访华,被授予北京大学名誉博士称号。9月,因食道癌在国立癌症中心住院,接受手术治疗。

1987年（昭和六十二年） 80岁
5月,在夫人的陪伴下前往法国,并游历欧洲各地。6月,开始在《新潮》上连载最后的长篇小说《孔子》。10月,访华。

1988年（昭和六十三年） 81岁
5月,前往中国进行为期10天的旅行,访问孔子的家乡曲阜,为创作《孔子》采风。这是他第27次中国之行,也是最后一次。诗集《旁观者》刊行。

1989年（昭和六十四年·平成元年） 82岁
12月,《孔子》获野间文艺奖。

1991年（平成三年）
1月29日,在国立癌症中心去世。2月20日,在青山斋场举行葬礼,戒名:峰云院文华法德日靖居士。